antes de irme

antes de irme
Tillie Cole
Planeta

Título original: *Write Me for You*

Esta edición se publica por acuerdo con McIntosh and Otis Inc., a través de International Editors & Yáñez Co' S.L.

Traducido por: Merary Jiménez Montalvo
Ilustraciones de interiores: Diseñado por @Freepik
Diseño de portada: Antoaneta Georgieva / Sourcebooks
Adaptación de portada: Planeta Arte & Diseño / Lisset Chavarria Jurado
Imágenes de portada: © Getty Images
Fotografía de la autora: © Lauren Watson Perry

Bajo el sello editorial PLANETA M.R.
Avenida Presidente Masaryk núm. 111,
Piso 2, Polanco V Sección, Miguel Hidalgo
C.P. 11560, Ciudad de México
www.planetadelibros.com.mx

Primera edición impresa en México: febrero de 2026
ISBN: 978-607-39-3707-8

Impreso en los talleres de Impregráfica Digital, S.A. de C.V.
Avenida 11 # 463, interior bodega 2, Colonia San Nicolas Tolentino
Iztapalapa , CDMX, C.P. 09850
Impreso en México - *Printed in Mexico*

Para las personas soñadoras y románticas que siempre encuentran luz en la oscuridad.

Prólogo

JUNE

Texas
Diez años

Garabateé la palabra «Fin» y una enorme sonrisa se formó en mi rostro. Las estrellas brillaban del otro lado de la ventana y sentía el corazón tan lleno que no estaba segura de que mi pecho pudiera contenerlo.

Cerré la libreta que ahora contenía mi primera historia y pasé la mano sobre el título: *Su príncipe.* Eran veinte páginas completas sobre un príncipe, una princesa hada y el peligroso viaje en el que se embarcaban para salvar sus tierras. Y, en el camino, se enamoraban.

Claro que se enamoraban.

Se amaban profundamente, como mami y papi. Por ellos es que quería escribir sobre el amor. Mamá me contaba sobre cómo había visto a papá cuando tenía dieciocho años; decía que, con solo verlo, supo que era el amor de su vida, el hombre con el que se casaría. Papá dijo que había sido igual para él: amor a primera vista. Yo quería lo mismo; deseaba encontrar a un niño amable, pero valiente —como papá—, fuerte y que siempre demostrara su amor por mí.

Con un suspiro, cerré los ojos y los apreté para imaginar al chico que iba a conocer, el mismo que sostendría mi corazón en sus manos. Intenté pensar en el color de su cabello y de sus ojos, y adivinar su nombre. No se me ocurrió nada, solo una idea borrosa de lo que podría ser; pero lo que sí pude imaginar fueron las mariposas que llenarían mi estómago cuando lo viera.

Mis labios dibujaron una sonrisa y, al abrir los ojos, contemplé la luna llena desde la ventana de mi cuarto. En esta parte rural de Texas, un pequeño pueblo con apenas dos mil habitantes, la idea de mi futuro amor se sentía muy lejana, inmensa y fuera de mi alcance. Sin embargo, al pasar mi mano por la libreta que contenía mi historia terminada, ese sueño no parecía tan imposible.

«El amor», decía mamá, «es la cosa más poderosa del mundo. Puede sanar y crecer en los lugares que menos te esperas. Cuando todo está perdido, el amor florece».

Recostada en mi cama, observé la luna que brillaba hasta iluminar el rancho de los vecinos y susurré:

—Quiero un amor como el de mami y papi. Luna, por favor, mándame a alguien que pueda amar cuando sea grande.

Capítulo uno

JUNE

Texas
Diecisiete años

—Lo siento, no podemos hacer nada más.

Las palabras golpearon mis oídos una a una, como gotas de lluvia. Todas las extremidades se me entumecieron hasta dejarme inmóvil. El rostro afligido del doctor Long se desdibujó frente a mí, cuando mis ojos comenzaron a desenfocar y cada centímetro de mi cuerpo se congeló.

«Lo siento».

La voz del doctor Long se repetía en mi cabeza como si se encontrara en un túnel de viento, dando vueltas y resonando a mi alrededor, intentando llegar a mi corazón conmocionado. Estaba atrapada en algo parecido a una crisálida: afuera, se escuchaba un gemido distante y ruidoso, pero no podía moverme para saber de dónde provenía. Percibí un movimiento rápido a mi lado, pero tampoco era capaz de mover los ojos para ver qué era. Escuché algo romperse y, después, un terrible y doloroso grito que llenó el cuarto, como si se lo hubieran arrancado a alguien desde lo más profundo del alma.

«No podemos hacer nada más».

Mi corazón latió con vehemencia. Las palabras del doctor Long aún intentaban llegar a mí, junto con los gritos y el sufrimiento que se estrellaban contra mis barreras impenetrables. Sacudí la cabeza e intenté concentrarme y orientarme, pero no funcionó. Tenía la respiración muy acelerada y sentía lágrimas rodando por mis mejillas. Una mano tomó la mía y la apretó con fuerza, como si nunca quisiera soltarla. Parpadeé una y otra vez, tratando de enfocarme y salir de ese estado de oscuridad y gélida quietud.

La sensación reconfortante de los brazos de mamá alrededor de mi cuello me regresó de golpe al presente, hasta que la oficina del doctor reapareció completamente nítida frente a mí. Hasta que los ásperos gritos de papá se arremolinaron a mi alrededor y los brazos temblorosos de mamá parecieron anclarme a la realidad. Inhalé y permití que el frío aire acondicionado me llenara los pulmones.

El doctor Long seguía sentado frente a mí y observé su cara llena de dolor. «Lo siento, no podemos hacer nada más».

Esperé a que el peso terrible de la realidad me aplastara, que el sufrimiento y los gritos salieran de mi boca, que la ansiedad contra la que había luchado por tanto tiempo me tomara en sus implacables garras. Sin embargo, nada de eso pasó. Mamá sollozó en mi cuello, papá cayó de rodillas frente a nosotras y nos envolvió en sus brazos fuertes, pero yo no podía moverme. No hubo temblores, lágrimas o gritos. No hubo nada.

Me iba a morir.

Tenía diecisiete años y me iba a morir.

Después de pelear los últimos dos años con quimioterapias, medicinas, ataques de pánico y tanto dolor... todo iba a terminar. Me sorprendió darme cuenta de que había una pizca de alivio en saberlo. No más dolor, no más medicinas, no más agujas; solo me quedaba comprender que era momento de resignarse y soltar.

—June —susurró mamá, alzando la cabeza de mi hombro.

Mientras la miraba, mis labios comenzaron a temblar, no por mí, sino por ella y por papá. Él también levantó la cabeza, con los ojos llenos de un dolor crudo y punzante.

—Está bien —logré decir en voz baja—. Estoy... estoy bien.

—Bebé... —Mamá me puso las manos sobre las mejillas y estudió mi cara como si fuera la última vez que pudiera verla.

El doctor Long se puso de pie. Seguí sus movimientos con la mirada, mientras mis padres lo observaban como si fuera a decirles que se había equivocado, que había leído mal mi archivo. Que, de hecho, los resultados decían que había una oportunidad. Que había esperanza...

Pero no era así.

El doctor apretó los labios y agregó:

—Tómense el tiempo que necesiten en este cuarto. Me pondré en contacto durante los próximos días para hablar sobre un plan de cuidado paliativo.

Hizo una pausa y vi la manzana de Adán moverse en su garganta como si él también estuviera conteniendo sus emociones. Entonces asintió y se fue, cerrando la puerta tras de sí.

El silencio que dejó su salida fue asfixiante. Mamá y papá se enderezaron y fijaron sus ojos enrojecidos en mí para ver si me derrumbaba. Pero aún me encontraba aturdida.

—¿Podemos irnos a casa? —pregunté. No quería quedarme en ese hospital más tiempo del necesario. Mis padres intercambiaron una mirada y sostuvieron una conversación silenciosa que no comprendí.

—Por supuesto —respondió mamá, tomándome de la mano.

Miré nuestros dedos entrelazados. No sentía que estuviera tomando mi mano. Era como si, de repente, observara el mundo desde una posición separada de él. Como si no pudiera controlar mi cuerpo. No conducía el coche. Más bien, era una pasajera en el asiento trasero, contemplando el camino desde una distancia que no podía cruzar.

Mantuve la mirada al frente mientras salíamos del cuarto y cruzábamos la unidad de oncología pediátrica. El ritmo de los tacones de mamá sobre el piso de linóleo nos acompañó hasta que salimos al aire cálido de Texas. Fueron cuatrocientos veintidós pasos en total.

Mamá me sostuvo con fuerza hasta que llegamos al coche. Papá abrió la puerta y me ayudó a entrar. Me puse el cinturón de seguridad. Todo en piloto automático. Intenté sentir algo, dejar que mi mente consciente luchara contra la desconexión, pero no sucedió nada.

Papá encendió el auto y volvimos a casa en silencio. Podía ver sus miradas preocupadas por el rabillo del ojo: volteaban a verme con frecuencia, esperando que me derrumbara, que hablara, que hiciera algo. Yo miraba por la ventana del coche, manteniéndome en el interior de la crisálida de seguridad que había encontrado dentro de mí misma.

Los árboles se movían con la brisa vespertina. Los pájaros cantaban y volaban por el cielo, dando vueltas y vueltas. El sol se alzaba en un cielo azul y despejado. El mundo seguía igual.

No obstante, yo iba a morir.

Respiré profundamente, notando que algo se me atoraba en el pecho. Esperé sentir pánico, dolor, el miedo ineludible que debe llegar al descubrir que tus días en el mundo están contados, pero no había nada más que el aturdimiento. Bajé la vista hacia mi mano, que seguía sin sentirse como mía.

Llegamos a casa sin que pudiera sentir el paso del tiempo. Levanté la vista hacia nuestro pequeño hogar. Todo se veía igual. Había algo reconfortante en eso: aunque la vida estuviera de cabeza, ciertas cosas permanecían igual.

La puerta junto a mi asiento se abrió y papá me ayudó a salir del coche. Tomé su mano y lo dejé guiarme hacia la casa. Una vez que entramos, el silencio que nos envolvió comenzó a abatir el aturdimiento. Poco a poco, pequeñas agujas de ansiedad empezaron a presionarse contra mi pecho.

—¿June? —preguntó mamá. Sus ojos llenos de tristeza observaron mi rostro, aunque no supe cómo reaccionar. ¿Cómo se supone que debes actuar cuando te dicen que vas a morir? No conocía el protocolo.

—Necesito aire fresco —respondí y caminé hacia el patio. Escuché que ambos me seguían. Me detuve y, sin voltear a verlos, añadí—: Por favor, déjenme ir. Necesito estar sola.

No los miré, la tristeza en sus caras me resultaba insoportable. No quería alejarlos, solo necesitaba respirar. Necesitaba regresar a mi cuerpo.

El sol que entraba por las ventanas creaba destellos de arcoíris en la alacena de la cocina, y el tenue olor al pan que mamá había horneado en la mañana permeaba el aire. Dejé que todo me envolviera antes de salir al porche trasero. La terraza de madera crujía bajo mis pies. Caminé hacia el barandal y me recargué en él. Bajé la vista hacia mis manos de nuevo, doblando los dedos. Mis uñas eran cortas y débiles, pero, además de eso se veían bien. Inhalé hondo y el aire me llenó los pulmones. Advertí el dolor en las articulaciones de mis piernas y mis brazos.

A pesar de todo, yo estaba bien. No sentía que mi tiempo en este planeta se hubiera terminado.

Era posible que mi cuerpo estuviera fallando, pero mi alma se sentía viva, y era imposible para mí conciliar esas dos ideas. Un pájaro cantó desde un árbol en el bosque al lado de nuestra casa. Alcé la vista, la brisa besó mis mejillas y vi al pájaro sentado en una rama. Como si se hubiera percatado de mi mirada, volteó a verme.

Segundos después, alzó el vuelo.

En ese instante, deseé poder hacer lo mismo: elevarme por los cielos y perderme en las nubes.

«Lo siento».

Había luchado durante tanto tiempo. Supuse que, debido a mi ingenuidad, no consideré que no lograrían curarme. Sí, muchos tratamientos habían fallado, pero siempre creí que algo surtiría efecto, que alguno de los tratamientos funcionaría y solo necesitaban descubrir cuál.

Mi corazón se aceleró. Apreté los puños, pero el sentimiento de desapego seguía, como si mi verdadero yo estuviera secuestrada en alguna parte de mi mente.

Me senté en el columpio del porche. Poco después, la puerta se abrió detrás de mí y volteé para ver a mis padres salir. Por primera vez en un par de horas, sonreí.

—¿Por qué sabía que no aguantarían estar alejados?

Mamá sonrió, pero ese gesto no tardó en convertirse en dolor mientras lágrimas comenzaban a brotar de sus ojos. Ambos me flanquearon en el columpio, tomaron mis manos y, por un momento, se volvieron a sentir como mías.

—Cariño —me llamó papá—. ¿Cómo te sientes?

—No sé —admití y sacudí la cabeza—. Bueno, me siento adormecida. —Solté una risa triste—. Creo que estoy en *shock*. —Mamá se secó las lágrimas. Giré la cabeza para poder recargarla en su hombro, observando el campo detrás de nuestra casa y el bosque que había al lado. Me encantaba esa vista—. Es que no creí que llegaríamos a esto.

—Nosotros tampoco —afirmó papá, y mamá me envolvió en sus brazos—. Nosotros tampoco.

Se hizo el silencio. ¿Qué más podíamos decir? Nos quedamos sentados en el porche hasta que el sol se escondió e incluso un rato más, mientras la luna aparecía en el cielo para recordarnos que había terminado otro de mis limitados días.

No sabía qué pasaría después, así que, por el momento, solo quería apreciar el mundo sentada al lado de mis dos personas favoritas, y respirar.

Dos días después, estábamos de regreso en la oficina del doctor Long. No sabíamos por qué nos había llamado y, aunque le advertí a mi corazón que no se emocionara, no podía evitar tener una pizca de esperanza.

Papá y mamá estaban sentados a cada uno de mis costados. En los últimos dos días, había tenido muy pocos momentos sola. Habían sido cuarenta y ocho horas cargadas de un sinnúmero de emociones. Sin embargo, el desapego seguía presente. A veces veía mi reflejo y no reconocía a la chica que estaba frente a mí, aunque eso ocurrió muchas veces a lo largo de mi tratamiento. Mes con mes, sentí cómo me convertía en otra persona, que me veía completamente diferente. Solo una cosa se había mantenido igual.

Mi amor por escribir.

Una punzada de sufrimiento me atravesó de nuevo. Aunque era consciente del tipo de dolor que se avecinaba, de la debilidad y la muerte lenta que llegaba día a día, lo que más me entristecía era saber que nunca llegaría a ser una escritora. Mis sueños, mis planes... todo estaba a punto de evaporarse.

Mi corazón casi se detuvo cuando me di cuenta de que nunca podría enamorarme. Tenía diecisiete años y nunca había estado enamorada. No me habían besado. Ningún chico me había tomado de la mano. No había podido conseguir mi «felices para siempre».

Y ahora nunca lo haría.

La puerta se abrió detrás de nosotros. El doctor Long sonrió mientras caminaba hacia su silla.

—Buen día, gracias por venir.

—¿Está todo bien? —preguntó papá.

Sentía que el corazón se me salía por la garganta mientras esperaba a que el doctor Long respondiera.

Mamá y papá me tomaron de ambas manos, apretándolas con fuerza. El doctor sostenía unos papeles y me di cuenta de que la expresión en su rostro era diferente a la de hace dos días. Casi parecía tener un poco de... ¿esperanza?

Mi corazón se aceleró aún más.

—Lamento haberlos llamado tan pronto, pero acabo de recibir noticias que me emociona compartir con ustedes y tenemos un límite de tiempo.

—¿A qué se refiere?

—Hay un ensayo clínico que se está llevando a cabo en las afueras de Austin. —El doctor fue directo al grano—. Hace algunas semanas, cuando sospechaba que los tratamientos de June no estaban funcionando, la propuse como una posible candidata en caso de que recibiéramos los resultados que temía.

¿Un ensayo clínico? Ni siquiera se me había ocurrido que pudiera ser nominada para uno. El doctor Long volteó la pantalla de su computadora y abrió un correo electrónico. Su dedo señaló algo, pero yo le sostuve la mirada.

—Una compañía está desarrollando un tratamiento nuevo para pacientes con leucemia mieloide aguda. —Me quedé inmóvil; LMA, esa era la enfermedad contra la que llevaba luchando más de un año—. Hay ocho lugares disponibles en un hospital ubicado en un rancho a una hora de Marble Falls, que está cerca de Austin. —Deslizó un folleto sobre la mesa—. Al principio rechazaron a June porque aún mostraba señales de mejora. Sin embargo, cuando hablé con ellos hace unas semanas y les expliqué que su tratamiento ya no estaba funcionando, dijeron que era posible volver a abrir un lugar.

El doctor Long hizo una pausa, con un atisbo de tristeza en su semblante. Ahí lo entendí: el lugar se había abierto porque alguien más no sobrevivió. Un adolescente con LMA, como yo, perdió la vida.

Un sollozo escapó de la boca de mamá, pero me encontraba demasiado concentrada en lo que decía el médico.

—June —se dirigió a mí directamente—. Esta prueba... —Sacudió la cabeza—. No te voy a mentir, va a ser difícil, pero es nuestra última oportunidad. —Miró a mis padres—. Es residencial, por supuesto. Hay habitaciones para los familiares, aunque no sé cómo funcione con sus trabajos, pero es una verdadera posibilidad de remisión para June. —Le dio unos golpecitos al folleto—. Pueden tomarse unas horas para revisarlo, pero necesitamos dar una respuesta antes de que termine el día. Va a ser un cambio de vida total... pero es una oportunidad. Nuestra última oportunidad.

Miré a mis padres sentados a ambos lados de mi silla. Estaban hechos un desastre. Los últimos días habían sido demasiado para ellos.

—Quiero hacerlo —apunté con voz firme.

Mamá asintió y volteó hacia papá.

—Haremos que funcione, no hay opción —declaró él, y el atisbo de una sonrisa apareció en sus labios. Luego me dio un beso en la frente—. Mi niña, vamos a darte esta oportunidad y nos vamos a asegurar de que funcione. —Su voz se quebró—. No puedo perderte. —Sacudió la cabeza y dejó caer sus lágrimas al suelo de linóleo—. No lo haré.

Solo entonces las lágrimas se derramaron de mis ojos. Por primera vez, desde que me dijeron que estaba en fase cuatro, me derrumbé. Asentí en respuesta a papá, sin poder hablar.

Exhalé de forma temblorosa cuando volví a mirar mis manos: sentí que habían vuelto a ser mías. Después, miré por la ventana: sentí que otra vez era yo.

—Lo haremos —indicó papá al doctor Long, arrancándome de mis pensamientos—. ¿Cuándo nos vamos?

Las voces del doctor y mis padres haciendo planes se transformó en ruido blanco mientras contemplaba el brillante sol de Texas a través de la ventana. Casi podía sentir sus rayos sanándome, besando mi cara.

Esperanza.

Estaba experimentando una chispa de esperanza.

Y me aferraría a ella con todas mis fuerzas.

Capítulo dos

JUNE

Rancho Armonía, Texas
Tres días después…

Las mariposas de ansiedad en mi estómago se transformaban en unas de asombro mientras asimilaba la imagen del hospital que se convertiría en mi hogar los próximos meses. No se parecía a ningún otro en el que hubiera estado antes. El folleto del ensayo clínico explicaba que había sido un rancho, hasta que lo remodelaron y aprobaron como un hospital hacía muchos años. El viaje al rancho por sí solo había sido casi utópico: la entrada era de grava y dos hileras de árboles flanqueaban el camino. Sonreí cuando vi los campos que componían la propiedad y los caballos que pastaban en el prado.

Me encantaban los caballos. Había sido jinete antes de mi enfermedad, pero tuve que dejarlo cuando el dolor de mis huesos y extremidades fue demasiado. Aquello me rompió el corazón. No había visitado un establo desde entonces, pues era demasiado doloroso visitar un lugar que en algún momento me había dado tanta paz y tiempo a solas. Era un pedazo de la felicidad que me habían arrebatado. Sin embargo, no pude contener la sonrisa que apareció en mi cara cuando un caballo castaño alzó la cabeza cuando nuestro auto pasó a su lado.

Mamá, que también lo había visto, volteó hacia mí y nuestras miradas se encontraron: su expresión era igual a la mía. El sol brillaba alto en el cielo y el calor de Texas me rodeó cuando abrí la ventana e inhalé el aire tan cercano y húmedo; me besó la cara, y sentí pequeñas de gotas de calor penetrando mi piel. Mis nervios desaparecieron y una sensación de serenidad me envolvió.

Vi bancas para pícnic y unas áreas de descanso muy cómodas, así como establos y espacios para asados. Los árboles estaban rodeados de luces que se verían mágicas cuando el sol se escondiera y el naranja quemado de los atardeceres texanos llenara el cielo.

Era un lugar hermoso.

Doblamos una esquina y el edificio apareció frente a nosotros.

—Increíble —susurré. Era difícil creer que este lugar fuera un hospital. Parecía sacado de una película: una amplia casa de rancho hecha de madera, con marcos en las ventanas y un delgado techo de lámina café. La entrada tenía enormes pilares rústicos de madera y un porche que le daba la vuelta a la propiedad. También había mecedoras, lo cual me permitiría hacer una de mis actividades favoritas: mecerme en un porche mientras el sol se ocultaba. Teníamos unas en casa y, al recordarlas, me inundó una ola de nostalgia por mi hogar, seguida de un destello de miedo al pensar en si volvería a verlo.

Pensé en nuestra pequeña casa blanca, con su porche y el espeso bosque al lado. A mi mente vinieron el sonido de los grillos en la noche, la torre de agua que se podía ver sobre las copas de los árboles, las estrellas que reinaban sobre nosotros como un millón de diamantes en el cielo.

Cerré los ojos para ahuyentar el miedo. Hice lo mejor que pude para no dejarlo entrar, pero este era el punto sin retorno. Este rancho, tan majestuoso, era lo único que me separaba de la muerte; era un estado surreal en el cual existir, con un pie en el más allá y otro plantado con firmeza en este mundo. Vivir con una enfermedad terminal hasta ahora se había sentido como si un día me fuera a despertar agradecida de que todo hubiera sido un sueño. Sin embargo, todos los días me despertaba y recordaba que no era un sueño.

Esta era mi vida.

Esta era mi lucha. Seguía aquí, y quería ganar.

—Cariño.

La voz de papá atravesó mi ráfaga de pensamientos. Abrí los ojos y noté que nos habíamos detenido frente al rancho: era mucho más imponente de cerca. Papá me abrió la puerta del carro y salí. Luego, busqué la libreta que siempre llevaba conmigo, en caso de que la inspiración llegara.

Escuché el burbujeo de agua y me pregunté si se trataba de una alberca. Probablemente sí. Este lugar era increíble. Vi un edificio del lado derecho.

—Creo que ahí es donde se quedan los padres —comentó papá. Asentí, aliviada. Necesitaba a mis padres cerca, no podía hacerlo sin ellos.

Mamá se paró junto a mí y me puso el brazo alrededor de los hombros justo cuando las puertas del rancho se abrían. Una mujer de rizos caóticos, hermosa piel morena y brillante traje rosado caminó hacia nosotros. Su sonrisa era enorme e irradiaba amabilidad con cada movimiento.

—¡Hola, chicos! —saludó y estrechó nuestras manos—. Ustedes deben de ser la familia Scott, y tú debes de ser June.

—Sí, señora —respondí. Ella tomó una de mis manos entre las suyas.

—Soy Neenee, la directora del rancho. Estamos muy felices de tenerte con nosotros.

—Gracias.

—Son los últimos en llegar. —Hizo un gesto para que la siguiéramos hacia dentro—. Así que les voy a mostrar el cuarto de

June y después les daré un recorrido. Mamá y papá, después de eso voy a robármelos un momento para que me acompañen a la oficina a firmar unos papeles.

—Por supuesto —respondió mamá, rodeándome de nuevo con el brazo. Sabía que mis padres también estaban nerviosos, pero los tres éramos optimistas. Habíamos revisado los resultados de esta nueva medicina y estaba funcionando para muchas personas; de hecho, eran más los que se curaban que los que no. Además, por primera vez en semanas, había visto la luz brillar en los ojos de mamá, e incluso papá lucía un poco más confiado.

Neenee nos llevó a la antesala y me detuve en seco. Las paredes eran de una caoba oscura, barnizada y brillante. El piso era igual, con alfombras de diseños clásicos que le agregaban una sensación de comodidad. Había una enorme escalera al final del pasillo, majestuosa y llena de florituras, que se dividía en dos al llegar arriba.

Las escaleras se habían vuelto un poco complicadas para mí, ya que la enfermedad me había dejado con una cojera muy obvia en la pierna derecha. Al ver mi expresión, Neenee explicó:

—Todas las habitaciones están en el primer piso. El espacio de arriba está reservado para las oficinas y los empleados.

Le sonreí y alcé la mano para asegurarme de que el pañuelo en mi cabeza siguiera en su lugar; el de hoy era de color verde salvia, a juego con el vestido que estaba usando, sobre el que llevaba un suéter delgado color crema para protegerme del aire fresco. Tenía mucho frío estos días, incluso con el potente calor texano.

—El rancho Armonía ocupa más de cuarenta hectáreas y la propiedad principal es de un poco más de mil cien metros cuadrados. —Se detuvo frente a una pintura al óleo de un hombre en traje—. El hombre que lo construyó, el señor Owens, perdió a su hija a causa del cáncer y, después de su muerte, deseaba que este lugar se convirtiera en una fuente de paz para que jóvenes con cáncer siguieran luchando. Se necesitaron años para que aprobaran el rancho como un hospital, pero, desde entonces, se ha convertido en un faro de luz para quienes vienen aquí a sanar.

Una explosión de calidez me recorrió las venas, seguida de dolor por el hombre que había perdido a su hija. Le lancé una mirada discreta a mis padres y vi la tristeza en sus caras. Sabía que perderme era su mayor miedo.

—Por favor, síganme por aquí —pidió Neenee y nos llevó hacia el que sería mi cuarto. La seguí y quedé asombrada con la decoración: las elaboradas cornisas, las pinturas, los adornos que daban al rancho ese toque hogareño. A pesar de su tamaño, el lugar se sentía muy acogedor. No era estéril ni clínico, como todos los hospitales y centros de tratamiento en los que había estado. De verdad era un santuario armonioso. No había nada que dijera «médico».

Dimos vuelta en tres largos pasillos y nos detuvimos frente a una puerta con una placa que decía «Paloma».

—Esta es tu *suite*, June. —Neenee abrió la puerta y entramos después de ella.

Me quedé sin aliento ante su belleza. Las paredes estaban cubiertas con paneles de madera verdes que llenaban la habitación con una sensación de paz. Era grande, pero no lo suficiente para sentirme perdida ahí dentro. De un lado había un sofá de felpa y una sala con televisión incluida; en el otro extremo, vi una cama matrimonial cuyas sábanas tenían un diseño floral muy elegante. Al inspeccionar más de cerca, me di cuenta de que la cama era de grado clínico: tenía botones para llamar a las enfermeras y controles para ajustar la posición, perfecta para los días más difíciles, cuando quedarte en cama era la única opción. Había sillas de un tamaño considerable al lado de la cama que claramente eran para los visitantes. Un par de soportes intravenosos descansaban en un rincón, y un gabinete médico se disfrazaba de un gran armario al lado de la cama. Habían hecho lo mejor posible para que no fuera tan obvio el por qué estábamos ahí, y en su lugar, volverlo un sitio de descanso y comodidad.

Crucé la puerta cerrada al otro lado del cuarto y me encontré en un baño. Las paredes también eran de madera y estaban pintadas de un rosa apagado; había una tina con patas de garra y un amplio cubículo para la regadera, equipado con barandales y asientos discretos. Distinguí una cuerda de emergencia y todo lo que podría necesitar cuando no me sintiera fuerte, como una silla para la regadera, una andadera y cepillos de baño con mangos largos, entre otros.

Cuando regresé al espacio principal, vislumbré en la pared un armario que le hacía competencia al de Narnia.

—Es hermoso —exclamé, completamente abrumada.

«Podría sanar aquí», pensé. «Podría ser mi hogar mientras termino el tratamiento».

—¿Te gusta, corazón? —preguntó mamá.

—Sí —respondí, asintiendo—. Me gusta mucho.

—Vaya sitio, ¿no? —comentó papá y me dio un beso en la cabeza—. Será un buen lugar para quedarnos un rato —afirmó, al mismo tiempo que alguien llamaba a la puerta.

Un joven llegó con mi equipaje.

—Gracias, Bailey —dijo Neenee cuando lo dejó cerca del armario.

Bailey nos sonrió.

—Un gusto conocerlos —saludó y se fue del cuarto.

—June, ¿vas a estar bien si te dejamos para que te instales y me robo a tus papás un momento? —preguntó Neenee.

—Por supuesto.

Les sonreí cuando se fueron, después apreté la libreta contra mi pecho y di un giro de trescientos sesenta grados, asimilándolo todo. Esperé sentir miedo o nerviosismo por lo que se avecinaba, pero no fue así. Una paz intoxicante se apoderó de mí, y un destello de emoción se despertó en mi estómago. Algo en este lugar se sentía especial. Sabía, en lo más profundo de mi ser, que me ayudaría, que cambiaría mi vida. Por alguna razón, el hecho de que yo estuviera aquí se sentía como… el destino.

Me senté en la orilla de la cama para apreciar la suavidad del colchón y luego giré para ver las puertas francesas que llevaban al exterior. Observé lo que había más allá y una alegre risa escapó de mis labios cuando vi que el mismo caballo café de la pradera se había movido a la parte del campo que podía ver desde mi cuarto.

A través de la puerta, escuché una risa fuerte que provenía de alguna otra parte de la casa. Decidida a explorar un poco, estaba saliendo del cuarto cuando escuché la risa otra vez. Giré a la izquierda y, con la libreta apretada contra el pecho, intenté rastrear lo que sonaba como un grupo de adolescentes platicando. En ese momento sentí una maraña de nervios recorrer mi cuerpo. En todo el tiempo que llevaba luchando contra mi leucemia, no había hecho amigos que estuvieran en la misma situación. Teníamos que viajar a grandes ciudades para mis tratamientos y todo ese movimiento me había dejado con pocas personas de confianza.

La realidad era que hacer amigos nunca había sido fácil para mí. Tenía muchos conocidos, pero nadie que realmente considerara un mejor amigo. Siempre había tenido la esperanza de encontrar ese tipo de relaciones en la preparatoria, pero me diagnosticaron cáncer a los quince años y vi esos sueños desaparecer como un grano en un reloj de arena.

No me sentía sola: adoraba a mis papás y los personajes de mis libros siempre estaban ahí para hacerme compañía. No obstante, no podía negar que anhelaba descubrir cómo se sentía una amistad cercana y honesta; alguien en quien pudiera confiar.

Di vuelta a la derecha y luego a la izquierda, asombrada por las salas llenas de juegos de mesa y sillones, una enorme cocina e incluso una habitación para ver películas. Las puertas de cristal que daban al exterior mostraban una gran piscina y una fogata de jardín rodeada de asientos de madera. Había otras construcciones afuera, que de seguro también estaban llenas de cosas emocionantes.

Sin embargo, cuando di otra vuelta a la derecha, me di cuenta de que estaba totalmente perdida. La risa había desaparecido y ya no podía seguir ese sonido fascinante para navegar por los pasillos.

Giré a la izquierda, esperando que eso me ayudara a regresar a un lugar conocido, pero me detuve en seco justo antes de chocar con alguien que había caminado hacia mí.

—Ay, lo siento —me disculpé, dando un paso atrás.

Cuando alcé la vista, estaba frente a un chico muy alto; llevaba una camiseta azul sin mangas, jeans desgastados y una gorra naranja puesta al revés. Sostenía un balón de futbol americano en las manos y tenía los ojos verdes más impresionantes que había visto. Se me atoró la respiración en la garganta mientras observaba su rostro.

Era, en palabras simples, el chico más guapo que jamás hubiera conocido.

—¡Vaya! —exclamó con un pesado acento texano mientras me miraba de vuelta—. Eres hermosa.

Sentí el calor inundar mis mejillas y una sonrisa traviesa se asomó en sus labios. Una sensación desconocida se deslizó por mi espalda. Los chicos nunca me habían dicho que era hermosa, nunca habían volteado a verme... especialmente los que se veían como él. Lo que siguió fue escepticismo, porque, cuando me veía en el espejo estos días, no me sentía hermosa.

A pesar de mis nervios, no podía alejarme de este chico. Se limpió la mano en su camiseta con rapidez y me la ofreció.

—Soy Jesse.

Obligué a una de mis manos a soltar la libreta que sujetaba contra mi pecho, tomé la suya y respondí:

—June.

Había timidez en mi voz, pero, cuando vi el tono rojo de sus mejillas, sabía que no era la única experimentando estos extraños sentimientos.

La falta de cabello debajo de su gorra hacía obvio que él también era un paciente. Tragué saliva, con el corazón dando vuelcos, mientras Jesse sonreía y le aparecían hoyuelos en las mejillas. Era alto y, a pesar de su enfermedad, tenía una constitución fornida y brazos musculosos. Se aferró a su balón y yo a mi libreta, y me di cuenta de que seguíamos agarrados de la mano.

Retiré la mía con rapidez y Jesse sacudió la cabeza.

—Una disculpa por eso, June. —Su voz era tan áspera como la grava de la entrada.

—Está bien —lo tranquilicé.

Intenté alejarme, pero mis piernas se negaron a moverse. Había algo sobre este chico que me mantenía cerca. La misma paz que me había inundado en el cuarto me llenó de nuevo, al igual que esa chispa de emoción y el sentimiento de que yo debía estar ahí.

El destino.

Capítulo tres

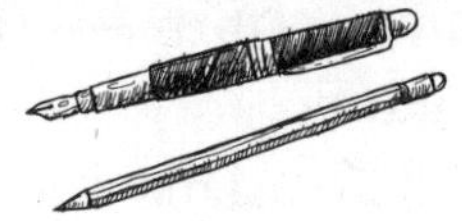

JESSE

Ojos cafés, piel levemente bronceada y unas pecas sobre su tierna nariz. Poco más de un metro y sesenta centímetros, con mejillas sonrojadas. Me aclaré la garganta y me di cuenta de que la estaba mirando demasiado.

June.

Gracias al pañuelo en su cabeza, supe que debía ser la octava paciente del ensayo clínico que, según escuchamos, llegaría hoy. Sin embargo, no la esperaba a ella. Era… impresionante… hermosa. No encontraba palabras que le hicieran justicia.

Apreté la mano que había sostenido la suya, con una marca de calor impresa en mi piel. June sostenía una libreta contra su pecho como si fuera un escudo. Sus ojos se movían a todos lados, menos hacia mí; pero, cuando finalmente se reencontraron con los míos, el tono rojo volvió a aparecer en sus mejillas.

El verde de su pañuelo y vestido hacía que sus ojos cafés brillaran como chocolate oscuro glaseado. Me aclaré la garganta cuando me di cuenta de que tenía que hablar.

—Entonces, June, ¿estás aquí para el ensayo clínico?

Quise darme un golpe. Considerando que tenía la misma situación folicular que yo, eso era obvio.

Qué pregunta tan tonta.

—Sí —respondió, y su voz me dio en el pecho con la fuerza de una bala. Bajó la mirada hacia sus pies, pero después me miró de nuevo y, con un gesto de la mano, señaló el espacio a nuestro alrededor—. Estaba intentando explorar mientras mis padres están con Neenee y me perdí.

Sonreí. Ella me quitaba el aliento. No había esperado que, al venir al tratamiento, me encontraría con un sueño andante.

—Este lugar es gigante —afirmé—. Llegué hace dos días y todavía me estoy aclimatando.

La sonrisa que me dedicó casi me dejó tirado en el suelo. Manteniendo la compostura, apunté detrás de mí con el pulgar.

—¿Quieres conocer a los demás?

June respiró hondo, como si estuviera nerviosa, pero asintió. Yo era extrovertido y a veces demasiado ruidoso, pero ella parecía ser lo opuesto. La invité a seguirme con un gesto de la cabeza. Como siempre, comencé a lanzar el balón de una mano a otra: no podía recordar un momento de mi vida en el que no tuviera uno conmigo.

—Entonces, ¿de dónde eres?

—De un pueblo pequeño que está al norte de Texas —explicó, siguiéndome por los largos pasillos. Su mirada nerviosa se posó en mí—. ¿Y tú?

—Vengo de un pueblito llamado McIntyre, al oeste de Texas. Lo amo, es mi hogar y ya lo extraño. —Volteé hacia ella y me di cuenta de que caminaba un poco más lento que otras personas. Noté un leve rengueo en su pierna derecha, así que me aseguré de no adelantarme mucho.

—Lo siento —se disculpó una vez que me alcanzó—. Mi pierna no funciona como antes.

Sabía a lo que se refería. Giré el brazo que usaba para lanzar.

—Para mí es el brazo.

June asintió en señal de comprensión y sonrió, y yo sentí que mi estomago daba un vuelco. Bueno, eso era nuevo. No estaba acostumbrado a las mariposas y esas cosas, pero había una primera vez para todo. Dimos vuelta a la derecha y escuchamos a otras personas hablando en el cuarto de juegos principal. June no mencionó nada al respecto; supuse que le tomaría tiempo salir de su caparazón.

Le lancé una mirada cuando llegamos a la puerta.

—¿Lista para conocer al club de LMA?

Una pequeña risa escapó de su boca.

—Lista.

El sonido de su risa… Dios. Estaba perdido. Abrí la puerta y frente a nosotros aparecieron los otros seis miembros del ensayo. Chris, con quien había desarrollado una relación muy cercana en el último par de días, se levantó de uno de los sillones y caminó directamente hacia mí. También era un atleta, aunque de basquetbol en lugar de futbol americano.

—¿Quién es ella? —preguntó.

Volteé a ver a June.

—Junie, este es Chris. Chris, ella es June.

La mirada de Chris se cruzó con la mía, y él alzó una ceja de forma sutil.

—¿Junie?

—June —aclaró ella, con las mejillas claramente sonrojadas gracias al apodo—. Solo June.

—Bueno, «solo June», bienvenida al ensayo clínico —anunció Chris como si estuviéramos en algún tipo de *reality show*, y a June se le escapó esa risa suave que parecía ser mi nuevo sonido favorito.

Los otros chicos en el cuarto también se rieron. Esa era la mejor parte de estar aquí: la risa. Me había preocupado de estar entrando al lugar más deprimente del planeta, pero todos estaban emocionados por haber sido elegidos para el ensayo clínico. De cierta forma, habíamos ganado la lotería de la vida: una última oportunidad de sobrevivir. ¿A quién no le alegraría eso?

—Hola, soy Emma.

La llegada de Emma interrumpió mis pensamientos mientras se acercaba para presentarse. Era más alta que June por algunos centímetros, y lo poco que había llegado a conocerla en los últimos días me hacía pensar que era más extrovertida. También era muy dulce.

—Hola —saludó June.

—Veo que ya conociste a este par de alborotadores —observó, señalándonos a Chris y a mí. June le dedicó una amplia sonrisa, y Emma señaló su pañuelo—. Me encanta ese color. —Luego, apuntó al pañuelo rojo en su propia cabeza—. Eres de las mías, las pelucas me pican.

—¡Me pasa lo mismo! —exclamó June con ojos brillantes.

El resto del grupo también se acercó: Silas, Toby, Kate y Cherry. Todos habían llegado el mismo día y habían formado algo así como su propio grupo. Yo me había llevado mejor con Chris y Emma. Esperaba que June se uniera a nosotros para ser un grupo de cuatro.

Una vez que todos se presentaron, estiré los brazos y dije:

—Bueno, June, ¡bienvenida al rancho Última Oportunidad!

Emma soltó un quejido y dejó caer la cabeza hacia atrás, exasperada.

—¿Qué? —preguntó June con incredulidad, pero riéndose suavemente.

Me moví para pararme a su lado. Sus enormes ojos cafés se encontraron con los míos y me atrajeron como un imán.

—Es el nombre que le pusimos al rancho. Sí, rancho Armonía suena bien, pero preferimos llamarlo rancho Última Oportunidad.

—Él lo prefiere —replicó Chris, dándome un codazo—. Literalmente nadie más lo llama así.

—Oye, cuidado con las costillas, tengo huesos frágiles —reclamé, sobándome el costado. Era un chiste a medias, pues estos días me sentía tan frágil como el vidrio. Confiaba en que este nuevo tratamiento milagroso me devolviera mi fuerza y mi salud para poder regresar al campo de juego y hacer lo que mejor sabía.

—Todos tenemos huesos frágiles, tonto —espetó Chris.

Como única respuesta, le mostré el dedo medio.

June observaba el cuarto, ignorándonos. Seguí el trayecto de su mirada: los sillones, una pantalla plana y un par de máquinas expendedoras situadas en la esquina (las cuales, desde luego, solo tenían alimentos nutritivos y apropiados).

—Este se ha vuelto el cuarto donde solemos juntarnos —apunté, y ella asintió—. Empezaremos el tratamiento en un par de días, así que no sé lo que pasará después. Estamos aferrándonos a la libertad mientras la tenemos.

June exhaló un suspiro tembloroso, pero Emma se acercó para distraerla.

—¿Quieres tomar algo?

—Sí, gracias —respondió, y fueron juntas hacia las máquinas expendedoras.

—Amigo. —Chris me puso un brazo alrededor de los hombros—. ¿Podrías ser más obvio? —Sacudió la cabeza, riéndose de mí.

No me importaba. No podía despegar los ojos de June y no tenía nada que esconder: era hermosa. Nunca había sido una persona discreta, pero que te digan que no vas a vivir más allá de tu cumpleaños número dieciocho te hace apresurarte para decirle a la gente cómo te sientes... o para mostrarlo.

Observé a June aceptar una botella de agua que Emma le ofrecía, mientras que con la otra mano mantenía esa libreta apretada contra su pecho.

—Es perfecta —le dije a Chris, y él soltó un quejido. Lo ignoré—. ¿Alguna vez has visto a una chica y piensas «¡diablos!»? Porque ese soy yo. —Me encogí de hombros—. Nunca me había pasado, pero no voy a ignorarlo ahora.

—Vaya, amigo, ¿en serio ya caíste? —reclamó—. ¡Acabamos de llegar! Se suponía que serías mi compañero de aventuras.

—Tranquilo, hermano —respondí—. Solo digo que ver a June me dejó un poco atontado. —June volteó a verme en ese momento y, cuando nuestras miradas se volvieron a encontrar, sentí algo explotar en mi pecho. Me lanzó una sonrisita tímida y solté una exhalación larga para tranquilizarme.

Era preciosa.

Emma y June parecían estar llevándose bien, pero, cuando June regresó a donde estábamos nosotros, dijo:

—Disfruté mucho conocerlos, pero debería regresar a mi *suite*. No debí haber salido. Seguramente mis padres terminaron de hablar con Neenee y se están preguntando dónde estoy.

—¿Cuál es tu *suite*? —pregunté.

—Paloma.

Chris dejó caer su mano en mi hombro con fuerza y soltó un quejido dramático, lo que me hizo reír.

—¡Emma! Acompáñame al sillón —pidió.

—¿Por qué?

—Tengo algo que decirte. —Chris me miró e hizo un gesto juguetón con las cejas.

Puse los ojos en blanco. No dudaba que Emma se enteraría muy pronto de que June me gustaba.

—Estoy muy confundida —se quejó Emma, pero lo siguió de todas formas, girándose para dirigirse a June—. ¿Por qué los chicos son tan raros? Qué bueno que llegaste, te necesito para mantenerme cuerda.

La sonrisa con la que June le respondió fue cegadora. Luego, volteó hacia mí.

—¿Por qué Chris hizo ese sonido? ¿Qué trata de decirle a Emma?

—Es muy raro. —Me di unos golpecitos en la cabeza—. Creo que fueron todas las pelotas de beisbol. —Una botella vacía de agua me pegó en la nuca.

—¡Escuché eso! —gritó Chris, quien, desde luego, había sido el responsable.

Decidí ignorarlo de nuevo.

—Vamos, Junie —indiqué, abriendo la puerta del cuarto de juegos y haciendo un gesto para que me siguiera—. Te llevaré de regreso a tu *suite*.

—¿Sabes dónde está?

—Sí. —Un escalofrío bajó por mi espalda mientras, a solas, caminábamos por el laberinto de pasillos. Se sentía como una repentina descarga de nervios.

Qué extraño.

Lancé el balón de una mano a otra para calmarme y, de pronto, June preguntó:

—¿Tus padres también se están quedando en la casa de visitantes?

La nostalgia por mi hogar me llenó las venas, pero sacudí la cabeza.

—Nop. Mi padre no está con nosotros. Solo somos mamá, mis dos hermanas menores y yo, y ellas no podían venir.

—Ah, lo siento. N-no quise asumir… —tartamudeó.

Como siempre ocurría cuando alguien preguntaba por mi situación familiar, mi estómago se retorció hasta que dolió. Me froté la nuca, como si le diera poca importancia al comentario.

—No te preocupes, Junie —la tranquilicé, usando mi sonrisa ensayada. Después agregué—: Mamá no puede venir conmigo, tiene trabajo y no consiguió permiso. Además, mis hermanas están en la escuela y no quería alejarlas de su ambiente. Vine solo. Hablamos todos los días, varias veces, y van a intentar visitarme algunos fines de semana mientras esté aquí. —Me encogí de hombros; esperaba sonar tan cómodo con el tema como intentaba parecerlo. Me había vuelto muy bueno escondiendo mis sentimientos a lo largo de los años.

Entendía que mi familia no podía venir conmigo, de verdad. Mamá era madre soltera, tenía un trabajo en el que no ganaba mucho y, además, tenía que cuidar a mis dos hermanas. Ya estaba endeudada gracias a la quimioterapia y mis tratamientos de los últimos meses. Mi seguro y la compañía que había desarrollado el ensayo cubrían una buena parte de este nuevo tratamiento, y eso le quitaba un poco de peso a mi mamá. Era una oportunidad demasiado buena como para perdérmela.

No tenerlas a mi lado se sentía como un cuchillo en el corazón, pero no tenía más opción que aceptarlo. Mi padre desaparecido no aparecería para ayudarnos: sería esperar demasiado de su parte.

Inhalé profundo y en silencio para que June no notara mi agitación. Tenía diecisiete años. Podía hacerlo solo. Tenía que hacerlo solo. Además, los otros pacientes eran mis amigos, estaban ahí para apoyarme y todos eran realmente geniales. No era tan malo ya que estaba aquí.

«Puedo hacer esto», me dije.

El silencio de June me hizo prestarle atención. Fue claro que sintió el peso de mi mirada cuando sus ojos se posaron en los míos.

—Lamento mucho que no pudieran venir. —Era como si su corazón se rompiera por mí. Se me estrujó el pecho; no estaba acostumbrado a que personas fuera de mi pequeña familia se preocuparan. Era... lindo. Desconocido, pero lindo, y no sabía muy bien cómo procesarlo.

—Está bien —afirmé despreocupado—. Planeo regresar con ellas completamente curado y listo para vivir el resto de mi vida con salud perfecta.

Cada palabra era cierta.

—Yo creo que lo harás. —Su sonrisa me cegó, y correspondí a ella mientras dábamos la vuelta en la esquina de su *suite*—. Ay, ¡gracias! —dijo con una nota de humor en su voz delicada—. Nunca habría logrado llegar sola. Habría tenido que gritar para pedir ayuda. —Se volteó hacia mí cuando nos detuvimos frente su puerta—. Te has familiarizado mucho con este lugar en el par de días que llevas aquí, ¿verdad?

—Eh, no realmente. —Retrocedí con dramatismo hasta quedar frente a la puerta de al lado—. Este es mi cuarto —apunté, dándole un golpecito a la placa—. Ciervo.

—¿Tu cuarto está al lado del mío? —preguntó, como si le faltara el aliento.

—Eso parece.

—Ajá, ¡ahí estás! —La voz de un hombre sonó detrás de June antes de que apareciera. Era mayor y se parecía un poco a ella, por lo que asumí que era su papá. Lo seguía quien, supuse, era su mamá. Detrás de ellos venía Neenee.

—Jesse —dijo Neenee, viéndome junto a la puerta—. Veo que conociste a June.

—Así es. —Miré a June y le guiñé el ojo. Ella se sonrojó.

—Soy Greg Scott, el padre de June —se presentó el hombre, y nos estrechamos la mano.

—Es un gusto conocerlo, señor. Soy Jesse Taylor.

El señor Scott observó mi gorra por un momento.

—¿El mismo Jesse Taylor que va a jugar con los Cuernos Largos el próximo año? —preguntó—. ¿Jesse Taylor, jugador ofensivo del año y mariscal de campo?

—Así es, señor —confirmé, y sucedió lo mismo que con la mayoría de las personas que conocía: su mirada se llenó de simpatía. Pasé el balón de una mano a otra con mayor velocidad, era parte de mí y me ayudaba a calmarme—. Pero primero tengo que patearle el trasero al cáncer.

Intenté mantener el tono ligero. Necesitaba que todo fuera positivo. No podía pensar en nada más que una recuperación total en este rancho, así que no dejé lugar para una alternativa. Tenía sueños que cumplir y metas que alcanzar, y tenía una ventana de tiempo limitada para lograrlo.

—¿Pudiste seguir jugando futbol estando enfermo? —preguntó June, sorprendida, y de pronto ese nudo volvió a mi estómago. La verdad era que no teníamos idea.

«Lo siento tanto, Jesse, no vimos las señales. Creímos que tenía algo que ver con tu lesión, nunca nos imaginamos esto», había dicho el doctor del equipo, con su mano sobre mi hombro. «No sé cómo lograste jugar cada partido, hijo, o siquiera presentarte a los entrenamientos. Eres muy tenaz. Si alguien puede sobrevivir esto, eres tú».

El recuerdo de unos meses atrás tensó cada fibra de mi ser. Me volví a frotar la nuca. No me gustaba que la gente notara cuando el nudo en mi estómago comenzaba a formarse. Era Jesse, el extrovertido. Jesse, el jugador más valioso y mariscal de campo. Jesse, que iba a ganarle al cáncer y jugar en el equipo de la Universidad de Texas.

No era débil.

El señor Scott se aclaró la garganta y, cuando volví a observarlo, me asustó que hubiera visto la verdad, que pudiera ver las fallas en quien estaba intentando ser.

—Te deseo lo mejor, hijo, de verdad —declaró—. Vi tus mejores momentos en el canal local de futbol americano. Tienes mucho talento y espero verte pronto en el campo de los Cuernos Largos.

—Muchas gracias, señor —respondí, con toda la sinceridad del mundo. Podía ver a June frunciendo el ceño, confundida, pero afortunadamente no hizo más preguntas—. ¿Usted estudió en la UT?

—Así es. —Con una expresión orgullosa, posó la mano en el brazo de su esposa—. Los dos, de hecho. Nos conocimos ahí, durante nuestro primer año. —Después abrazó a June—. June también va a ir. —Su actitud cambió—. Después de...

—Después de que ella también le pateé el trasero al cáncer —interrumpí, y vi cómo la expresión ansiosa de June se transformaba en diversión.

—Claro que lo hará —sentenció el señor Scott—. ¡Ah, qué grosero de mi parte! Esta es mi esposa, Claire.

Estreché la mano de la señora Scott. Era como ver a June en el futuro.

—Un gusto conocerlos —dije, y miré a June—. Supongo que te veré pronto, Junie.

Asentí en dirección de todos los demás y me di la vuelta para irme. Comencé a caminar en dirección al cuarto de juegos mientras June terminaba de instalarse, pero me detuve al escucharla:

—Adiós, Jesse.

Miré sobre mi hombro. Los padres de June y Neenee habían entrado a la habitación, pero ella seguía ahí parada, sola, con su pañuelo verde en la cabeza y sus hermosos ojos cafés fijos en mí, mientras apretaba la libreta contra su pecho.

—Primera regla del rancho Última Oportunidad: nunca decimos adiós, solo buenas noches. —June se echó a reír. Luego, recalqué—: Buenas noches, Junie.

Ella sonrió.

—Descansa, Jesse.

Entró a su cuarto con las mejillas encendidas. Mi corazón estaba a mil por hora y sentía escalofríos recorrerme la piel.

June Scott... vaya revelación. De repente, mi tiempo aquí no parecía tan aburrido.

Capítulo cuatro

JUNE

Observé a la chica en el espejo frente a mí. Tracé mis mejillas, un poco hinchadas después de meses de tomar esteroides, y me froté los labios cubiertos del bálsamo que siempre usaba para evitar que se cuartearan.

Después, pasé las manos sobre mi pecho, donde había estado el puerto de quimio. Incluso después de dos años, se sentía ajeno a mí. Sin importar cuánto observara mi reflejo, aún me tomaba mucho tiempo reconocer a la chica que tenía enfrente.

—Hola, June —susurré, pasando las manos sobre mi cabeza calva y cejas desnudas. Era algo que hacía todos los días: reencontrarme con «June con cáncer». Y, aunque me costaba creer que esta chica, esta impostora, fuera yo, no podía evitar amarla por lo bien que había luchado por nosotras.

Por lo bien que seguía luchando.

Era un sentimiento abrumador.

Alguien llamó a mi puerta justo cuando me ataba un largo pañuelo de color rosa pálido alrededor de la cabeza. Lancé una última mirada al espejo; llevaba puesta una camiseta blanca y cómoda, *jeans* desgastados y un suéter rosa amarrado a la cintura para cuando, inevitablemente, me diera frío.

Al abrir, me encontré a Jesse Taylor que, muy casual, se recargaba en el marco de la puerta.

—Buenos días, Junie —saludó y mi corazón dio un salto. Era muy guapo. Sentía que podía perderme en el verde bosque de sus ojos, los mismos que me recordaban a los árboles detrás de mi hogar. Llevaba una camiseta de los Cuernos Largos y unos *jeans*, con la misma gorra naranja que había usado el día anterior. Al revés, obviamente.

Era un verdadero chico texano.

—Buenos días, Jesse —mascullé, abrumada por los nervios. Había intentado dormir durante la noche, sin mucho éxito. Aunque era lógico pensar que la razón de mi insomnio era el inicio del tratamiento que se avecinaba, en realidad se debía al chico que había aterrizado en mi vida en las circunstancias más extrañas. Ese chico que, sabía, estaba durmiendo del otro lado de la pared.

No era una persona vanidosa. Nunca me había visto a mí misma como algo más que normal, ni bonita ni simple. Increíblemente promedio. Sin embargo, algo se removió en mi interior después de conocer a Jesse. Me había llamado hermosa. A mí. El mariscal de campo superestrella que estaba destinado a grandes cosas, que obviamente había sido popular en la escuela, me había llamado hermosa.

No podía ver en mi rostro la belleza que parecía haberlo cautivado.

Estaba muy confundida.

—Chris, Emma y yo saldremos a pasear, para explorar el rancho y platicar. Queremos hacerlo antes de empezar el tratamiento y que vomitemos todo Texas. ¿Quieres venir? —preguntó, con una sonrisa juguetona en sus gruesos labios. Jesse Taylor tenía encanto de sobra, pero no era arrogante. Era altanero y descarado de una forma muy inocente. Era magnético a decir verdad y, hasta ahora, cuando estaba cerca de él, sentía que algo me arrastraba a su órbita.

Me reí de su chiste, pero mi estómago se llenó de mariposas con la invitación. Aquí estaba de nuevo, mostrando su interés.

—Claro —acepté y lo seguí afuera de mi cuarto—. ¡Ah, espera! —Entré de nuevo para tomar mi libreta.

Jesse la señaló cuando volví a salir.

—En algún momento vas a tener que hablarme de esta libreta, Junie.

Me encogí de hombros.

—Tal vez lo haga en algún momento... si tienes suerte.

Jesse volteó a verme, caminando de espaldas.

—¡Junie Scott! ¿Estás coqueteándome? —preguntó, abriendo la boca para fingir sorpresa.

Me detuve en seco, con los nervios apoderándose de mí.

—Y-y-yo... —tartamudeé. ¿Eso era lo que estaba haciendo? No estaba segura de saber lo que era coquetear, mucho menos de saber hacerlo.

—No te preocupes —repuso, caminando a mi lado de nuevo, un poco más cerca que antes—. Me gusta.

Le dirigí una mirada y dejé salir toda mi humillación en un largo suspiro, sacudiendo la cabeza a modo de reprimenda.

—Eres travieso.

Jesse se llevó una mano al pecho, como si estuviera ofendido.

—Junie, ¿cómo puedes decir eso? Soy amable, respetable y mi mamá me educó bien. —Puse los ojos en blanco—. Está bien —admitió, acercando su dedo índice al pulgar—, tal vez soy un poquito travieso, pero de la mejor manera.

Y aunque estuviéramos bromeando, le creí. Este chico brillaba tanto que era capaz de iluminar cualquier habitación a la que entrara, y lo había entendido con apenas un día de conocerlo. No podía imaginar cómo sería estar a su lado por meses. Aunque ayer, cuando le pregunté sobre futbol, vi algo más aparecer en sus ojos: una grieta en su armadura que me hizo dejar de hacer preguntas. Y anoche, cuando no podía dormir, me pregunté si Jesse en verdad era tan despreocupado como quería hacerle creer a todos.

Jesse comenzó a pasar el balón de una mano a otra y noté lo que parecía una mancha grande de grafito o carbón en su mano izquierda.

—¿Dibujas?

Jesse dejó de lanzar el balón, como si mi pregunta lo hubiera sorprendido. Inclinó su cabeza a un lado, inspeccionando la mancha, y después volteó a verme.

—¿Qué? ¿Crees que los atletas no pueden ser artistas talentosos?

No pude detener la risa.

—¿Alguna vez te tomas algo en serio?

Jesse se puso frente a mí, ahora a solo unos centímetros de distancia.

—Te dije que eras hermosa, ¿no es cierto? Nunca me he tomado algo más en serio en mi vida.

El tiempo se extendió ante nosotros, y mi respiración se aceleró de tal modo que parecía ser lo único que escuchaban mis oídos. La libreta crujió en mis manos gracias a la fuerza con la que la sostenía. Mi corazón aleteaba y, cuando Jesse sonrió, supe que mis mejillas estaban al rojo vivo.

Dio un paso para acercarse más, tanto que podía percibir un leve aroma a almizcle que seguramente se debía a un sutil uso de colonia. Me recordaba a las noches en el porche de mi casa, un leve olor a madera y tierra con notas de chimenea.

—June —murmuró, llevando una mano a mi mejilla.

Sostuve el aliento, anticipando su movimiento, y luego...

—¿Jesse? ¿June? ¿Acaso escuché sus voces? —La conocida voz de Chris llegó a donde nos encontrábamos. Jesse puso los ojos en blanco de forma juguetona, dejó caer la mano y dio un paso atrás justo cuando Chris daba vuelta en la esquina; los ojos de este último se abrieron de par en par al vernos tan cerca.

—Eh... —Levantó el pulgar para apuntar hacia atrás con un gesto incómodo—. Em y yo nos cansamos de esperarlos y me ofrecí a buscarlos. —Su atención parecía dividirse entre nosotros—. ¿Vamos a pasear o qué?

Nerviosa, jugué con la punta del pañuelo que colgaba sobre mi hombro y esquivé a Jesse, evitando su mirada intensa. Le ofrecí una sonrisa tensa a Chris a modo de saludo cuando pasé a su lado y me apresuré a caminar por el pasillo hasta que vi a Emma cerca de la salida. Ella agitó la mano, sonriendo, pero su expresión cambió cuando vio mi cara.

—¿Estás bien?

Asentí justo en el momento en que Chris y Jesse aparecían detrás de nosotras. Sabía que mis mejillas estaban sonrojadas, podía sentir el calor en mi piel. No volteé. No podía mirar a Jesse en ese momento.

¿Qué había sido eso?

Mi piel picaba tanto que quería quitármela. Bajé la vista hacia mi mano: seguía sintiéndome como yo misma, aunque mi corazón parecía un caballo al galope en una carrera. No había entumecimiento, pero tampoco miedo.

Puse una mano sobre mi corazón. No era un efecto secundario del cáncer. Era un efecto secundario de Jesse Taylor.

Salí del edificio y, al instante, inhalé el cálido aire del campo. Cerré los ojos mientras llenaba mis pulmones. Escuché a Jesse y Chris hablando detrás de mí, y luego sentí un brazo engancharse al mío.

—¿Estás intentando huir de mí, June? —preguntó Emma, y solté una risa. Mi corazón se calmó un poco al tenerla a mi lado.

—No estoy huyendo —repliqué, dándole un golpecito a mi rodilla—. No creo que esta aguante si lo intentara.

Emma se rio.

—¡Oye! —gritó cuando Chris pasó corriendo a su lado con una botella de agua en la mano. Miré a Emma y noté que Chris la había mojado al pasar. Ella entrecerró los ojos—. ¡Me las vas a pagar, Christopher!

Me reí cuando usó su nombre completo.

Un pequeño jalón en mi pañuelo me hizo voltear. Jesse pasó corriendo a mi lado, lanzándome una sonrisa devastadora, y persiguió a Chris.

Los observé mientras corrían por el camino, tan rápido como sus cuerpos debilitados les permitían. Caminamos tras de ellos. El letrero que pasamos decía que este camino llevaba a varias rutas a lo largo del rancho. El contacto de Emma se sentía... bien. Nunca había tenido una amiga que hiciera esto conmigo.

—Te juro que todos los chicos son iguales. Nunca crecen. —Sacudió la cabeza al ver a Chris y Jesse, pero distinguí en su expresión el cariño que les tenía—. Entonces, June —continuó, volteando a verme—. Cuéntame sobre ti.

Chris y Jesse estaban recargados sobre una barda a lo lejos. El ganado de cuernos largos pastaba sobre el campo, y podía escuchar a Chris pidiéndoles que se acercaran.

Me encogí de hombros.

—No hay mucho que contar. Una chica cualquiera de diecisiete años de un pueblo pequeño... estudiosa, algo callada, no hay mucho que decir.

—¿Novio? —preguntó con una sonrisa traviesa.

—Sin novio —atajé.

—Te entiendo —continuó, y se acercó un poco—. Mi último novio me dejó cuando me quedé sin cabello. Que se vaya a la mierda, supongo.

Se me rompió el corazón

—Emma... eso es horrible —susurré, pero ella se encogió de hombros.

—Él se lo pierde. —Fingió lanzar cabello imaginario sobre su hombro—. Soy fabulosa sin importar cuánto cabello tenga. —Me reí y Emma me apretó el brazo—. Es broma, pero mi ex sí es horrible. No era una buena persona.

—¿Entonces tú tampoco tienes novio?

—Nop. Decidí esperar a que llegue el hombre de mis sueños. Está en mi futuro, puedo sentirlo.

Por alguna razón, alcé la vista y observé a Jesse. Seguía recargado en la barda de las vacas con cuernos largos, riéndose mientras Chris intentaba darles un puñado de pasto que había recogido del suelo. Como si pudiera sentir el peso de mis ojos, Jesse volteó y su mirada se suavizó al encontrarse con la mía. Mi corazón se aceleró de nuevo.

Emma se aclaró la garganta.

—Jesse es lindo.

Volteé a verla con los ojos bien abiertos. Emma se inclinó hacia delante, riéndose.

—¡Deberías ver tu cara! —Se rio aun más fuerte. No pude evitar sonreír. Una vez que se recuperó, continuó—. Está bien pensar que un chico es lindo, ¿sabes?

Me quedé en silencio mientras acortábamos la distancia entre nosotras y los chicos. Experimenté una comodidad instantánea con Emma. Su personalidad era tan cálida como su sonrisa, y me encontré a mí misma confesando:

—Nunca he tenido novio. —Por el rabillo del ojo, noté que volteaba en mi dirección, pero seguí viendo al frente—. Ni siquiera me han besado.

Emma me acercó aún más a ella.

—Bueno, June, solo llevo conociéndote un gran total de veinticuatro horas y puedo decirte que el chico que se robe tu corazón va a ser muy suertudo.

Me sonrojé e intenté ignorar el nudo en mi estómago, el mismo que me decía que un chico como Jesse nunca se interesaría en una chica como yo. No quería que la inseguridad me afectara durante nuestro paseo. Solo quería disfrutar este momento de libertad previo al tratamiento y hacer una nueva amiga.

—Gracias.

—Entonces, hablemos de algo que no sean chicos. Somos mujeres fuertes e independientes que tienen más que ofrecerle al mundo.

—Está bien —dije entre risas.

—Cuéntame de tus amigos —pidió, y esto me aturdió más que la pregunta sobre los novios. Emma notó que, de pronto, me había quedado demasiado callada—. ¿Estás bien?

—Ajá… —mascullé, y me aclaré la garganta. Intenté pensar en qué decir para no sonar patética, pero terminé por encogerme de hombros—. Realmente no tengo amigos. —El brazo que Emma tenía enganchado al mío me apretó con fuerza. Me sentía demasiado vulnerable como para verla a los ojos—. Había muchas personas con las que jugaba cuando era niña y con las que hablaba en clase, pero no éramos cercanos. Y después del tratamiento… —No terminé la oración.

—¿Esos amigos desaparecieron, dejaron de visitarte y siguieron con sus vidas mientras tú estabas en el infierno de quimios y células madre? —Aventuró luego de unos instantes de silencio. No pude haberlo dicho mejor. Después de que yo asintiera, continuó—. Créeme que lo entiendo, June.

Un poco de mi vergüenza desapareció.

—¿En serio?

—En serio. —Me volvió a apretar el brazo—. Yo solía tener mejores amigos, pero nos alejamos cuando nuestras vidas comenzaron a ir por caminos completamente diferentes. —Soltó un suspiro—. No los culpo ni les guardo rencor. —Hizo un gesto hacia su cuerpo—. Es a esta enfermedad a quien le guardo rencor.

—¿A quién le guardamos rencor? —preguntó Chris, que caminó hacia nosotras y luego se colocó en medio para rodear nuestros hombros con sus brazos.

—A ti —espetó Emma en un tono serio y Chris dio un paso atrás, fingiendo estar ofendido.

Hubo una explosión de calor junto a mí y, al voltear, vi que Jesse iba a mi lado. Estaba riéndose de Chris, quien ahora caminaba frente a nosotros y de espaldas para poder vernos mientras hablaba.

—No, en serio. ¿A quién le guardamos rencor? —preguntó Chris de nuevo. Por el rabillo del ojo podía ver a Jesse pasar el balón de futbol americano de una mano a otra.

—Al cáncer —respondió Emma—. Ya sabes, la enfermedad que está intentando matarnos a todos.

—Ah, Melo —dijo Chris. Cuando no recibió nada más que confusión como respuesta, continuó—. ¿Qué? Le di un nombre. —En un momento de seriedad, agregó—: La depresión me pegó muy fuerte al principio. Se apoderó de mi hasta que no pude pararme de la cama. —Se encogió de hombros—. Busqué ayuda, lo cual me hizo bien. Todavía tengo recaídas, pero ya hay más días buenos que malos. —Hizo una pausa para reflexionar—. Me gusta el humor negro, es como lidio con las cosas, o eso dice mi terapeuta, así que bauticé a mi cáncer como Melo. No es un buen tipo y estoy tratando de deshacerme de él antes de que me mate, pero mientras esté conmigo y existiendo en mi cuerpo, se llama Melo.

—Te digo esto con todo el afecto que te tengo, Chris —intervino Emma—, pero eres la persona más rara que conozco.

Chris dejó de caminar y, con un movimiento dramático, puso una mano sobre su boca antes de dejarla caer a su pecho, sobre su corazón.

—Emma, eso es lo más lindo que alguien me haya dicho.

Emma, Jesse y yo nos echamos a reír. Quise bañarme en ese sonido. Se sentía tan curativo como los medicamentos que ayudaban con los efectos secundarios de los tratamientos.

Chris me caía bien, y admiraba mucho lo honesto que era al hablar de su depresión. Ya adoraba a Emma. Y en cuanto a Jesse... Alcé la vista para mirarlo. Se dio cuenta y preguntó:

—¿Te estás divirtiendo, Junie?

—Sí —respondí. Y era verdad.

Dimos vuelta en una esquina y nos encontramos con un parque de juegos. Chris corrió directamente hacia los columpios y se sentó. Había otros cinco en el set, así que todos lo seguimos. Emma estaba a mi derecha y Jesse a mi izquierda. Me balanceaba hacia delante y atrás, observando los terrenos llenos de ganado de cuernos largos. Había algo dulce en el aire y el clima no se sentía tan caluroso.

—Entonces, ¿Chris? —lo llamó Emma. Él se balanceaba con un poco más de fuerza que el resto de nosotros—. ¿Cómo eras en la escuela?

Chris inclinó su cabeza a un lado y dijo:

—Era muy popular. El donjuán más cotizado que jamás ha existido. El mejor jugador de beisbol que el condado haya visto. —Se encogió de hombros—. Pero intento ser humilde al respecto.

Solté una risita y Emma dejó caer la cabeza hacia atrás para carcajearse. Jesse sacudió la cabeza y se rio entre dientes.

—¿Qué? —le preguntó Chris a Jesse—. ¿No me crees?

—No dije nada —se defendió, levantando las manos—. No me gustaría poner en duda al donjuán más cotizado.

Chris puso los ojos en blanco y sonrió.

—Bueno. Era bueno en beisbol, lo suficiente para conseguir una beca para la universidad. Tuve algunas novias, pero todas me dejaron.

—¡Lo sabía! —exclamó Emma. Chris frunció el ceño en su dirección.

—Pero me gustaba la escuela. Me pone triste no poder terminar mi último año con mis compañeros, aunque supongo que ustedes sí lo harán.

Jesse le dio una patada a los pedazos de corteza triturada que componían el suelo del parque, lanzándolos hacia Chris. Este se sacudió y entrecerró los ojos, mirando a Emma.

—¿Y tú?

—Era una estudiante normal. Estaba en la banda escolar. Sin enemigos. Todo estaba bien.

—¿June? —preguntó Chris, y mi estómago dio un vuelco. Apreté la libreta aún más contra mi pecho y miré al suelo.

—Buena estudiante. Probablemente mucho más reservada que ustedes, pero me gustaba la escuela. —Sentí mis mejillas arder. Cando alcé la mirada, Chris estaba asintiendo. Luego, se dirigió a Jesse.

—¿Jesse? —preguntó Chris, con una sonrisa traviesa.

—Ah, ya sé —interrumpió Emma—. Muy popular. El verdadero donjuán más cotizado que jamás ha existido. Y él sí era el mejor jugador de futbol americano del condado.

Me reí de la expresión de Chris mientras escuchaba «la traición» de Emma, pero después su expresión se relajó.

—Sí, es probable —admitió.

Cuando miré a Jesse, me quedó claro que todo era verdad, pues no parecía estar avergonzado. Pero, en lugar de confirmarlo, soltó:

—Soy un hombre de misterio. Quiero que se queden con la duda.

Podía verlo. Imaginaba que Jesse era el chico más popular e la escuela y, si papá había escuchado de él, era claro que tenía mucho talento para el futbol. Además, a juzgar por el efecto que tenía en mí, era obvio que las chicas le caían a montones.

No podíamos estar en polos más opuestos del estrato social, aunque lo intentáramos.

—Somos un grupo muy variado —declaró Emma, mostrándonos una sonrisa cegadora—, ¡y me encanta!

Miré a Chris, el gracioso; a Emma, la leal; yo era la callada y estudiosa; y Jesse, bueno... él era el chico popular con la sonrisa magnética.

—Veamos qué más tiene para ofrecer este lugar. —Chris saltó del columpio y Emma lo siguió. Yo me puse de pie y Jesse caminó a mi lado.

—¿Te cae bien Emma? —preguntó, jugando con su balón.

—La adoro, no puedo esperar a conocerla mejor. —Me reí al ver que, más adelante, Chris estaba intentando hacer que Emma se tropezara en el camino de grava—. Él definitivamente era el payaso de la clase —dije apuntando a Chris, que ahora huía de Emma mientras ella intentaba regresarle el favor.

—Totalmente, para nada era el donjuán que nos quiere hacer creer.

Una chispa de celos me atravesó el cuerpo.

—¿Tú sí? —pregunté antes de darme cuenta. Jesse volteó a verme—. ¿Y bien, señor popular?

Inclinó la cabeza a un lado.

—Tal vez era popular, aunque sueno como un idiota cuando lo digo en voz alta. —Jesse se giró para colocarse frente a mí, lo que me hizo detenerme en seco—. Pero no era el donjuán que ustedes creen que soy. —Alcé una ceja con incredulidad, y él sonrió—. Un par de novias, como máximo. Lo juro.

Mi estómago se contrajo al escucharlo. No sabía por qué, si acababa de conocerlo. Sacudí la cabeza mientras avanzábamos de nuevo.

—No estoy segura de que hubiéramos hablado si estuviéramos en la misma escuela —comenté—. Pasaba mucho tiempo en la biblioteca. Creo que ni siquiera nos hubiéramos cruzado.

—Te hubiera visto —me aseguró, y cada palabra estaba llena de convicción. Alcé la mirada y me encontré con su rostro serio—. Te hubiera visto, Junie. Créeme.

Pero no le creía, ese era el problema.

Escuché un sonido familiar detrás de mí; cuando busqué a Emma y Chris, vi un corral lleno de caballos Cuarto de Milla. Una sonrisa se extendió por mi cara y apresuré el paso.

—¿June? —exclamó Jesse, y corrió para seguirme el paso. Cuando di vuelta en la esquina, vi unos establos. Era una vista hermosa, pero también un golpe en el estómago. Los establos eran enormes, pintados de blanco, con una arena de entrenamiento techada y otra abierta.

Me detuve en la barda al lado de Emma y Chris. Estiré el brazo cuando un caballo pinto se me acercó. Pasé la mano por su cara y le di un beso en la nariz.

—¿Apasionada de los caballos? —preguntó Emma.

—Solía serlo.

Emma me dio un empujón.

—Tal vez puedas serlo de nuevo.

Hizo un gesto hacia los establos, donde podíamos ver a los cuidadores cepillando y bañando a los caballos a través de las enormes puertas abiertas. La idea de volver a convivir con ellos llenó mi corazón de alegría. Había olvidado lo curativos que podían ser.

—Tal vez.

Jesse le dio unas palmadas y el caballo se fue. No pude evitar reírme cuando volteó a verme con una mirada perpleja.

—¿Qué le hice?

Chris se rio y siguió andando. Emma enganchó su brazo con el mío de nuevo y Jesse caminó a nuestro lado. Mientras nos alejábamos de los establos y seguíamos explorando, se inclinó hacia mí y susurró:

—Ahí lo tienes, Junie. Por más popular que creas que soy, no aplica con los caballos.

—¡Jesse! —gritó Chris, señalando un granero lleno de tractores y equipo de granja.

Mientras Jesse caminaba hacia él, Emma me apretó el brazo de nuevo.

—Es posible que seamos el grupo de amigos más aleatorio del mundo, pero nos vamos a divertir mucho —declaró.

—Muy cierto —confirmé, y sentí un momento de verdadera felicidad. Teníamos una montaña que escalar en rancho Armonía, pero, si podía hacerlo junto a estas personas, pensé que tal vez no sería tan difícil.

Capítulo cinco

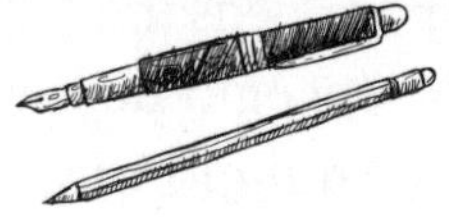

JESSE

—¿Esto va a pasar todos los días? —preguntó June cuando abrió la puerta.

Recargado en el marco, la saludé con una sonrisa.

—Buenos días, Junie.

June llevaba puesto un pañuelo lila en la cabeza, mallas negras y una camiseta blanca muy amplia.

—Te ves muy linda —apunté, y su sonrisa flaqueó un poco justo cuando bajaba la mirada, evitando mis ojos.

Me preocupó haber sido demasiado directo, pero después respondió:

—Gracias.

No creía haberlo sido. No estaba seguro de que me creyera, lo que me parecía muy loco. ¿Acaso no podía verse a sí misma?

—Nuestro último día de libertad —anuncié. Mañana empezaríamos nuestro «tratamiento milagroso», como lo llamaba Chris. Sin importar lo horrible que indudablemente sería el proceso, no podía esperar a que empezara. Entre más rápido entrara en remisión, más rápido podría alcanzar mis metas.

—Entonces, ¿qué tenemos planeado para hoy? —preguntó mientras se ponía sus Converse blancos.

—Toby, Kate, Cherry y Silas están en la alberca, así que toma lo que necesites para nadar. Dijimos que nos uniríamos a ellos.

June dudó un segundo antes de volver a entrar en su cuarto. Unos minutos después, salió con su bolsa para nadar; la libreta estaba encima de todo lo demás. Con ella a mi lado, encabecé la caminata hacia la alberca.

—¿Cómo te sientes sobre mañana?

June hizo una pausa para pensar.

—Bien, supongo. —Se encogió de hombros—. Creo que solo estoy nerviosa. Leí que es quimio otra vez con inmunoterapia. —Suspiró—. Odio la quimio.

—Yo igual —admití. Era brutal. De todo lo que habían intentado conmigo, la quimio era lo peor—. Pero al menos nos tenemos los unos a los otros para ayudarnos, ¿no?

June sonrió.

—Es cierto. Si esto nos cura, voy a tomar toda la quimio que quieran darnos.

Asentí.

—¿Dónde están tus padres? —pregunté justo cuando salíamos rumbo a la alberca.

—Hoy trabajan desde las residencias para familiares. Desayuné con ellos, pero quería estar con ustedes otra vez y ellos tenían que trabajar.

El rubor cubrió sus mejillas. No podía explicar lo feliz que me hacía escucharla.

Gritos provenientes de la alberca llegaron a nuestros oídos y, cuando dimos la vuelta, vimos que todos estaban adentro. Llegamos justo a tiempo para ver a Chris caer como bala de cañón en el agua, salpicando a Emma en el proceso.

Me reí cuando Emma gritó y después metió la cabeza al agua. Parecía que iba a ser el último día perfecto, y me recordó a tiempos más fáciles en casa con mis amigos, cuando la vida aún no era tan intensa.

Me quité la camiseta.

—Los vestidores están por allá —le indiqué a June. Sus ojos estaban fijos en la alberca, pero se sonrojó en cuanto volteó y posó la mirada sobre mi pecho.

—Me voy a sentar aquí afuera por ahora.

Fruncí el ceño, confundido. June pasó a mi lado, se sentó en un camastro y les sonrió a todos antes de sacar un libro de su bolsa. Estaba ocupado mirándola, preguntándome por qué no quería meterse, cuando Emma salió de la alberca. Se secó con una toalla y murmuró:

—Yo me siento con ella.

—¿Crees que esté molesta conmigo? —pregunté, preocupado por si había hecho algo para ofenderla.

—No, no creo que esté molesta contigo —respondió, caminando hacia ella; June dibujó otra sonrisa genuina en cuanto nuestra amiga se le acercó.

—Romeo, ¿vas a entrar o vas a mirar a June como un tonto enamorado todo el día? —gritó Chris desde la alberca. Sin perder más tiempo, me sumergí y le jalé las piernas desde el fondo antes de volver a la superficie.

—Idiota —escupió mientras ambos salíamos a tomar aire.

De inmediato, busqué a June con la mirada. No podía evitar preocuparme por que estuviera bien. Ella y Emma estaban sentadas juntas en el camastro, hablando como locas. Mi pecho se contrajo con solo verla. No me gustaba lo nerviosa e incómoda que se había mostrado hace un momento, y no me gustaba no saber por qué.

Emma se levantó, caminó hacia nosotros y se inclinó al lado de la alberca.

—Iremos a hacer otra cosa —avisó, señalando a June.

—¿Cómo qué? —pregunté. Chris nadó hasta mi lado para escuchar.

Emma se encogió de hombros.

—No sé. Algo se nos ocurrirá.

—¿June no quiere nadar? —preguntó Chris. Emma negó con la cabeza.

—¿Está bien? —cuestioné, con una profunda preocupación asentándose dentro de mí.

June estaba leyendo un libro, sin siquiera mirar hacia donde estábamos. Emma le dirigió un rápido vistazo y luego volvió a mirarnos.

—Está bien. Solo no quiere nadar.

Entonces no había nada más que decidir. Salí de la alberca y tomé mi toalla. Chris hizo lo mismo.

Emma se enderezó y levantó una ceja.

—Déjame adivinar. ¿Tú también quieres venir? —preguntó con diversión en la voz.

—¿Están bien con eso? —Hice una pausa, preguntándome si June necesitaba espacio y quería estar sola con Emma.

—Claro que sí. Voy a cambiarme.

Me sequé, me puse la camiseta y recogí mi balón. Me acerqué a June y le eché un vistazo a lo que estaba leyendo.

—Déjame adivinar… ¿hadas musculosas?

June bajó el libro entre risas.

—¿Hadas musculosas? —Pareció entender lo que quería decir—. ¿Te refieres a los altos faes?

Me encogí de hombros.

—No tengo idea, pero algunas amigas del pueblo hablaban de eso todo el tiempo. —Los ojos de June brillaron de alegría—. Como que estaban enamoradas de esas criaturas míticas.

Cerro el libro y lo agitó en el aire.

—No hay hadas musculosas en este, pero sí tiene vampiros musculosos —explicó, intentando abatir una sonrisa, y yo asentí, divertido. Era casi lo mismo. June guardó el libro en su bolsa y se puso de pie—. ¿Ya no vas a nadar?

—Prefiero estar con ustedes —aclaré justo cuando Chris regresaba, seco y con una camiseta puesta.

—Yo también. No podemos dividir el grupo en el día dos, June. Es nuestro momento de conectar y tenemos que estar juntos todo el tiempo.

—¡Ah! —dijo June, sonriendo—. Entiendo.

Vi felicidad real en la forma en que enderezó su postura. Emma regresó usando unos *shorts* de mezclilla y una camiseta azul sin mangas, con un pañuelo a juego en la cabeza.

—Entonces, ¿qué quieren hacer?

—¿Salón de juegos? —sugirió Chris, apuntando a la casa-granero que se encontraba a nuestras espaldas.

Miré a June, alzando una ceja a modo de pregunta.

—Está bien —aceptó.

Seguimos a Chris y, en cuanto abrió la puerta, June se paró en seco. Sus ojos cafés se abrieron de par en par mientras absorbían el espacio. Había juegos de *arcade* cubriendo las paredes, hockey de aire y mesas de billar en el centro, además de todo tipo de consolas de videojuego conectadas a la televisión del cuarto, con varios pufs frente a ella.

—Lo encontramos en nuestro primer día —expliqué, mientras Chris ponía una canción de *country* que llenó el cuarto desde las bocinas último modelo colocadas en el techo.

—Vaya —murmuró y dejó su bolsa en una mesa cerca de la entrada—. Realmente convirtieron este lugar en un paraíso para los pacientes. —Volteó a verme y sonrió—. Se terminaron los días de estar encerrados entre cuatro paredes blancas y una ventana que no da a ningún lado.

—Increíble, ¿verdad? Lo único que necesitábamos para conseguirlo era pararnos frente a las puertas de la muerte.

June se ahogó con su risa y me miró de reojo.

—¿Ves? Eres un travieso —recalcó. Un rayo de calor se disparó en mis venas al experimentar su lado juguetón.

—Lo dice la chica que lee obscenidades sobre vampiros —repliqué, viendo cómo June se quedaba con la boca abierta. Alcé las manos rápidamente, entrando en pánico—. Lo cual está superbien y no es inapropiado de ninguna manera. El arte es subjetivo etcétera, etcétera.

June me apuntó con un dedo.

—Esos vampiros podrían enseñarte una que otra cosa, donjuán.

Me desbordaba de felicidad: June estaba bromeando conmigo. De alguna manera, había logrado atravesar su barrera de protección.

Me sentía como el hombre más afortunado del mundo.

Los brazos de June estaban cruzados sobre su pecho. Me acerqué a ella un paso a la vez, hasta que sus pupilas se dilataron un poco. Me puse el balón debajo del brazo.

—¿Cómo sabes que podrían enseñarme algo? —insinué. Sus labios se separaron y el aire escapó entre ellos—. Tal vez yo podría enseñarles algunos trucos, sobre cosas que no involucren chupar sangre, por supuesto.

El sonido de bolas de billar golpeándose se escuchó detrás de nosotros. Emma apareció al lado de June, pero seguíamos mirándonos a los ojos. Ella desvió la mirada para sonreírle a Emma, quien intentaba esconder lo entretenida que estaba. De seguro me había escuchado.

—¿Quieren jugar billar? Chris y yo contra ustedes dos.

—Acepto —respondí, pero June negó con la cabeza.

—No sé jugar billar —aclaró, y me miró como si me estuviera pidiendo perdón.

—No importa. —Caminé hacia la mesa, con June siguiéndome—. Yo te enseño.

—Ah, aquí vamos —se quejó Chris, pero lo ignoré.

Tomé el taco y le puse un poco de tiza a la punta.

—¿Quién rompe? —pregunté.

—Yo —respondió Chris. Apuntó su golpe y logró meter una bola de rayas en un bolsillo. Sonrió y movió las cejas mientras apuntaba para su segundo golpe.

—¿Qué está pasando? —preguntó June, acercándose. Sentí que se me ponía la piel de gallina cuando su aliento mentolado me alcanzó.

—El turno de Chris continúa hasta que falle. Después, el siguiente turno es nuestro.

—Está bien —asintió, mientras una bola a rayas rebotaba lejos de la buchaca. Le ofrecí el taco, pero negó alzando las manos—. No, por favor. Tú primero.

Apunté a la mesa.

—Emma y Chris son rayas, nosotros somos lisas.

June asintió, observándome como un halcón. Metí tres lisas, pero fallé la cuarta. Emma fingió estirarse como toda una atleta usando la mesa.

—Miren y aprendan, chicos —presumió cuando llegó su turno, guiñándole un ojo a June, cuya sonrisa se ensanchó mientras Emma metía bola tras bola a rayas en las buchacas. Me recargué en el taco y solté un quejido dramático.

Chris estaba radiante, viendo a su compañera de equipo aniquilarnos. Cuando Emma al fin falló en su octava bola, miré a June.

—Junie, no te quiero presionar ni nada, pero nuestra victoria depende de ti.

June dejó caer la cabeza en sus manos y soltó un jadeo quejumbroso. Me miró a través de sus dedos.

—Jesse, vamos a perder. Lo sabes, ¿verdad?

—¡No! —exclamé—. ¡No mientras pueda evitarlo! —Me ubiqué a sus espaldas y puse el taco en sus manos—. Soy un buen jugador de futbol americano, pero también soy un increíble entrenador. Podemos hacerlo, Junie.

—Está bien —aceptó con voz ronca. Me tomó un momento darme cuenta de que tal vez era porque estaba cerca de ella.

—¿Te molesta? —pregunte, en caso de que se sintiera incómoda.

—No, para nada —masculló, y sus mejillas se pusieron rojas.

—Está bien. —Le mostré cómo sostener el taco y posicionarlo sobre la mesa—. Solo... —Ajusté su brazo—, así, muy bien —jadeé.

June intentó maniobrar con el taco como le había mostrado, pero no lo estaba logrando. Antes de golpear la bola, me miró sobre su hombro.

—¿Puedes ayudarme, por favor?

Colocándome a su lado, cubrí sus manos con las mías, con mi boca cerca de su oreja. Se sentía como si mi corazón se estuviera azotando contra mi pecho al tenerla tan cerca.

—Apunta —indiqué—, y dale un golpe suave.

Cuando golpeamos la bola blanca, voló hacia una de las lisas. Sonreí cuando esta cayó dentro de una buchaca. June volteó a verme, con los ojos brillantes y una sonrisa gigante.

—¡Lo hice!

Esa hermosa sonrisa en ese precioso rostro era como un golpe directo a mi corazón.

—Lo hiciste —celebré, con la voz ronca. Sin poder evitarlo, añadí—: ¿Tus vampiros musculosos te hubieran ayudado a hacer eso?

June dejó caer la cabeza hacia atrás y se rio, llenando el cuarto de esa melodía adictiva. Cuando me miró de nuevo, comentó:

—No, Jesse, estoy segura de que no.

—Un punto para mí, supongo —declaré, mientras alguien se aclaraba la garganta.

—¿Chris? —dijo Emma desde el otro lado de la mesa—. ¿Tú también sientes que a estos dos se les sigue olvidando que estamos aquí?

—Mmm... Ahora que lo pienso, sí. También pasó un par de veces ayer.

Alcé la vista hacia Emma y Chris, que presumían unas enormes sonrisas. Sin que June me viera, les pinté el dedo. Emma soltó una carcajada y June se quedó quieta en su lugar, claramente avergonzada.

—Creo que puedo sola —murmuró, lanzándome una mirada nerviosa—. Gracias, Jesse.

Asintiendo, di un paso atrás y vi cómo June metía otra bola a una buchaca.

—La alumna se vuelve la maestra —me dijo, quitándose de encima cualquier incomodidad que le hubieran causado los comentarios de Emma y Chris.

—He creado un monstruo —solté con un quejido, pero la verdad era que mi pulso estaba fuera de control.

Entre más tiempo pasábamos juntos, más mostraba su personalidad.

—O tal vez no —contradijo al fallar un tiro.

Me reí de su expresión de vergüenza y dejé caer mi cabeza derrotada cuando Chris inmediatamente metió la bola negra a una buchaca.

—¡La victoria es nuestra! —gritó, levantando los brazos en el aire. Él y Emma chocaron las manos y se abrazaron para celebrar.

Eché una mirada alrededor del cuarto.

—¿Hockey de aire, Junie?

—Vas a perder.

Le gané cinco a cero.

Acabábamos de soltar las paletas cuando la puerta del granero de juegos se abrió. Bailey, un enfermero del rancho, llegó con una bandeja de bebidas color naranja pálido.

—Hola, chicos —saludó y puso las botellas en la mesa—. Les traje bebidas para reforzar su sistema inmune, una para cada uno. Tienen que tomarla hoy para empezar el tratamiento mañana y que les hagan los exámenes necesarios para el ensayo clínico.

Chris tomó una botella, se la acercó a la nariz y la alejó al instante.

—No, hermano, es asquerosa —protestó. Emma, June y yo nos acercamos también. Tenía razón, el líquido olía terrible.

—Sé que no sabe bien, pero me temo que es obligatorio. —Bailey dio unos golpecitos en la mesa—. Regreso en treinta minutos. Tienen todo ese tiempo para tomárselas.

Cuando se marchó, Emma se instaló en el círculo de pufs acomodados para jugar. June se sentó a su lado, en otro. Yo me senté al lado de June y Chris tomó el último.

—Muy bien, hagámoslo —dije, y me obligué a darle un trago. Los ojos se me llenaron de lágrimas mientras intentaba tragar el líquido espeso, luchando por no vomitar. Tosí y me limpié la boca al terminar—. Mierda, es lo peor que jamás he probado.

Emma exhaló.

—No sé si pueda hacer esto.

Se acercó la botella a la nariz y los ojos se le llenaron de lágrimas.

—Yo tampoco —agregó June, mirando la botella como si fuera el objeto más ofensivo del mundo. Suspiró—. No puede ser peor que otros tratamientos que hemos tomado, ¿o sí? —Sus ojos nos analizaron a todos en busca de confirmación.

—¿Qué hemos tomado? —preguntó Emma.

—Tengo una idea. —Saltó Chris, y me reí cuando los tres soltamos un quejido como respuesta—. ¡No! Es buena, ¡lo juro! —Le dio unos golpecitos a la botella con el dedo—. Yo nunca, nunca, edición LMA.

—No puedo creer que esté diciendo esto —intervino Emma—, pero podría ayudarnos. —Revisó su reloj—. Solo nos quedan veinte minutos.

—Acepto —declaró June y, con ojos tímidos, confesó—. Aunque jamás he jugado yo nunca, nunca.

—Bueno, es mejor con cerveza, Junie, pero supongo que esta agua de alcantarilla tendrá que ser suficiente —comenté. June se rio. Suspirando, volteé a ver a Chris—. Está bien, acepto.

—Yo primero —respondió—. Yo nunca, nunca he tomado quimioterapia. —Con los ojos cerrados, dio un trago grande, contorsionando la cara debido al sabor.

—No es justo —reclamó Emma—. ¡Todos hemos hecho eso!

—Exacto —exclamó Chris, con la voz tensa gracias al sabor—. Tenemos que tomarnos esto en algún momento.

Miré a June y, alzando la botella, brindé:

—*Bon appétit!*

Di un gran trago y me obligué a pasarlo. June, por su parte, comenzó a toser.

—Oh, Dios —murmuró, limpiándose la boca.

—Me toca. —Emma continuó con el juego—. Yo nunca, nunca he recibido radiación.

Los cuatro bebimos de nuevo. Miré la botella y parecía que no había tomado casi nada.

—¿Esta botella se rellena sola o qué?

La risa de June hizo que mi corazón diera un salto.

—Estaba pensando lo mismo.

—Bueno —dije—, yo nunca, nunca he recibido un tratamiento de células madre. —Alcé la botella—. ¡Aunque el mío no funcionó! —Di otro trago.

—¡A ninguno de nosotros le funcionó! —repuso Emma.

Todos mis amigos bebieron. Volteé a ver a June y esperé a que hablara.

—Yo nunca, nunca he tenido un trasplante de médula ósea.

June tomó, pero esta vez ni Emma ni yo lo hicimos; solo Chris se le unió.

—¿Tú no? —me preguntó June después de beber.

—Nop.

—¿Tú tampoco? —se dirigió hacia Emma, quien repitió mi respuesta.

—¡Nop!

Hubo un momento de silencio antes de que Chris interviniera.

—Pues... esos fueron todos los tratamientos que recibí antes de venir aquí. ¿Qué más hay?

—Tuve terapia farmacológica dirigida, dos veces —comentó June, y sentí que la estaba viendo por primera vez. De verdad la había pasado mal.

—Uy, chica. Lo has hecho todo —apuntó Emma. June asintió con tristeza.

—Y nada funcionó —agregó en un tono sombrío, pero se obligó a sonreír—. Pero esto funcionará. —Se tomó lo que quedaba de su botella de un solo trago—. Puedo sentirlo.

—¡Obvio, amiga! —gritó Emma, y alzando una mano en el aire, también se terminó lo que quedaba de su bebida.

—Maldición —masculló Chris—. Nos acaban de ganar unas niñas.

Me reí cuando Emma le lanzó su botella vacía. Chris intentó hacer lo mismo que ellas, pero tuvo que detenerse para evitar vomitarlo todo.

—Eso te pasa por ese horrible comentario —espeté, doblándome de la risa—. Tengo dos hermanas pequeñas que te patearían el trasero por ese tipo de cosas.

—¡Era una broma! ¡Estaba bromeando! —se defendió, intentando beber de nuevo la masa naranja.

Cerré los ojos, respiré hondo y también me terminé la botella. Un escalofrío de asco me recorrió la espalda justo cuando Bailey regresaba al granero.

—¿Cómo les fue? —preguntó.

—Súper fácil —respondió Chris, con el cuerpo aún temblando por el asco.

—¿Qué tan seguido vamos a tomar esta delicia? —preguntó Emma.

Bailey hizo una mueca.

—Lamento decirles que será diario. Las medicinas van a ser agresivas con su cuerpo y esto los ayudará a mantenerse fuertes.

—Genial —respondió Emma y se puso de pie. Después de que Bailey tomara las botellas y nos dejara solos, estiró la mano en dirección a la otra chica—. ¿June?

Esta alzó la cabeza, confundida.

—He decidido, como tu nueva mejor amiga, que vamos a tener una hora de chicas todos los días. ¿Qué te parece? —Emma nos miró a Chris y a mí—. Los quiero, chicos, de verdad, pero estar expuesta a tanta testosterona en un solo día me da alergia.

June se rio y se puso de pie, tomó su bolsa y Emma se enganchó de su brazo.

—Muchachos, los veremos mañana para el inicio del tratamiento. Voy a llevar a mi chica a la cocina por algo de comer.

Mi corazón se derritió al ver la felicidad en el rostro de June. Emma parecía hacerle bien. Mientras se iban, June volteó por encima de su hombro y nuestros ojos se encontraron. Gesticuló un «hasta mañana» y me despedí con la mano, observando cómo ambas platicaban cómodamente mientras se marchaban.

—Estás perdido —murmuró Chris desde su puf, cerrando los ojos como si fuera a tomar una siesta—. Total y completamente perdido.

Ignoré las palabras de mi amigo, porque eran verdad. No podía sacarme a June de la cabeza: su risa, sus ojos, su sonrisa. Sentí una presión en el pecho al recordar todos los tratamientos que había experimentado, lo cual me hacía pensar que llevaba mucho tiempo enferma.

Pero ahora estábamos en el rancho. Y nos iban a curar. No había otra opción.

Y, en el proceso, no podía esperar para seguir conociéndola. Porque, como Chris había dicho, cuando se trataba de June Scott, estaba felizmente perdido.

Capítulo seis

JUNE

El doctor principal del ensayo clínico terminó de acomodar sus cosas al frente del cuarto de juegos.

Nerviosa, me dediqué a jugar con la punta de mi pañuelo. Estaba sentada entre Emma y Jesse, con Chris del otro lado de este último. Como si se hubiera convertido en un ritual, Jesse había tocado a mi puerta en la mañana. No lo había vuelto a ver después de que Emma y yo dejáramos el granero de juegos el día anterior. Fui al cuarto de Emma y solo platicamos, comimos botanas y vimos televisión. Era el cielo. Sin embargo, mi mente seguía desviándose hacia Jesse y lo que él y Chris estarían haciendo.

Esos sentimientos eran… nuevos para mí.

Me había resignado a que nunca encontraría a alguien que me gustara, en especial mientras estuviera en tratamiento. Y ahora sentía una atracción por alguien mientras recibía un nuevo tipo de quimioterapia e inmunoterapia.

Toda la situación hacía que la cabeza me diera vueltas.

Silas, Cherry, Toby y Kate estaban sentados del otro lado de la sala. El hombre al frente no parecía tener más de veinticinco años. Lucía demasiado joven para liderar un ensayo clínico entero.

—Buenos días —saludó, empezando su presentación—. Soy el doctor Duncan y estoy a cargo de este tratamiento. —Apuntó a su rostro—. Sé que me veo joven, y es porque lo soy. —Algunas risas apagadas se oyeron en el cuarto—. He estado trabajando en este tratamiento junto con un talentoso equipo por un largo tiempo. Me alegra que estén aquí y esperamos que sea un éxito para la mayoría.

Hubo una pausa repentina una vez que las palabras salieron de su boca: «Esperamos que sea un éxito para la mayoría».

La mayoría...

Algunos de nosotros no veríamos ese éxito. Mis ojos recorrieron el lugar y se encontraron con los de los otros pacientes; era obvio que estábamos pensando lo mismo: de los ocho, algunos no sobreviviríamos. La sola idea era preocupante.

—Me disculpo si suena demasiado directo —continuó el doctor Duncan.

Un escalofrío ardiente bajó por mi espalda, y me di cuenta de que era miedo. Como si lo sintiera, Jesse se inclinó hacia mí y rozó su brazo con el mío, ofreciéndome su apoyo. El calor inmediatamente ahuyentó lo peor de mis temores. No lo miré. Sabía que, si lo hacía, me derrumbaría, y necesitaba mantenerme optimista. Estaba decidida a hacerlo.

—Estoy en el espectro autista. —El médico redirigió la conversación—. Tengo un coeficiente intelectual alto y he dedicado mi vida a salvar gente. Sin embargo, me temo que me va mejor con los hechos que con los modales. La ciencia es mi lenguaje y mi fortaleza. El lado social, no tanto.

Sonreí al escucharlo. Parecía un hombre amable y apreciaba que hubiera decidido compartir un poco con nosotros. Después de todo, las personas que trabajaban en el rancho sabían todo sobre los pacientes; era lindo que nos contaran algo personal.

El doctor Duncan esperó a que dejáramos de movernos y cuchichear entre nosotros. Sentí una mano sobre la mía: era Emma. Alcé la mirada y en sus ojos vi reflejado el mismo miedo que me invadía. Apreté su mano. El día anterior habíamos reído y bromeado todos juntos. No obstante, esta situación no era para nada graciosa.

Todos estábamos aquí porque nos estábamos muriendo. Esa verdad siempre estaba cerca para recordarnos por qué nos habían dado un lugar en el rancho. Los últimos días de diversión habían sido increíbles y nos habían ayudado a formar amistades, pero la hora de jugar llegaba a su fin y teníamos que enfrentarnos a la realidad.

—El tratamiento es invasivo y la medicina es fuerte, más fuerte que cualquier otra cosa que hayan experimentado. Ser jóvenes les ayudara a tolerarlo mejor que personas de mayor edad, pero los efectos secundarios potenciales son muchos y muy complicados. Va a ser incómodo para muchos, si no es que para todos. —El médico señaló hacia el fondo de la sala. No había visto a los enfermeros, enfermeras y a Neenee entrar, pero todos estaban ahí parados. Mis padres y los del resto también habían entrado, con excepción de los de Jesse.

Se me estrujó el corazón.

Jesse era el único que estaba solo. Nos estaban informando que los efectos secundarios serían terribles, y él no tenía a nadie que lo apoyara.

—El personal médico les dará una ronda de quimioterapia los primeros cuatro días en sus respectivas habitaciones, que son estériles y cumplen con todas las regulaciones. Después de eso, descansarán cuatro días. Posteriormente, recibirán una nueva dosis de anticuerpos monoclonales a través de una infusión por cuatro días. Esto también sucederá en sus cuartos y durará más o menos una hora cada mañana. Cuando terminen, tendrán libertad de pasear por el rancho. Al finalizar su primer ciclo de inmunoterapia, tendrán unos días de descanso antes de que repitamos el tratamiento de anticuerpos hasta que termine la primera fase. Vamos a revisar sus resultados para ver cómo están respondiendo antes de iniciar la segunda fase. En este punto, es posible que debamos ajustar la fuerza del tratamiento, pero eso se evaluará de manera individual.

»Todos estarán bajo vigilancia constante en caso de que haya efectos secundarios o necesiten ayuda inmediata. Habrá análisis de sangre y tomografías recurrentes para monitorear cómo están respondiendo al tratamiento. Además, les daremos unos cuestionarios que deben responder. —El doctor Duncan apuntó al pasillo—. Todo lo que necesitamos está en el rancho y el hospital más cercano estará alerta en caso de emergencia, aunque aquí también estamos preparados para eso. —Nos dirigió una sonrisa tensa—. Los enfermeros y yo comenzaremos con los preparativos para sus análisis pretratamiento y ajustaremos sus puertos de quimio. Finalmente, Neenee hablará con ustedes sobre qué otras cosas pueden esperar de su estadía aquí.

Con un último asentimiento de cabeza, el médico dejó la sala.

Neenee tomó el lugar del doctor Duncan y respiré hondo. De pronto, toda la situación me sobrepasaba. Emma apretó mi mano, y dejé que esa conexión y el contacto del brazo de Jesse con el mío calmaran mis nervios.

—Antes de iniciar el pretratamiento, quiero hablar con ustedes de algunos asuntos importantes. Primero, además de su tratamiento, tendrán acceso a Michelle. —Neenee apuntó a una mujer que se encontraba de pie a un lado del cuarto; tenía el cabello rubio y largo, y una sonrisa amable. Nos saludó con la mano—. Ella es nuestra terapeuta de planta. Tendrá algunas sesiones grupales y se reunirá con ustedes de manera privada de forma regular. Su salud mental es tan importante para nosotros como su salud física.

Neenee hizo un gesto hacia alguien más.

—Él es el padre Noel. Estará aquí para hablar con cualquiera de ustedes y guiará misas en la capilla del rancho en caso de que alguien quiera asistir. —La sonrisa del padre Noel era cálida—. Y, por último, ella es la señora Frank. Será su supervisora educativa.

Jesse soltó un ruidoso quejido, rompiendo el silencio en la sala y haciendo reír a todos, incluyendo a la señora Frank.

—Estamos aquí para un tratamiento que nos puede salvar la vida ¿y aun así tengo que estudiar matemáticas? —preguntó, pero después de su queja mostró una sonrisa. Todos sabíamos que seguiríamos estudiando. Muchos de nosotros teníamos en mente asistir a alguna universidad o graduarnos de la preparatoria. Eso no se acababa por estar aquí.

—Creo que todos pueden salir de este tratamiento con buena salud —dijo Neenee con voz decidida—. Así que necesitamos que sigan viviendo su vida normal.

Escalofríos de emoción me recorrieron el cuerpo. Me giré para ver a mis padres; ellos me estaban mirando y en sus caras también había esperanza.

Este era mi oportunidad… nuestra oportunidad… para empezar de nuevo.

Neenee dio un paso adelante y relajó su postura. Se sentó en una silla que estaba de frente a nosotros.

—Solo unas palabras más de mi parte. —Me incliné hacia delante, no quería perderme nada—. Apóyense entre ustedes. —Apuntó a cada uno de nosotros—. He hecho este trabajo por mucho tiempo, con pacientes de todas las edades. Algo que he descubierto, y que está respaldado por investigaciones científicas, es que entablar relaciones con personas que están atravesando lo mismo, puede ayudarlos durante el tratamiento y a llegar a remisión más rápido.

Di un pequeño brinco cuando Jesse puso su mano sobre la mía. Bajé la vista para verla. Estaba bronceada y tenía algunas cicatrices, sin duda después de tantos años de jugar futbol americano.

Sonreí para mí misma al sentir el calor de su palma en mi piel. Sintiéndome valiente, giré mi mano con lentitud hasta que nuestras palmas se encontraron. Siendo el más directo de los dos, Jesse movió sus dedos y los pasó entre los míos. Tomé aire.

Nunca había sostenido la mano de un chico de esta forma. No podía dejar de ver nuestros dedos entrelazados.

Encajaban a la perfección.

—Y hay una razón por la que luchamos tanto tiempo para que aprobaran este rancho como un hospital —continuó Neenee, atrapando de nuevo mi atención. Hizo un gesto hacia las ventanas que ocupaban toda la pared—. La naturaleza sana. Estudios han comprobado que quienes luchan contra el cáncer responden mejor cuando están rodeados de naturaleza.

Los árboles y el follaje se sacudieron con la suave brisa del exterior, como si nos estuvieran mostrando su valor.

Era hermoso y sereno. Los hospitales que conocía eran paredes blancas y estériles acompañadas del olor de antiséptico. Me sentía privilegiada por estar en el rancho. Tomar nuestro tratamiento aquí sería muy diferente.

—También tenemos caballos para terapia. Hay estudios que muestran que los animales pueden ayudar a sanar. Estamos aquí por los medicamentos del ensayo clínico y nuevos tratamientos de quimio, pero no sobreestimen el poder de sanación de las personas, el lugar y los animales —agregó.

El miedo que había sentido comenzó a disiparse poco a poco. Las manos de Emma y Jesse en las mías, los árboles y los caballos que había afuera me habían dado más esperanza de la que me había permitido sentir hasta ese momento.

—Salgan a caminar con regularidad, vean a los caballos, aliméntenlos y cepíllenlos en los establos. Solo asegúrense de decirnos en donde están en todo momento para poder monitorearlos. Como dijo el doctor Duncan, el precio de este nuevo y emocionante tratamiento son unos efectos secundarios fuertes. Necesitamos asegurarnos de que estén bien, todo el tiempo. —Neenee sonrió y caminó hacia los padres para hablar con ellos.

Los pacientes nos quedamos en silencio, reflexionando, hasta que…

—Jesse, hermano, dame la mano. —Chris tomó su mano y la apretó—. ¿Por qué me dejaron fuera de este tren de amor?

Emma y yo nos reímos de la expresión petulante de Chris.

—Perdón, amigo —replicó Jesse—. No siento eso por ti.

Chris lanzó la mano de Jesse a un lado y se cambió al asiento que estaba junto a Emma, tomando su mano libre.

—Está bien, puedo sostener la mano de Emma.

Ella se recargó en el brazo de Chris y puso los ojos en blanco. Sus sentidos del humor eran parecidos y, en los últimos días, habían logrado encajar sus personalidades a la perfección.

Por fin me animé a mirar a Jesse.

—Puedes soltarme —dije suavemente, señalando nuestras manos con mi barbilla—. Las pláticas aterradoras se terminaron por ahora.

Jesse arrugó la nariz. Era un gesto ridículamente atractivo.

—Nop, estoy bien. —Me apretó la mano y miró el reloj en la pared—. ¿Leyeron la información de bienvenida que dejaron en las *suites*? Nos pusieron en grupos para el tratamiento. Estoy en el grupo dos. ¿Ustedes?

—Uno —dijeron Emma y Chris al mismo tiempo, soltándose la mano y chocándolas cuando se dieron cuenta de que recibirían el tratamiento juntos.

—¿Junie? —preguntó Jesse.

—Dos —murmuré con el pulso acelerado, y vi cómo se le iluminaba el rostro. Un escalofrío de felicidad me recorrió la espalda.

—El calendario decía que el grupo dos tiene que esperar una hora para pasar a las tomografías. ¿Quieres salir un rato? —propuso Jesse—. Emma y Chris van a pasar pronto.

Miré a mis padres al otro lado del cuarto. Seguían hablando con Neenee.

—Está bien. —Sentí los nervios despertar en mi pecho.

—Diviértanse —deseó Emma con un aire de complicidad, mientras Chris se despedía con la mano.

Me puse de pie y crucé miradas con papá. Apunté hacia afuera para avisarle a donde iba. Asintió y volvió a mirar a Neenee.

Pensé que Jesse soltaría mi mano cuando pasáramos frente al grupo y saliéramos al pasillo, pero no lo hizo. Se puso el balón debajo del brazo libre, pero sostuvo mi mano con firmeza. Apreté la libreta contra mi pecho y sentí las palabras comenzar a aparecer dentro de mí. Este sentimiento... era nuevo. Era... lindo.

Bailey, uno de los enfermeros, pasó a nuestro lado.

Jesse nos guio por el pasillo hacia el calor del exterior. El olor del aire fresco me envolvió y sonreí cuando el sol besó mi cara. Solo en ese momento Jesse me soltó. Mientras bajaba del porche hacia el pasto, miré los prados en los que pastaban los caballos. El caballo pinto por el que sentía cierto cariño alzó la cabeza y comenzó a caminar hacia nosotros.

Caminé hacia la barda también. Me rodeó el familiar aroma a caballo. Sabía que muchas personas lo odiaban, pero para mí era reconfortante. El animal bajó la cabeza y pasé la mano por su cara, sobre una mancha blanca. No pude evitar sonreír. Agachó más la cabeza y puse mi frente contra la suya, disfrutando del momento.

—Sí que te gustan los caballos, ¿verdad?

Escuché la voz de Jesse detrás de mí. Cuando me di la vuelta, lo encontré recargado contra un árbol, observándome. Pasé la mano por el cuello del caballo y hundí los dedos en su melena sedosa.

—Los adoro —confesé, y puse la libreta en el bolsillo trasero de mi pantalón para poder acariciarlo con ambas manos. Solté una risa al ver que movía la cabeza pidiendo más amor y me detuve por un momento—. Solía montar, hacía salto ecuestre y doma clásica.

—¿Solías?

Alcé mi pierna.

—Poco después de mi diagnóstico, perdí mucha fuerza en mi pierna y no he logrado recuperarla. —Me encogí de hombros—.

Tuvo un impacto en cómo montaba, así que lo dejé. —El eco de ese dolor aún vivía dentro de mí.

Jesse se acercó. Casi sentí un cambio en el aire mientras acortaba la distancia, como si él fuera una fuerza que afectaba el espacio a mi alrededor. Estiró la mano y le dio unos golpecitos al cuello del caballo.

—Mi mejor amigo es un vaquero de la cabeza a los pies. He montado un poco con él, pero no soy bueno.

Se inclinó contra la barda mientras yo seguía acariciando al animal. Era hermoso.

—Yo perdí fuerza en mi brazo para lanzar —confesó también, y le lancé una mirada de preocupación. Él jugaba con la gorra de los Cuernos Largos que tenía puesta al revés—. Es horrible que el cáncer no solo te quite la salud, sino también lo que amas hacer.

Mis manos se detuvieron y me giré hacia él. Estaba observando los prados, el horizonte, y distinguí un destello de vulnerabilidad en su rostro atractivo. Este chico tan audaz había compartido algo que le ocasionaba dolor. Volteó a verme y, de inmediato, forzó una sonrisa.

—Pero estoy decidido a recuperarlo.

Jesse se presentaba ante el mundo como un atleta extrovertido; solo llevaba unos días conociéndolo, pero podía ver que se trataba de una máscara y había mucho más debajo de ella.

Sin embargo, no era el momento para indagar.

Me concentré en el caballo de nuevo y le acomodé el flequillo. Se dio la vuelta hacia el prado y se alejó. Mientras nos dejaba, me pregunté si podría volver a montar.

—Entonces —continuó Jesse, recargándose contra un poste de la barda—, ¿vas a contarme qué hay en esa libreta que nunca sueltas? Me muero por saberlo. Ni siquiera lo has mencionado en los últimos días.

Imité su posición. Solía ser reservada cuando se trataba de mi pasión más grande, pero con Jesse, aunque lo conocía desde hacía muy poco... me sentía segura de compartirlo. Cuando lo miré de nuevo, alzó una ceja y fingió darle unos golpecitos al reloj imaginario en su muñeca.

—Estoy esperando, Junie, y ya sabes lo cortos que estamos de tiempo.

Sacudí la cabeza entre risas al escucharlo bromear sobre el cáncer con tanta desfachatez.

—Estamos recuperando nuestro tiempo con este tratamiento, ¿recuerdas? —apunté. Él volvió a golpear su muñeca, así que respondí—: Quiero ser escritora... no, espera. —Sacudí la cabeza—. Soy escritora.

—¿Qué te gusta escribir? —preguntó dándome toda su atención, como si fuera la persona más interesante del mundo.

—Quiero escribir historias de amor —murmuré bajando la mirada.

—Junie... —Jesse apretó los labios—. ¡No creí que fueras así! —Levantó las manos—. Espera, ¿estamos hablando de hadas y vampiros musculosos? ¿Leer eso cuenta como investigación?

Le di un golpe leve en el brazo y puse los ojos en blanco mientras volvía a reírse.

—No quiero escribir historias subidas de tono, Jesse, aunque eso no tiene nada de malo.

Le lancé una mirada dura y él levantó las manos en señal de paz. Luego, respiré hondo e intenté explicar mi sueño.

—Amo las historias de amor, de esas que hacen que se te salga el corazón del pecho. Que les cambian la vida a los lectores y los hacen creer en el amor verdadero. En las almas gemelas. Quiero escribir al menos una historia de amor extraordinaria y épica que perdure en el tiempo. —Me sentía un poco avergonzada por mi confesión, pero Jesse parecía estar fascinado.

—Dijiste que quieres... —repitió, con una pregunta implícita en su tono.

Suspiré.

—No he escrito ninguna historia de amor. Al menos ninguna como me gustaría.

—¿Por qué?

Me concentré en los caballos a lo lejos mientras susurraba:

—Porque no sé cómo se siente.

Volteé a verlo; él frunció el ceño, confundido.

—¿Cómo se siente qué?

—El amor —exhalé derrotada—. Quiero escribir sobre el amor, pero no sé cómo se siente estar enamorada. O que me amen. —Mi corazón se apagó y, por un momento, me permití aceptar un verdadero miedo—. Y si este tratamiento no funciona, nunca lo sabré.

Cuando solo hubo silencio, lo miré de nuevo y encontré una expresión que no pude descifrar. Seguía sosteniendo el balón contra su pecho, pero toda su atención estaba puesta en mí.

Cuando noté que mis orejas ardían al estar bajo su pesada mirada, comencé a jugar con la punta de mi pañuelo.

—Así que ahora sabes para qué es la libreta —murmuré—. Para el día en que algo pase y pueda empezar la historia de amor que creo estar destinada a escribir.

—¿Tienes la libreta a la mano por si acaso? —preguntó, e inmediatamente me sentí una boba.

—Sé que es tonto —dije, alejándome de la barda.

Jesse estiró la mano y me tomó de la muñeca con gentileza para evitar que fuera hacia la puerta.

—No es tonto —afirmó con seriedad, lo que me hizo tragarme mi vergüenza—. No es nada tonto.

Con una expresión seria y poco común, abrió la boca para decir algo más, pero Bailey abrió la puerta detrás de nosotros.

—¿Jesse, June? —nos llamó—. Es el turno de su grupo.

Respiré hondo y caminé a la entrada. Jesse me alcanzó y me ofreció su puño.

Lo miré confundida.

—¡Viva el grupo dos! —exclamó, y chocó su puño contra el mío.

—Viva el grupo dos —repetí, y Jesse volvió a tomar mi mano, guiándome hacia dentro.

El deseo de escribir volvió a encenderse dentro de mí. No era el inicio de un libro, ni siquiera era una idea. No obstante, quizá podría escribir algunas oraciones o frases sobre un chico que, al tomarme de la mano, hace que mi corazón se sienta henchido.

Y si solo tenía eso, al menos era algo.

Era un comienzo. Era un comienzo.

Capítulo siete

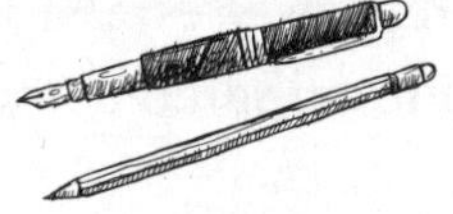

JESSE

Seis días después...

Di vuelta en la cama justo a tiempo para tomar la cubeta que estaba a mi lado. Tosí mientras mi cuerpo intentaba sacar lo que quedara en mi estómago, pero era en vano: no había nada. Esos cuatro días del superpoderoso coctel del ensayo clínico no habían sido incómodos, sino brutales. El sudor me cubría la frente y tenía la garganta tan seca que apenas podía pasar saliva.

Sonó un golpe en mi puerta y Susan, mi enfermera, entró. Llevaba una toalla fría mojada y una jarra de agua fresca en las manos.

—¿Cómo estás, corazón? —preguntó. En estos últimos días, Susan había sido mi salvadora.

No había visto a nadie en cinco días, desde que nos mandaron a nuestros cuartos para el tratamiento. Me la había pasado en la cama mirando mucha televisión mientras recibía quimio por vía intravenosa de una bolsa que colgaba a mi lado. La inmunoterapia empezaría en unos días, pero, por ahora, estábamos descansando, y me encontraba muy agradecido de que la quimio de la fase uno hubiera terminado. Me había sentido peor cada día. Hoy estaba completamente roto, pero estaba enloqueciendo solo en este cuarto.

Todos excepto yo tenían familia que los ayudara durante esta etapa. No estaba enojado al respecto, y sabía que mamá estaría conmigo si pudiera, pero me sentía... me sentía solo. Si no fuera por Susan, estaba seguro de que los pensamientos oscuros que buscaban asomarse habrían ganado. El doctor Duncan me había recetado antidepresivos y estaba intentando ser optimista, de verdad. Pero cuando mi salud empeoraba, era difícil ver la luz al final del túnel.

Tosí una vez más en la cubeta y me enderecé.

—Estoy increíble. Nunca me sentí mejor —respondí guiñándole un ojo.

Susan puso los ojos en blanco, ya acostumbrada a mis chistes, aunque estaba seguro de que no la engañaba. Me ayudó a sentarme y colocó la toalla fría en mi frente.

—Eso se siente genial —susurré, mientras rogaba que mi estomago se calmara al menos por una hora para intentar dormir. No lo había logrados los últimos dos días.

—Dale un trago. —Susan me acercó un vaso con popote. Sorbí el agua y se sintió perfecta al calmar mi garganta irritada y lengua seca. Me dio un pequeño recipiente con medicinas, tomé el coctel y me encogí de dolor mientras luchaba por tragar.

—Ahí había una pastilla para las náuseas. Espero que surta efecto y te alivie un poco.

Susan tomó la cubeta llena de vómito como la santa que era y fue al baño. Mientras ella tarareaba limpiando la cubeta, sentí lágrimas aparecer en mis ojos.

Extrañaba a mi mamá. Ella también tarareaba al limpiar. Solía leer un libro sentada junto a mi cama mientras me recuperaba de la ronda de quimio más reciente. Extrañaba a mis hermanas peleándose por mi atención. Cerré los ojos y luché contra esas emociones tan pesadas. No podía romperme. No podía. Desafortunadamente, era una persona sociable y todo este tiempo a solas era difícil. Lo que menos deseaba era tiempo para pensar en lo que pasaría si este ensayo clínico no funcionaba. Nada bueno salía de pasar tanto tiempo en mi cabeza. Y necesitaba que este tratamiento funcionara.

Tenía que funcionar.

Susan salió del baño y el nudo en mi garganta creció. Me puso una mano en el hombro, como si pudiera ver que estaba luchando contra una repentina ola de emociones.

—Lo estás haciendo muy bien, Jesse. Estás siendo muy fuerte.

—¿De verdad? —grazné, sin poder abrir los ojos. Aun así, rodó una sola lágrima. Noté que se escapaba por la esquina de mi ojo derecho, y la conocida sensación de cuero de repente apareció bajo mi mano. Intenté sonreír en agradecimiento, consciente de que Susan me había dado mi balón. Pestañeé al abrir los ojos y enderecé los hombros.

Cuando miré a Susan directamente, respondió:

—Claro que sí.

El sonido del celular vibrando en la mesita de noche llamó mi atención. Cuando una fotografía mía con mi mamá y mis hermanas llenó la pantalla, el peso en mi pecho se elevó como un globo.

—Te dejo para que respondas —indicó Susan, dándome unas palmadas en la mano—. Llama si me necesitas.

—Gracias —musité, limpiándome los ojos con prisa y aceptando la videollamada.

—¡Jesse! —saludó mi hermana Emily. Su cabello rubio se veía más claro que hacía una semana, cuando me fui de McIntyre.

—Hola, preciosa —le dije, justo cuando Emily soltaba un grito: mi hermana menor la había empujado y su rostro llenaba la pantalla.

—¡Jesse! —exclamó Lucy—. Te estoy haciendo una carta...

—¡Shhh! —la regañó Emily—. ¡Se supone que era un secreto!

—Ay... es cierto. —Hizo una mueca—. ¡Ni modo!

Me reí, el sonido me ayudaba mucho más que los medicamentos. El teléfono se alejó de las pequeñas salvajes y apareció el rostro de mamá. En cuanto me vio, su sonrisa desapareció.

—Estás sufriendo —musitó, leyéndome de esa manera en que solo las madres pueden hacerlo.

—Estoy bien —repliqué. Y era verdad. Ver a mi familia había arreglado mi humor. Me hacían sentir más fuerte. Me recordaban por qué estaba aquí. Le debía mucho a mamá.

—Mi bebé... —Vi sus ojos llenarse de lágrimas—. Desearía estar ahí. Tal vez... —No terminó la oración, y pude ver que estaba pensando en algo.

—No —la corté, y me miró a los ojos—. Estoy bien. No puedes perder tu trabajo. —Odiaba la manera en la que su labio inferior temblaba. No podía imaginar cómo era esto para ella. Sabía que creía que me decepcionaba al no poder venir al rancho, pero eso no era verdad.

Asintió, aunque distinguí la culpa en su cara, junto con el cansancio y el estrés. Detestaba lo que mi ausencia y mi enfermedad le estaban haciendo.

—Todavía vienen este fin de semana, ¿verdad? —pregunté.

—Por supuesto —confirmó, sonriendo por fin. Escuché a mis hermanas susurrar en el fondo. Mamá sacudió la cabeza y continuó en voz alta—. ¡Y obviamente no te vamos a llevar cartas hechas a mano!

—¡Ni galletas horneadas en casa! —gritó Lucy, y no pude reprimir la risa mientras Emily la regañaba.

—¡Lucy! ¡Le volviste a decir!

—¡Ups!

Las escuché correr, junto con el conocido chirrido de la puerta trasera abriéndose y cerrándose. De seguro iban a su casa del árbol. Podía ver todo claramente en mi cabeza, y la nostalgia por mi hogar me alcanzó con fuerza y rapidez.

Mamá se dirigió a nuestro sofá viejo.

—Dime cómo te sientes de verdad.

Me acomodé en la cama y me di cuenta de que todavía tenía la toalla fría en la frente. Me la quité y la puse en la mesita de noche.

—Es difícil —confesé. Quería protegerla, pero también necesitaba ser honesto con alguien—. Esta nueva quimio y la terapia con medicamentos que nos recetaron... —Sacudí la cabeza—. Pero si funciona...

—Cuando funcione —me interrumpió mi mamá. Sonreí ante su tenacidad.

—Cuando funcione —corregí—, todo habrá valido la pena.

Se quedó callada un momento, mirándome.

—¿Y cómo estás tú, personalmente? —Sentí que sus ojos se clavaban en mi alma—. ¿Cómo estás llevando todo?

Respiré hondo.

—Estoy bien. Intento ser optimista. —Me miró por un largo rato, intentando detectar si estaba mintiendo—. Te lo juro, mamá. Estoy bien emocionalmente por el momento. Te diría si no fuera cierto.

—Está bien —aceptó, satisfecha—. Estoy muy orgullosa de ti, Jesse. No creo que sepas cuánto. Has pasado por tantas cosas. Por demasiadas cosas. —Su labio comenzó a temblar.

—Mamá —dije, luchando contra mi propio dolor—. No puedo esperar a verlas. —Mi voz se quebró, pero mamá no dijo nada. Solo me dejó mostrar mis emociones. Nada bueno resultaba de guardarme las cosas.

—Estoy contando los días para nuestra visita —respondió—. ¿Cómo están tus amigos? ¿Chris y Emma?

—Igual, la verdad. No los he visto en varios días. El tratamiento nos está pegando a todos muy fuerte.

Asintió. Luego, con un tono diferente, preguntó:

—¿Y June? —Levanté una ceja curiosa y mamá se echó a reír—. Jesse, yo sé cuándo mi hijo conoce a una chica bonita, y sé cuándo quiere que sean algo más que amigos.

—Es un gran lugar para escoger a una chica, mamá. Un hospital.

—El amor nos encuentra en lugares extraños, Jesse —replicó con voz cantarina—. Puede aparecer rápido y sin avisar.

Su comentario me dio permiso para pensar en June. Al diablo, ¿a quién quería engañar? Había estado pensando en ella sin parar los últimos días. Había escuchado murmullos a través de nuestra pared compartida, y el sonido de ella vomitando tanto como yo. Estaba desesperado por ir al cuarto de al lado y sentarme con ella cada tarde después de nuestras infusiones de quimio. Eso me daba fuerzas. Extrañaba la compañía, y era la suya en particular la que más anhelaba.

Y me gustaba mucho tomarla de la mano.

Sin embargo, no me había atrevido a visitarla. Era valiente por naturaleza, pero nunca invadiría el espacio de alguien que la estaba pasando mal.

—June es... —Me encogí de hombros, sin poder encontrar las palabras—. No sé. Diferente, ¿supongo? —Sentí que mis labios formaban una sonrisa—. Es la chica más bonita que jamás he conocido.

—No puedo esperar a conocerla, Jess —admitió—. Suena adorable. —Y decidió cambiar de tema—. Las niñas y yo fuimos al partido anoche. —No pude evitar sentir celos. Apreté el balón de futbol americano a mi lado. —El anunciador habló de ti, y todos tus maestros y amigos preguntaron cómo estabas y te mandaron buenos deseos. El entrenador más que nadie. Todo el estadio rezó por ti.

—¿En serio?

Mamá asintió.

—El entrenador dijo que te envió el video del partido para que lo vieras. —No había revisado mi correo, así que me aseguraría de hacerlo después—. Están contando los días para que regreses a casa —aseguró, llena de esperanza, y ese fue el empujón que necesitaba. Bajó la voz y añadió—: Y el mariscal de campo suplente no te llega ni a los talones.

—Tienes que decirlo, eres mi mamá —repliqué entre risas.

—Claro —declaró con tono juguetón—, pero no lo hace menos cierto.

—Te amo, mamá. Muchísimo.

Durante los últimos meses, siempre me había asegurado de decirle que la amaba. Si algo me pasaba, quería que siempre supiera que era la mejor mamá, que había hecho todo lo posible por salvarme. Cuando mi padre se fue, ella nos mantuvo a flote. Intenté ayudarla todo lo posible, pero nunca me dejó ser nada más que un niño. Además, me había ayudado a salir adelante luego de la devastación que sufrí por la ausencia de mi padre.

—Yo también te amo, solecito —respondió, y sonreí al escuchar mi apodo de la infancia—. Déjame ir por los monstruitos para que puedan despedirse.

Cuando colgué el teléfono unos minutos después, tomé otro trago de agua, y me alivió que mi estómago no intentara expulsarlo. Las medicinas para las náuseas estaban funcionando y decidí que necesitaba salir del cuarto un momento.

Tomé mi teléfono, revisé mis correos y encontré el de mi entrenador. Me puse las pantuflas y salí del cuarto. El pasillo estaba tranquilo para ser mediodía, lo opuesto a nuestras primeras tardes en el rancho.

Fui al cuarto de cine que aún no había visitado.

Una vez ahí, me senté en uno de los sillones. Mantuve el volumen bajo para no molestar a nadie, aunque estaba seguro de que eso no importaba en una casa tan grande, y eché hacia atrás el respaldo antes de conectar mi teléfono a la pantalla. En segundos, mi equipo apareció frente a mí. Le di un trago al agua que había llevado conmigo, mientras una sensación cálida explotaba en mi pecho al ver a mis compañeros en la pantalla. El campo de mi escuela estaba iluminado por las enormes luces. Ansiaba estar ahí, vestido de azul y blanco, liderando a mis chicos a la victoria.

Observé a Gavin, un mariscal de campo de segundo año de preparatoria que se había visto obligado a tomar mi lugar. Tuve muchos celos cuando mamá lo mencionó, pero verlo plantarse en medio del campo y cubrir mi puesto me llenó de culpa. Este niño no estaba listo para las ligas universitarias, pero estuvo ahí cuando su equipo lo necesitó, cuando yo lo necesité mientras me recuperaba.

Solté un quejido cuando, minutos después, nuestra línea ofensiva fallaba y tacleaban a Gavin.

—¡Auch! —escuché detrás de mí. Al voltear, vi al señor Scott, el papá de June, de pie y mirando la pantalla.

—Perdón, señor —me disculpé, poniéndole pausa al partido—. No quería molestar a nadie.

El señor Scott sacudió la cabeza.

—No lo hiciste, hijo. Salí para conseguirle a Claire algo de tomar y vi ese horrible tacleo. Me detuvo en seco.

Me reí y procedí a explicar:

—Ese es Gavin. Mi reemplazo.

El señor Scott se movió por el cuarto y se sentó en el sillón a mi lado. Lo observé, frunciendo el entrecejo confundido. Se encogió de hombros.

—June está dormida y Claire también estaba a punto de caer cuando me fui. Estoy seguro de que no les molestará que me quede un rato.

La mención de June hizo que se me tensara el estómago.

—¿Cómo está Junie? —El señor Scott intentó esconder una sonrisa y yo deseé que me tragara la tierra: no tenía mucha experiencia con papás. Me aclaré la garganta—. Quiero decir, June.

El hombre sacudió la cabeza, claramente entretenido.

—Junie —recalcó— está mejor. Tuvo unos días pesados. —Me miró de manera significativa—. Parece que todos ustedes han tenido días pesados.

Jugué con mi gorra.

—Sí, pero ya no podía estar solo en mi cuarto.

Las palabras salieron de mi boca antes de que pudiera detenerlas. Los ojos del señor Scott me mostraron el destello de simpatía que odiaba recibir. Sin embargo, supe que no sentía pena por mí, sino que comprendía que estar solo y enfermo no era nada divertido.

—Creí que visitarías a June —insinuó.

—No quería molestarla.

—Hijo... —Se giró hacia mí. Resultaba extraño escuchar la palabra *hijo*, especialmente viniendo de una figura paterna. Era como un cuchillo al corazón. El señor Scott, siendo casi un extraño, hablaba conmigo, se preocupaba por mí, y esto me hizo darme cuenta de lo malo que había sido mi propio padre—. Estoy más que seguro de que mi hija no pensaría que una visita tuya es una molestia.

Dejé de respirar al escucharlo, preguntándome qué les habría dicho June de mí a sus padres.

—Eh... —Me acomodé en mi asiento—. Pues, es bueno saberlo, señor.

El señor Scott ahogó sus risas con la mano y señaló la pantalla, acomodándose en el sillón.

—Ahora, reinicia el partido. —Volteó a verme—. Tengo una esposa y una hija a quienes no les gusta el futbol americano, Jesse —explicó, dándole unas palmadas al brazo de su sillón—. Mientras estemos aquí en Armonía, tendrás que ser mi amigo para ver los partidos. ¿Te parece bien? —preguntó, pero yo apenas podía hablar.

«Así se ve un buen padre», pensé. Darme cuenta de que lo que me estaba perdiendo me pesó en el corazón.

—Sí, señor —acepté, mi voz sonaba áspera mientras intentaba no mostrar cómo me había afectado su oferta—. Suena muy bien.

Presioné un botón para reiniciar el video y me perdí en el partido.

Y, por algunas horas, no me sentí tan solo.

Capítulo ocho

JUNE

—Ni siquiera se me ocurrió —dijo Chris mientras me seguían por el pasillo. Había pedido que llevaran cubetas y agua al cuarto de cine.

Mi estómago dio vueltas al recordar la conversación que había tenido con papá cuando me desperté hoy en la mañana. Había pensado mucho en Jesse estos últimos días, obviamente. De hecho, no había dejado de pensar en él desde el inicio del tratamiento. Estaba solo en su cuarto y odiaba eso, pero no quería imponerle mi presencia.

En palabras de papá: «Me senté con Jesse por varias horas. Me mató verlo solo. Ustedes deberían apoyarse. Nadie debería pasar por esto solo. Jesse es un buen chico, amable y amigable. Si su familia no puede estar aquí para él, entonces nosotros lo estaremos».

Mi corazón redobló la velocidad cuando escuché a papá y vi la convicción en su cara. Jesse le caía bien, podía verlo, y eso hizo que mi corazón cantara. Así que esta mañana, a pesar de los dolores y las náuseas, había ido a buscar a Chris y Emma para preguntarles si querían ir conmigo. Neenee nos había dicho que apoyarnos en otros que se encontraran en la misma situación era bueno, así que eso es lo que estaba haciendo. Estábamos en un periodo de descanso y necesitábamos reagruparnos.

Papá me dijo que había visto a Jesse en el cuarto de cine otra vez hacía media hora, y supe que ahí era donde yo también debía estar. Cuando dimos vuelta en la esquina del cuarto, vimos *Gladiador* en la pantalla. Jesse estaba acostado en un sillón, con un vaso de agua y una bebida nutricional junto a él. Me miró con sorpresa cuando me senté a su lado.

—¿Junie? —Parecía estar en shock. Después alzó la mirada y vio a Chris y Emma tomando asiento.

—¿Te molesta si nos unimos? —pregunté.

Chris le ofreció a Jesse un puño para que lo chocara. Emma agitó la mano al saludar:

—Hola, Jesse.

—¿Qué están haciendo aquí? —preguntó. Sus ojos verdes nos analizaron tan cuidadosamente como la máquina de resonancia magnética en la que nos había metido el doctor Duncan—. ¿Se sienten bien? ¿Cómo han estado? ¿No necesitan regresar a la cama y descansar?

Era muy considerado. Por otro lado, me di cuenta de que, aunque nos estaba preguntando a todos, parecía estarse dirigiendo a mí.

Sintiéndome valiente, puse mi mano sobre la suya.

—Estoy bien. Enferma y cansada, lo de siempre. —Me encogí de hombros—. Pero yo... es decir, nosotros... queríamos estar aquí para ti.

Jesse ladeó la cabeza y me observó. Sus ojos brillaron cuando comprendió.

—Tu papá te dijo dónde he estado.

Le di un apretón a su mano, sonrojándome cuando le dio la vuelta a la suya y entrelazó sus dedos con los míos, como si fuera lo más natural del mundo. Inhalé entrecortadamente. ¿Por qué mi cuerpo me sentía así cuando me tocaba? No podía explicarlo.

—Lo mencionó, pero eso no significa que no haya estado pensando en ti también.

Necesité mucha valentía para decírselo en voz alta. Se me cerró la garganta mientras veía los ojos de Jesse brillar con lágrimas que se esforzaban en no caer.

—Gracias, Junie.

Su voz fue poco más que un susurro. «No estás solo», quería agregar, pero todavía no tenía el valor de expresar ese sentimiento. No con Emma y Chris aquí también.

—*Gladiador* —dijo Chris emocionado—. Buena elección, Jess.

—Supuse que podía aprovechar el cuarto de cine antes de que empiecen las clases y tenga que lidiar con la enfermedad y las matemáticas. —Mostró esa sonrisa traviesa que tanto amaba ver—. Aunque no sé qué me dará más ganas de vomitar, si la quimio o las ecuaciones algebraicas.

—Amén, hermano —aprobó Chris, y fingió chocar la mano de Jesse a unos asientos de distancia.

—¡Oigan! —exclamó Emma, como si se hubiera ofendido en nombre de las matemáticas—. ¿Qué les hicieron las pobres ecuaciones algebraicas?

—Eh… existir —respondió Chris, lo que me hizo estallar en risas. Él miró a Emma con incredulidad—. No me digas que eres una nerd de las matemáticas, Em.

Ella enderezó los hombros.

—Fui campeona del concurso estatal por tres años seguidos —expuso con orgullo. Era algo que yo ya sabía, pues me había mostrado fotos de ella y sus compañeros con un trofeo cuando estuvimos en su cuarto.

Chris jadeó como si estuviera sufriendo.

—June, dime que tú no amas las matemáticas.

Sentí el calor de la mirada de Jesse y apretó mi mano, que seguía en la suya. No parecía que me fuera a soltar pronto.

—Me temo que no. Las palabras son mi droga preferida.

Chris volvió a soltar un quejido, haciéndonos reír.

—No sé si eso es mejor —dramatizó soltando otro quejido que nos hizo reír. Luego, hizo un gesto entre él y Jesse, y luego entre Emma y yo—. Atletas y nerds coexistiendo en Armonía. ¿Quién dijo que la adversidad no podía unir a las personas?

Emma tomó un cubo de hielo de su vaso de agua y se lo lanzó. Chris lo atrapó en el aire y se lo metió a la boca para masticarlo.

—Asqueroso —dijo Emma, y recibió una sonrisa burlona por parte de Chris.

Me di cuenta de que esto ya era mejor. Estar aquí con mis amigos era mucho mejor que estar en mi cuarto. Amaba a mis padres más que a la vida misma, pero ellos no entendían cómo era estar así de exhausta, así de enferma. Ellos no entendían la lucha y lo que se necesitaba solo para existir cuando la muerte estaba medio paso atrás de ti.

—Te pago si me dices qué piensas, Junie —susurró Jesse, inclinándose hacia mí. A nuestro lado, Emma y Chris ya estaban peleando por otra cosa. Giré la cabeza a la izquierda, acercándome a él. Tenía bolsas bajo los ojos, la piel de sus mejillas se veía agrietada y, aun así, se veía sorprendentemente guapo.

Apreté su mano.

—Solo estoy agradecida de que nos tengamos entre nosotros. —Mientras sostenía su mirada, los escalofríos comenzaron una carrera de relevos a todo lo largo de mi columna—. Yo… —Me tragué mis nervios—. Estoy muy feliz de estar aquí… contigo.

Un par de hoyuelos adornaron sus mejillas mientras levantaba nuestras manos entrelazadas y rozaba la mía con sus labios. Me faltaba el aire, mientras palabras y sentimientos se arremolinaban dentro de mí.

—Lo mismo digo.

—¿Creen que realmente sea así? —preguntó Emma en voz baja, llamando nuestra atención. En la pantalla, el personaje principal caminaba a través de campos de trigo, y sus dedos rozaban las puntas mientras regresaba con su familia en el más allá.

—Eso espero —dijo Jesse a mi lado—. O algo parecido.

Todo nos quedamos en silencio, contemplando la serena representación del cielo, con la hermosa banda sonora erizándome la piel. Algo era seguro: cuando te dan un diagnóstico terminal, siempre te preguntas qué pasa después de la muerte.

Jesse alzó mi mano de nuevo, y las mariposas de mi estómago revolotearon mientras presionaba nuestras manos contra su mejilla. No estaba segura de qué era el cielo o cómo se veía, pero mientras estuviera aquí, luchando por mi vida, se me ocurrió que el rancho no sería tan malo si tenía a este chico conmigo, haciéndome sentir cosas que solo había leído en mis libros favoritos.

—Esto es lo que tenemos que hacer —intervino Chris, desviando nuestra atención de la hermosa escena. Su dedo dibujó un círculo en el aire, abarcándonos a todos—. Hagamos esto cuando nos toque el tratamiento.

Justo en ese momento, Bailey llegó con jarras de agua, la temible bebida naranja y algunas cubetas. Después, el doctor Duncan apareció para monitorear nuestros niveles antes de dejarnos solos.

Cuando se fueron, Chris continuó:

—Vengamos aquí, juntos, y luchemos contra esto como uno solo... mientras vemos películas, obviamente.

—Obviamente —repitió Emma con sarcasmo.

—Como *El club de los cinco*, pero para jóvenes enfermos —agregó Jesse, con el tono humorístico de vuelta en su voz. Había extrañado mucho sus chistes—. ¡Ajá, ya sé! —dijo, chasqueando los dedos y haciendo una pausa dramática—. El club de la quimio, donde, como en cualquier película de John Hughes, tendremos nuestras propias aventuras.

—¿Con aventuras te refieres a vomitar y sudar frío? —preguntó Chris.

—Exacto —concedió Jesse, guiñándole un ojo, tras lo cual se dirigió hacia mí—. ¿Eso te suena bien, Junie?

Había algo casi nervioso en su tono, como si le preocupara que dijera que no quería ser parte del club de la quimio y me fuera a encerrar en mi cuarto de nuevo.

No quería estar solo. Otra vez dejaba ver esa vulnerabilidad que mantenía escondida.

—Suena perfecto —respondí, y Jesse Taylor me dio el hermoso regalo de su sonrisa, la misma que, estaba segura, era capaz de enloquecer los corazones de cientos de chicas.

Justo en ese momento, Chris tomó una cubeta y vomitó. Bailey debió haberse quedado cerca, porque llegó en segundos para ayudarlo.

Jesse me ofreció el puño de su otra mano.

—¿Sigues creyendo en el grupo dos, Junie?

—Siempre —recalqué, chocando mi puño contra el suyo.

—Creo que deberíamos ver estas películas con el volumen muy alto —sugirió Chris una vez que pudo recuperarse—, o no vamos a escuchar nada cuando todos empecemos a vomitar.

Nos reímos, pero de repente yo también necesité mi cubeta.

Jesse me frotó la espalda con delicadeza mientras vaciaba mi estómago.

«Juntos», había dicho Neenee. Este proceso sería mejor si nos manteníamos unidos, así que eso era lo que planeaba hacer.

El sonido del reloj en la pared de mi cuarto estaba a punto de hacerme de gritar. No podía dormir debido a los esteroides que nos habían dado. Era lo mismo cada vez que los había necesitado en el último año. Miré la hora y vi que apenas iban a ser las cinco de la mañana.

Me consideraba una persona madrugadora por naturaleza, aunque era demasiado temprano hasta para mí. Sin embargo, me encantaba el amanecer, así que decidí salir. De cualquier modo, necesitaba aire fresco. Había pasado otra semana y estábamos en nuestro descanso del tratamiento de anticuerpos. Mamá y papá estaban en las residencias para las familias, por lo que me encontraba sola.

Extendí una cobija alrededor de mis hombros y abrí las puertas que daban al porche. Tenía sillas y un columpio con una hermosa vista de los caballos en el corral. La oscuridad comenzaba a desaparecer y el sol se alzaba, regando su luz dorada sobre el rancho. El paisaje se veía fuera de este mundo, como una imagen generada por computadora.

Bajé del porche y caminé rumbo al establo. Jengibre, el caballo pinto al que solía salir a visitar, se acercó a mí. El nombre le quedaba a la perfección, pues su color era tan brillante como la especia. Pasé mi mano por su hocico, como le gustaba, y le di un beso en la cabeza.

—Eres tan buen chico —murmuré, dándole palmaditas en el cuello.

Escuché la respiración de Jengibre, cuyo ritmo era tan constante como una meditación. Inhalé y exhalé antes de escuchar:

—Si dejo que me des un beso en la frente, ¿yo también seré un buen chico?

Me reí antes de darme la vuelta. En compañía de Jesse Taylor, me había reído más durante la última semana que en todo el año. No sabía cómo, pero definitivamente hacía mi vida mucho más entretenida.

—¿Acaso el grande y fuerte mariscal de campo está celoso de un caballo? —pregunté sin mirarlo y dándole otra palmadita a Jengibre.

—¡Por supuesto que estoy celoso! —exclamó. Esta vez sí lo miré, solo para encontrarlo balanceándose en una silla colgante con forma de huevo ubicada en el porche de su *suite*, con una cobija roja sobre las piernas. Llevaba puesta una camiseta negra de manga larga y esta vez no llevaba puesta su gorra. Solo entonces me di cuenta de que yo tampoco tenía mi pañuelo.

Me congelé y el pánico explotó dentro de mí. Nunca iba a ningún lado sin mi pañuelo. Era tonto, lo sabía, pero me hacía sentir mal que me vieran sin él. Mi respiración se aceleró y bajé la vista a mis manos. Doblé los dedos para asegurarme de que se sentían como míos.

Por ahora, sí.

—¿Junie?

La voz de Jesse me hizo alzar la vista y salir de mi espiral de pensamientos. Me llevé una mano a la cabeza por reflejo y Jesse frunció el ceño.

—Solo tengo que ir por mi pañuelo —musité, emprendiendo el camino hacia mi habitación. Me apuré y, en segundos, estaba afuera de nuevo, el pañuelo en su lugar y mi ansiedad resuelta.

Jesse me observó con detenimiento, y pude ver con claridad la pregunta reflejada su cara. Sin embargo, se comportó como un caballero y no mencionó nada al respecto. Me acerqué adonde estaba sentado con la cobija sobre mis hombros para calentarme: durante los últimos días, sentía más frío de lo usual.

Jesse asintió en dirección a Jengibre.

—Creo que ha estado esperando a que salgas.

—¿En serio? —pregunté mirando al caballo que se había robado mi corazón.

—No era el único —insinuó, llamando mi atención al instante. Ya no me sonrojaba tanto a su alrededor, aunque las mariposas no se habían rendido ni un poco.

—¿Cuánto tiempo llevas aquí afuera?

—Un par de horas, tal vez. —Se encogió de hombros—. No podía dormir.

—¿Esteroides?

—Bingo —confirmó, apuntando en mi dirección y ladeando la cabeza—. ¿Tú igual?

Asentí y luego me estiré, sintiendo el dolor en todas las extremidades.

—¿Quieres venir? —invitó, y se acomodó mejor en su silla colgante en forma de huevo.

—¿Hay espacio?

—Junie, pesas lo mismo que una pluma y yo he perdido todo mi músculo. En este punto soy básicamente un palo con piernas. Sí cabemos —aseguró. Estudié la silla, analizándola, mientras él le daba unas palmaditas al espacio a su lado—. Además, estoy seguro de que este huevo tiene doble yema.

Se me escapó una risa, y él me sonrió de vuelta.

—Ven, Junie. Tengo frío y parece que tú también. Trae tu calor a mi lado.

Sacudí la cabeza ante su expresión traviesa, pero caminé hacia él y me senté en la silla de huevo, ignorando su mirada que gritaba «¿ves cómo sí cabemos?». Jesse nos cubrió a ambos con su cobija y usó el pie para balancearnos hacia delante y atrás. El movimiento me hizo sentir cómoda y feliz, pero el aroma de Jesse, boscoso y con un toque de humo, mantuvo mi cuerpo muy despierto.

—¿Necesitas más calor? —preguntó en voz baja y un poco áspera; me había dado cuenta de que así sonaba cuando yo lo afectaba tanto como él a mí, eso lo delataba.

—Estoy bien —respondí, mirando el horizonte, mientras el semicírculo del sol se alzaba cada vez más alto en el cielo—. Es hermoso.

Recargué la cabeza contra la silla de huevo, pero no lograba acomodarme.

—Puedes recargarte en mi hombro, si quieres —ofreció.

Dudé solo un momento antes de seguir a mi corazón y presionar mi mejilla contra su hombro. Era suave y reconfortante, y me hacía sentir totalmente relajada. Sonreí mientras Jengibre se unía a la yegua que claramente veía como su compañera en el pastizal.

—Te veías bien sin el pañuelo, Junie —murmuró. Cada parte de mi cuerpo se tensó, y alcé la mano para jugar con la tela. Luego de un largo silencio, agregó—: Me crees, ¿verdad?

Me volteé ligeramente cuando sentí las lágrimas, intentando secarme los ojos, pero sabía que Jesse había visto todo por la manera en la que intentó acercarse. La verdad era que no lo creía. Después de dos años de tratamiento, no podía verlo. La confianza en mí misma había decaído tanto como mi salud.

—Me... me cuesta un poco aceptar cómo me veo ahora —confesé, sorprendida de mis propias palabras: no podía creer que hubiera admitido eso frente a Jesse. Sacudí la cabeza y evité el contacto visual. Era más fácil compartir estas verdades si no podía verlo—. Nunca he sido una persona vanidosa, pero... —Solté un suspiro—. No puedo explicarlo.

—Junie... —Jesse presionó su mejilla contra mi cabeza—. Te digo esto desde el fondo de mi corazón: eres hermosa. —Mi respiración se volvió entrecortada. La mejilla de Jesse se movió contra mi pañuelo—. De hecho, tu pañuelo lo esconde. No necesitas nada, ni siquiera cabello, para ser bella.

Observé el corral y se me nubló la vista. No había mentiras en la firmeza de su voz, y me entristecía no poder ver lo mismo que él. Mis nervios se desataron mientras, con lentitud, alcé la mano para quitarme el pañuelo. El aire matutino me besó la piel y, con todas mis fuerzas, me obligué a no correr y esconderme en mi cuarto.

Levanté la vista: Jesse observaba todos mis movimientos. Dejé caer la mirada hacia mi mano: seguía sintiéndose como mía, pero estaba temblando.

—Eres hermosa —afirmó, y me dedicó la sonrisa más dulce.

Exhalé y sentí algo que no esperaba: una chispa de felicidad por haber sido vulnerable con alguien... no, no con «alguien». Con Jesse. Y, a juzgar por su expresión, sabía que lo que había dicho era verdad. Por alguna razón, él de verdad pensaba que yo era hermosa.

—Tú también te ves bien —dije, luchando contra el rojo de mis mejillas. Lentamente llevé la mano hacia su cabeza—. ¿Puedo?

Jesse se inclinó hacia delante, dándome un permiso silencioso, y pasé los dedos por su cuero cabelludo. Se sentía suave y liso bajo mis dedos. Era curioso: podía ver en él una belleza que, por alguna razón, no percibía en mí misma.

Pero quería hacerlo, más que cualquier otra cosa.

—¿De qué color era tu cabello? —pregunté, bajando la mano y recargando la mejilla en el respaldo acolchado de la silla para poder mirarlo a los ojos.

—Café claro —respondió; podía imaginarlo perfectamente.

—¿Largo o corto?

—Un poco largo —explicó con una sonrisa—. Tenía rizos.

—¿En serio? —Me asaltó la curiosidad por saber qué tipo de rizos—. ¿Tienes una foto?

Sacó su teléfono y buscó en la galería. Al fin, le dio la vuelta y me encontré con un sonriente Jesse en su uniforme de futbol americano, de cabello ligeramente rizado y un poco largo, lo suficiente para que pareciera que se acababa de levantar. Se veía muy guapo en esa foto, pero…

—Eres igual de guapo sin tus rizos —afirmé, sorprendida por mi propia honestidad.

—Vuestra merced sabéis bien que el cabello no hace al hombre, mas su honra y su palabra —recitó con un terrible tono dramático y teatral que me hizo reír.

—Vaya, ¡tenemos a un actor aquí! —lo molesté, y él alzó la mano para acariciarme la mejilla con el pulgar. Mi respiración se detuvo y estaba casi segura de que el aire a nuestro alrededor también.

—Te gustan las historias, Junie —aclaró—. Supuse que podía intentar impresionarte para mostrarte que me interesas. —Me tragué una bola de nervios que bailaban dentro de mí; luego, Jesse movió una mano hacia mi cabeza—. ¿Puedo?

Noté la ansiedad aplastándome de nuevo. Jesse debió haberlo visto porque, sacudió la cabeza.

—Lo siento, Junie —susurró—. No debí haber insistido. —Bajó la mano, pero tomé su muñeca antes de que la dejara caer a un lado. Me miró con los ojos muy abiertos—. De verdad, June, no debí haber preguntado…

—Por favor —logré decir—. Yo… —Respiré hondo, calmándome lo más posible—. Quiero que lo hagas.

Con cuidado y ternura, los ásperos dedos de Jesse tocaron mi cabeza calva. La piel de todo el cuerpo se me puso de gallina y me estremecí ante el extraño sentimiento. La mano de Jesse se detuvo.

—Lo siento —dijo, buscando retirarla.

—No, no te detengas —pedí, sorprendiéndome a mí misma—. Me da cosquillas. —Sonreí y lo animé a continuar—. Nadie me ha tocado la cabeza antes.

—¿Tienes fotos tuyas antes del cáncer? —preguntó.

Metí la mano en el bolsillo del pantalón y saqué mi celular. Encontré una foto que papá me había tomado durante un viaje hacia la casa de la novelista texana Katherine Anne Porter. Lo giré para mostrarle a Jesse, muy insegura. Ahora me veía muy diferente. Era más delgada, pálida y calva. Mi mayor miedo era que viera mi versión anterior y se preguntara qué estaba haciendo con la June actual.

Examinó la foto, analizando el oscuro cabello largo que caía más allá de mis hombros. Era grueso y abundante. Después, devolviéndome el celular, afirmó:

—Eres igual de hermosa sin cabello.

Estudié su cara para asegurarme de que lo dijera en serio: no había nada más que honestidad total en sus facciones.

Jesse bajó la mano, pero tomó la mía y la apretó con fuerza. Observamos el amanecer en silencio y, por un momento, pensé en su foto antes del cáncer.

—¿Cómo te enteraste de que estabas enfermo?

Jesse se removió, incómodo. Recargó su mejilla en mi cabeza; su piel era suave y no pude evitar reírme.

—¿Qué pasa? —preguntó confundido.

—Tu mejilla es el gorro más caliente que he tenido.

—Entonces me voy a sentar contigo las veces que me necesites, Junie. Lo que sea por ti. —Las mariposas comenzaron a revolotear en mi estómago. Jesse se aclaró la garganta—. Cuando nos dimos cuenta de que estaba enfermo, ya era demasiado tarde.

Me quedé helada al escuchar eso, y tracé las cicatrices que tenía en el dorso de la mano con los dedos de mi mano libre. Sentí cómo se estremecía y no pude evitar que me encantara conseguir esa reacción. Había pasado de que me aterrorizara mostrarle mi verdadero yo a sentirme contenta de estar a su lado como la yo de ahora.

—Al ser un jugador de futbol americano, estaba acostumbrado a que me doliera algo. Entrenaba duro y luchaba por mantenerme en mi peso. Mi condición física era mi prioridad. Por naturaleza soy más delgado de lo que necesito ser como mariscal de campo, así que no cuestioné por qué estaba perdiendo tanto peso o por qué me dolía el brazo; siempre dolía un poco porque lo usaba para lanzar.

Podía entenderlo. Aunque no eran mis amigos en la escuela, todos podíamos ver lo duro que entrenaba el equipo.

—Fue hasta que colapsé en el campo durante un entrenamiento que el doctor me hizo estudios de sangre —continuó tras soltar un suspiro—. Pensaron que podía ser anémico o algo así y por eso estaba tan pálido. —Apretó mi mano con más fuerza. Recargué mi mejilla contra su hombro, intentando mostrarle mi apoyo en silencio—. Mi brazo para lanzar estaba cada vez más débil y era doloroso. Creímos que me había lastimado algo. El doctor hizo más exámenes. No lo sabíamos en ese entonces, pero había visto una anomalía en mi sangre. Mi leucemia se había congregado en el hombro y eso era lo que estaba ocasionando el dolor. Dos días después, me diagnosticaron con LMA, fase cuatro.

Cerré los ojos. Debió haber sido terrible.

—Eso fue hace cuatro meses. —Levanté la cabeza, sorprendida. Jesse hizo un círculo con su dedo para referirse al rancho—. Por eso fui un buen candidato para esto. Estaba tan avanzado que los tratamientos normales apenas me afectaban. —Tragó saliva y vi un destello de miedo brillar en sus ojos—. Ni siquiera sabía si llegaría hasta aquí.

—Jesse —susurré. Debió haber estado muy asustado. Ahora tenía sentido la conversación que había tenido con mi papá cuando llegamos—. Por eso mi papá te vio jugar. Estabas jugando con cáncer, pero no lo sabías.

—Sí —dijo un con suspiro lleno de dolor—. Ha sido difícil, pero no tan difícil como para mi familia. —Pasó saliva para controlar sus emociones, con la manzana de Adán moviéndose en su garganta—. Soy el hombre de la casa, Junie. Lo he sido desde que tengo memoria. —Jesse alzó la vista al cielo cada vez más brillante—. Tenía un plan, un sueño que estaba decidido a cumplir. Iba a ir a la UT, jugar para los Cuernos Largos, volverme jugador profesional y convertirme en el próximo Peyton Manning. Iba a comprarle una casa a mi mamá y a mandar a mis hermanas a la universidad, y solo me dedicaría a… vivir, ¿sabes? Le daría a mi mamá y a mi familia todo lo que se merecen.

Exhaló y su respiración tembló.

—Ahora está atorada con muchísimo dinero en deudas médicas que no puede pagar y no puede dejar su trabajo para acompañarme en este tratamiento. —Una lágrima brotó de su ojo y me rompió el corazón—. No se merece esto, Junie. Ninguna de ellas.

Las lágrimas aparecieron detrás de mis párpados mientras Jesse me dejaba ver a través de las grietas en su perpetua actitud alegre. Le quité la lágrima de la mejilla con el pulgar y sostuve su cara, dejando la palma de mi mano contra su piel mojada.

—Ni una sola vez, en todo lo que dijiste, te mencionaste a ti mismo. —Jesse parecía buscar algo en mis ojos—. Eres un buen hombre, Jesse Taylor. Y, de alguna u otra manera, el mundo va a verlo. Lo prometo.

Sonrió a pesar de su dolor y, por un momento, pensé que iba a besarme. En lugar de eso, preguntó:

—¿Y tú? ¿Cómo te enteraste?

Me recargué contra la silla para poder mirarlo.

—He estado luchando por un par de años —expliqué—. Me diagnosticaron fase dos, pero la quimio y las medicinas no funcionaban conmigo. —Le di unas palmaditas a mi rodilla mala—. La leucemia se congregó en mi rodilla. —Recordaba el día en el que me sentí tan débil que mis padres tuvieron que llevarme al médico—. Estaba en el granero y no tuve fuerzas para subir al caballo. Cuando lo intenté, sentí un dolor horrible en la rodilla. Me dejó inmovilizada y no pude caminar.

—Hola, LMA —dijo Jesse.

—Hola, LMA —repetí y miré a Jengibre—. Al principio no quedé aquí. —Jesse puso su pulgar debajo de mi barbilla y giró mi cabeza para que lo mirara—. Alguien no sobrevivió y me dieron su lugar —confesé. Mi voz tembló al pensar en la persona que debió haber estado aquí, pero que había fallecido antes de lograrlo. Alcé la mano le aprete la muñeca—. Casi no tengo esta oportunidad.

—Era tu destino estar aquí, Junie —declaró con voz decidida—. No sé por qué, pero lo creo con cada célula de mi cuerpo, incluidas todas las células blancas que se niegan a dejarme en paz.

Me reí mientras lloraba, con la garganta irritada y el corazón bailando gracias a la ligereza tan necesaria de Jesse. Seguí riéndome hasta que me dolió el pecho. Se sentía bien. Jesse me estudió como si fuera una hermosa pintura. Me puse sería en cuanto volvió a hablar:

—Tengo algo para ti.

—¿En serio? —pregunté sorprendida.

Metió la mano debajo de la silla y sacó su libreta de dibujo. Hasta ese momento noté la mancha de carbón en su mano. Abrió la libreta y solté un grito ahogado, porque viéndome desde la página estaba... yo.

—Jesse... —susurré, mientras el dibujo más realista de mí que había visto se levantaba de la página.

Reconocí el momento: había sido después de sostener la cara de Jengibre entre mis manos, cuando puse mi frente contra la suya y cerré los ojos. Mi mano apenas tocaba la mancha de su pelaje. Se veía sereno... se veía...

—Hermoso —dije, con ganas de pasar mis dedos sobre los detallados trazos de carbón. Luego volteé a verlo—. Jesse... eres muy talentoso. —Sacudí la cabeza, asombrada ante lo que estaba observando—. Es tan realista, parece una fotografía a blanco y negro.

Se encogió de hombros como respuesta a mis cumplidos.

—Tenía que dibujarte —aclaró, y mi corazón se aceleró ante su confesión—. Cuando te vi ese día con Jengibre, antes de iniciar el tratamiento... —Los ojos de Jesse se desenfocaron, y sabía que estaba recordando la escena—. Te veías perfecta.

Jesse lo arrancó de la libreta y me lo dio.

—Para ti —ofreció, y lo tomé como si fuera algo invaluable. Para mí sí que lo era.

—Gracias —susurré, sin poder hablar más alto—. Es un honor.

Cuando alcé la vista de nuevo hacia él, vi que tenía una expresión que no pude descifrar. Se inclinó hacia adelante y sostuve el aliento, lo cual me mareó un poco.

—Nunca me han besado antes —confesé, y odié lo infantil que eso me hacía sentir.

Se acercó aún más y puse mi mano sobre su pecho. Jesse se quedó quieto, como si lo estuviera rechazando.

—Perdón —comenzó a decir, alejándose.

—¡No! —exclamé, y Jesse se acomodó en la silla, esperando a que yo hablara—. ¿No crees que es demasiado rápido? —pregunté, retrasando lo que yo también quería: sentir sus labios contra los míos y mostrarle mi verdadero yo, con todo y las partes que yo creía manchadas. Había pensado muchas veces sobre cómo se sentiría este momento. Ahora que estaba aquí, mis nervios me impedían averiguarlo.

Jesse me estudió y, sin humor ni su ligereza habitual, dijo:

—Puede que solo tenga diecisiete años, Junie, pero sé cómo se siente que no te quede mucho tiempo. Y aunque quiero que ambos salgamos de este lugar en remisión, el cáncer me ha enseñado que nada en la vida es demasiado rápido. El tiempo es relativo. Lo que siento por ti… —Hizo una pausa y pude ver que intentaba encontrar las palabras—. No se trata del tiempo. No se trata de lo que está bien o mal. Se trata de la conexión y el querer estar contigo todos los días. —Se encogió de hombros—. ¿Se siente demasiado rápido para ti?

—No —apunté, negando con la cabeza.

Jesse tenía razón. Una vez que sabes que estás muriendo, el catálogo de oportunidades perdidas se reproduce en tu cabeza como una película, mostrándote todas las cosas que pudiste haber hecho antes y haciéndote lamentar todo lo que jamás podrías hacer. El cáncer te enseñaba que el tiempo no espera a nadie y que debes aferrarte a la felicidad en la vida mientras la tienes.

—Está bien —acepté, y apreté la mano sobre su pecho, aferrándome a su camiseta de manga larga. Estaba segura de que podía sentir su corazón latiendo con fuerza debajo de ella.

—¿Segura? —preguntó, acercándose.

Asentí, manteniendo los ojos abiertos hasta el último momento, solo para asegurarme de lo que estaba pasando. El aroma amaderado de Jesse me envolvió primero, y luego sus labios suaves tocaron los míos. En ese momento, con un amanecer texano en un idílico rancho de fondo, dejé que la calidez del afecto de Jesse me rodeara.

Se sentía como magia.

Todo lo que había soñado no se comparaba con la realidad. La mano de Jesse se movió a la parte de atrás de mi cabeza, sosteniéndola gentilmente contra él. Me aferré con fuerza a su camiseta y disfruté cada segundo del beso. Mi corazón se infló, mi estómago bailó y mi alma cantó de felicidad.

Cuando se alejó un centímetro, deteniendo el beso, rocé su mejilla con la mano. No dijimos una sola palabra, y ambos nos empapamos de esta nueva cercanía, hasta que él susurró:

—Escríbeme para ti.

—¿Qué? —murmuré confundida.

Me miró a los ojos, manteniéndose a un centímetro de distancia mientras buscaba algo en ellos.

—Escríbeme para ti. En tu gran historia de amor. Enamórate de mí. —Puso su frente contra la mía—. Deja que me enamore de ti. Escríbeme para ti.

Mi pulso se aceleró, igual que mi respiración. Jesse diciendo esas palabras... Él no podía... Él no había...

—¿Eso es lo que quieres? —Estaba sorprendida. Jesse era hermoso por dentro y por fuera. Era gracioso y, quienes lo conocían, lo amaban. ¿Y me quería a mí?

Me sonrió, y si algo dentro de mí pudiera acelerarse aún más, lo habría hecho.

—Junie, no sé si he sido obvio al respecto, pero me has vuelto un poco loco —susurró, y aquello me arrancó una sonrisa—. Estoy un poco obsesionado contigo. —Alzó las manos como para defenderse—. De la manera menos acosadora y rara posible.

Me reí con fuerza, y el sonido de mi voz hizo que los pájaros en los árboles a mi alrededor volaran hacia el cielo del amanecer. Jesse también se rio de que nuestro dulce momento fuera interrumpido por un coro de sorprendidos graznidos aviarios. Una vez que las aves se fueron y la paz regresó, confesé:

—Yo también estoy un poco obsesionada contigo.

Su sonrisa fue cegadora. Me besó de nuevo y me ofreció su puño.

—Viva el grupo dos.

—Viva el grupo dos —repetí, y puse mi cabeza contra su pecho.

Jesse me rodeó con el brazo y me perdí en una felicidad pura. Mientras contemplaba el sol, el inicio de nuestra historia apareció en mi mente...

Cuando llegué al rancho Armonía, supe que mi vida cambiaría, pero no de la manera en que creía. Esperaba sanar o morir. Lo que no imaginaba era conocer a un chico campirano que cambiaría mi vida por completo.

Capítulo nueve

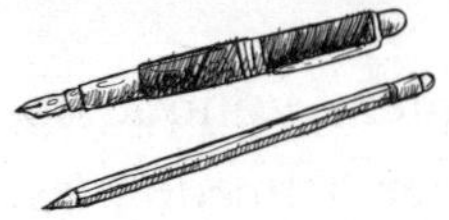

JESSE

Varios días después...

Mi pie daba golpecitos en el suelo mientras esperaba a que llegara algún vehículo. Miré mi reloj y, justo entonces, la familiar camioneta roja y vieja apareció.

Me puse de pie. No fue tan fácil como suena —estaba exhausto y me dolía todo el cuerpo—, pero nada iba a impedirme recibir a mi familia. Me acerqué a abrir la reja principal del rancho y regresé al porche justo a tiempo para que mi mamá y mis hermanas me alcanzaran. Los ojos de Emily y Lucy estaban fijos en mí, y chocaron con mis piernas como un pequeño tornado, casi tirándome al suelo. Apreté los dientes ante el destello de dolor que ocasionaron en mi cadera, pero les regresé el abrazo.

Me apretaron con fuerza y Lucy hizo la cabeza hacia atrás para mirarme.

—Jesse, no te ves muy bien —apuntó.

Me reí ante su siempre honesto comentario sobre mi salud. Emily le dio un golpe en el brazo y me abrazó con más delicadeza.

—Te extrañé —agregó en un susurro.

Le di un beso en la cabeza.

—Yo también te extrañé, preciosa.

Di un paso atrás cuando mamá se acercó.

—Mi solecito —me saludó con un abrazo. Las últimas semanas habían sido muy difíciles. Me había mantenido calmado cuanto había podido, pero un abrazo de mi mamá me tenía luchando por no llorar. Me frotó la espalda y se alejó para observarme. Por su expresión preocupada, era obvio que creía que me veía mal.

—Estoy bien, lo prometo, aunque no lo parezca —aseguré—. Tenemos análisis otra vez a fin de mes. El doctor Duncan dijo que ya debería haber marcadores en nuestra sangre que indiquen cómo estamos respondiendo al tratamiento.

—Es demasiado intenso —comentó, mordiéndose el labio.

—Lo es, pero puedo soportarlo —le resté importancia al asunto, mientras les hacía señas para que entraran al rancho y pudiéramos cambiar el tema. No necesitaba saber de los terribles golpes de tristeza que sufría cada vez más seguido o las noches en las que me preocupaba no poder seguir con el tratamiento. Necesitaba mantenerme fuerte por mi familia. Habían sufrido suficiente.

Además, era un día para divertirnos. El clima se sentía más cálido y habían planeado una parrillada. Era fin de semana familiar en el rancho. Mamá había logrado conseguir el fin de semana libre para venir. No podía estar más agradecido.

Las guie por el pasillo hacia mi *suite*. Pasé frente al cuarto de June, pero ella estaba en los establos con Emma, cepillando a Jengibre. Era una de sus actividades de mejores amigas, y sabía lo mucho que June disfrutaba pasar tiempo con ella.

Debí haber observado el cuarto por unos segundos de más, porque mamá alzó una ceja y solo sacudí la cabeza, riendo. Cuando entramos a mi habitación, mamá fue directo hacia la creciente cantidad de dibujos que tenía en la pared. Había muchos que mostraban la vista del porche trasero, los caballos en los establos, e incluso Emma y Chris sentados en los sillones del cuarto de cine, cuyas incesantes bromas había logrado capturar de alguna manera sobre el papel. Había varios ángulos de las manos de los enfermeros al cambiar las agujas y darme mis medicinas, el doctor Duncan mientras estudiaba sus notas al lado de mi cama, Susan cuando me traía agua... Y, por supuesto, un retrato de June: miraba a un lado, con la libreta en las manos y la punta del pañuelo bailando en el aire texano.

Mamá se detuvo a ver ese dibujo por más tiempo, mientras mis hermanas salían por la puerta trasera y corrían a ver a los caballos en la pradera.

—Es hermosa —comentó, sabiendo exactamente quién era la persona del dibujo.

—Más que eso —respondí, y acaricié la mejilla dibujada a lápiz. Todavía podía sentir su cálida piel bajo mis dedos. Algo explotó en mi pecho, algo que nunca había sentido—. Me tiene atrapado, mamá.

Ella recargó la cabeza en mi brazo.

—Me alegra que la tengas, solecito. Necesitas algo bueno en tu vida. —Mi estómago dio un vuelco al escucharla. Algunas noches me preocupaba que, incluso si alcanzaba la remisión con este tratamiento, no tendría el tiempo suficiente para recuperar la salud y unirme al equipo de futbol americano en la UT. Esos miedos me lanzaban a una espiral de emociones, así que prefería enfocarme en el camino que me esperaba y aferrarme a la fe ciega de que podía hacerlo.

—Me alegra tenerla también —respondí, alejándome de mi pánico—. Ven, voy a llevarlas a conocer a Chris. June y Emma están en los establos, pero vendrán a conocerlas después.

Salí al porche y llamé a los tornados miniatura para llevarlas al cuarto de juegos, donde se encontraba Chris. Se puso de pie en cuanto entramos.

—Señora Taylor, es un placer conocerla —saludó, estrechando su mano. Sonreí al ver lo propio que podía actuar una persona usualmente tan bromista. Emily y Lucy empujaron a mi mamá al pasar a tomar la mano de Chris también.

Nos quedamos con Chris y sus padres hasta que Neenee nos llamó a todos para la parrillada. Mis hermanas inmediatamente se vistieron para nadar y saltaron a la alberca. Silas se acercó con una persona que claramente era su hermano menor siguiéndolo. Debía tener más o menos diez años.

—¿Qué onda? —saludé, mientras mi mamá hablaba con el padre Noel y con Michelle cerca de la fogata.

Silas puso un brazo alrededor de los hombros de su hermano. Silas era delgado, usaba lentes y era amante de los videojuegos. Su hermano, aunque se parecía a él, era lo opuesto.

—Richie es un jugador de futbol americano y su sueño es ser mariscal de campo. Le hablé de ti y quería conocerte.

—Hola, Richie —me dirigí a él—. Entonces, ¿quieres ser un mariscal de campo?

—Silas dijo que irías la UT para jugar con los Cuernos Largos —fue su respuesta.

—Ese es el plan —expliqué, negándome a considerar cualquier otra posibilidad. Era un día feliz. Un buen día. Un día en familia. Eso era lo único en lo que iba a pensar.

—Yo también voy a jugar con los Cuernos Largos —declaró Richie, mientras yo pasaba mi balón de una mano a otra.

Sonreí ante su confianza. Yo también había sido así de niño. Todavía lo era a veces.

—A ver qué puedes hacer, pequeñín.

Di unos pasos hacia atrás y le hice una señal para se alejara un poco de los demás. Richie esperó a que lanzara el balón. Tuve que apretar los dientes cuando el dolor del movimiento, por leve que fuera, hizo que me sudara la frente. Pero Richie lo atrapó y celebré junto con él.

—¡Buena atrapada! —Aplaudí un poco—. Ahora de regreso.

Richie hizo su lanzamiento, e incluso con el dolor que atravesaba mi brazo, se lo arrojé de vuelta. Este era yo en mi elemento.

Pasé una hora hablando con el niño, hasta que su madre lo llamó para que comiera algo. Extrañaba lanzar el balón, pero con el pinchazo que sentía en el hombro, descansar era una buena idea. Probablemente lo pagaría mañana, pero, en ese momento, no me importó en lo absoluto.

Un pequeño aplauso me hizo voltear a mirar sobre mi hombro. June había regresado de los establos y estaba observándome.

—¿Has estado ahí viéndome el trasero, Junie? —pregunté, y me reí cuando su cara se puso completamente roja.

Se acercó a mí, señalando mi sonrisa.

—No eres nada más que problemas, Jesse, en serio.

Cuando al fin me alcanzó, puse mis brazos cansados en sus hombros, sosteniendo mi balón con la mano izquierda. Ella puso los ojos en blanco al ver que no lo había soltado.

—Tengo que aferrarme a mis dos cosas favoritas, Junie —me defendí, dándole un beso en la frente.

June era cada vez mejor dejando que le mostrara afecto. Se había vuelto menos tímida y reservada, más cómoda y confiada conmigo.

—Bueno, hijo. Suficiente de todo eso —dijo el señor Scott detrás de mí, así que fue mi turno de sonrojarme mientras se acercaba. Dejé caer mis brazos de inmediato y me alejé un paso de June.

El hombre me lanzó guiño burlón. Nos habíamos vuelto más cercanos viendo futbol y era… lindo. Mi padre se había ido cuando apenas tenía doce años. Desde entonces, solo había tenido entrenadores para guiarme en lo que significaba ser un hombre. El señor Scott era un buen padre. Sin embargo, aunque era muy amable, a veces me recordaba lo que no tenía, y no podía negar que eso me dolía.

—Lo siento, señor —me disculpé, y asintió en respuesta. Rápidamente miré alrededor de la parrillada y encontré a mamá terminando una conversación con la tía de Emma, que también había venido de visita—. ¡Mamá!

Volteó en dirección a mi grito y, en cuanto vio a June, su cara se iluminó. Luego, fue por Lucy y Emily, evitando que se llenaran de comida, y las llevó con nosotros.

June dio un pequeño paso atrás. A juzgar por el repentino enrojecimiento de su piel, era obvio que estaba nerviosa. Puse mi brazo alrededor de sus hombros para mantenerla a mi lado.

—Mamá, ella es Junie.

—Es un placer conocerla, señora —y le tendió una mano para estrechar la suya.

—Lo mismo digo, June —respondió mamá, y noté cómo se me estrujaba el pecho. Ver a June conocer a mi mamá pareció sanar un poco lo roto que me sentía por dentro.

—Guau. ¡Eres muy bonita! —le dijo Lucy a June, alzando la vista hacia mi chica y expresando justo lo que estaba pensando, como siempre hacía.

June se rio y se agachó a la altura de Lucy.

—Gracias, corazón. —Alzó la vista hacia mí—. Tu hermano dijo algo parecido la primera vez que me vio. Se nota que son familia.

—Me gusta tu pañuelo —comentó Emily, tocando la punta de la tela verde.

June llevaba puestas unas mallas negras, una camiseta blanca y un suéter verde atado alrededor de la cintura. Se vestía muy casual, pero se veía tan hermosa como si llevara puesto un vestido de gala.

—Gracias.

—Estos dos monstruos son mis hermanitas. —Volteé a ver a mis hermanas mientras continuaba—. Niñas, ella es June, y ellos son sus papás, el señor y la señora Scott.

—¿Eres la novia de Jesse? —preguntó Lucy, con su acostumbrada falta de filtros.

El tono rojo había regresado al rostro de June, que abrió la boca y la cerró de nuevo, claramente sin saber qué decir. No habíamos definido lo que éramos. Sus enormes ojos cafés se posaron en mí y, sin dejar de mirarla, respondí:

—Lo es. —June se quedó quieta, como si no pudiera creer que lo había admitido, y después me mostró una sonrisa suave, solo para mí—. Es mi novia.

Era insegura, ahora lo sabía, pero había decidido que era mi misión siempre decirle lo hermosa que era hasta que ella también lo creyera.

—¡Guau! —continuó Lucy con un tono maravillado. Presenté a mamá con los padres de June y fueron a las mesas para servirse algo de comer y beber. Este también era un buen día para mi mamá. No tenía a muchas personas con quienes hablar de lo que estaba atravesando. Los padres de June eran buenas personas y me gustaba la idea de que hablara con ellos un rato, por su bien.

June se sentó en una banca cercana y tomé el lugar a su lado. Se veía un poco cansada, pero sus ojos brillaban de felicidad. Nuestros amigos estaban conviviendo, comiendo con sus familias. Era lindo. Me sentía en paz después del infernal inicio del tratamiento.

—Así que soy tu novia, ¿eh? —soltó, interrumpiendo el ruido de fondo de personas hablando; había humor en su voz, aunque también un poco de duda. Sin embargo, distinguí alegría en su expresión. Mi pecho pareció estrujarse de nuevo; en este punto, esta chica sostenía mi corazón entre sus manos. Era como un huracán que, sin advertencia, había arrasado con mi vida.

Me miró, esperando por una respuesta.

—Bueno. —Me recargué contra la banca—. Le he estado diciendo a todos que soy tu novio, así que sería raro que tú no fueras mi novia.

—¿En serio? —preguntó, dejando el humor a un lado y demostrando su nerviosismo, sobre todo con los constantes movimientos de sus piernas.

—No —respondí con una sonrisa juguetona—, pero me gustaría.

June le dio un golpe juguetón a mi brazo con el suyo. Observó su mano. Había notado que a veces hacía eso; también miraba su reflejo por largos ratos. A veces me daba la impresión de que veía a una desconocida observándola. No le había preguntado al respecto. No quería hacerla sentir mal.

Ambos teníamos problemas de los que no habíamos hablado.

June apretó la mano en un puño, luego la relajó con lentitud. Finalmente, me miró de nuevo.

—Entonces… —musitó— supongo que podemos serlo.

Puse una mano sobre mi pecho.

—Sentí el amor, Junie. Estoy impactado ante tu obvio y efusivo afecto por mí.

June se rio fuerte y luego, viéndome a los ojos, señaló:

—Sabes lo que siento por ti.

Y era verdad, lo sabía. Pero quería que me lo dijera. No tenía problema diciéndoselo a June, pero ella era mucho más reservada que yo, y a veces me hacía preguntarme lo que pensaba sobre mí, o sobre nosotros.

—¿Y qué es lo que sientes por mí? —pregunté con voz ronca.

June se acercó y susurró:

—Eres mi parte favorita de cada día, Jesse.

—Junie —murmuré, y giré para darle la espalda al resto del patio, mirándola y bloqueándola de la vista de los demás—. Creo que tengo que besarte ahora. ¿Está bien? No puedes decir cosas así y esperar que no reaccione.

—Está bien —respondió, luchando contra una sonrisa, y contuvo la respiración mientras me acercaba. Siempre aguantaba la respiración, como si cada beso fuera un gran evento que le cambiaba la vida.

Lo eran para mí, así que entendía el sentimiento.

—¡Otra vez no! —exclamó una voz detrás de nosotros—. Emma, vas a tener que empezar a besarme también, para tener algo en común con los tórtolos del club de la quimio.

Chris. Siempre era Chris. Dejé caer mi frente contra la de June, decepcionado.

—Te quiero, Chris. Pero no te tocaría aunque fueras el último hombre en el mundo —replicó Emma y June soltó una risita. Me encantaba ese sonido.

Me di la vuelta en la banca, y Chris y Emma nos dieron una bebida a cada uno. Luego se sentaron con nosotros.

—Esto es lindo —declaró Emma, pensativa, disfrutando la vista de nuestras familias platicando y conviviendo.

—Habrá más días así —afirmé, y June se recargó en mi costado, claramente pensando lo mismo.

—Lo que acabas de decir —repitió Chris, levantando su vaso—. Exactamente lo que acabas de decir.

♥♥♥♥

Escuché el *clic* de la puerta al abrirse y cerrarse y me quité la cobija a cuadros de las piernas. June apareció, caminando directamente hacia nuestra silla de huevo y sentándose a mi lado. Nos cubrí a ambos con la cobija y vi que June estaba apretando la libreta contra su pecho.

—¿Eso es lo que creo que es? —inquirí. Sabía que había empezado a escribir nuestra historia, pero le había dado vergüenza dejar que la leyera.

—Lo es —respondió, mordiéndose el labio.

—Estás nerviosa.

Ya conocía sus señales. June asintió, luego sacudió la cabeza, como si no se decidiera. No sabía qué estaba sintiendo. Debió haber visto mi confusión, porque sonrió y dijo:

—Escribí sobre cómo nos conocimos, todo, hasta el momento que salí y me dijiste: «Escríbeme para ti».

Hizo una pausa.

—¿Todo bien? —pregunté, sin saber por qué era tan cautelosa.

Me dio la libreta, pero, cuando intenté abrirla, su mano delicada me detuvo. Mis ojos encontraron los suyos de inmediato. Pasó saliva y continuó:

—Después escribí más.

June volteó a ver la luna creciente. Nuestras reuniones a las cinco de la mañana comenzaron a ser cada vez más temprano, hasta empezamos a quedarnos despiertos toda la noche. Se había convertido en mi parte favorita del día: solo nosotros, en nuestra silla, en el porche, bajo la luna y las estrellas. Todo estaba tranquilo y en paz, y tenía a mi novia a mi lado. La enfermedad nos abandonaba cuando estábamos aquí: los síntomas, los dolores y el miedo de recibir los primeros resultados que se avecinaban.

Aquí afuera, solo éramos Jesse y June, un par de jóvenes de diecisiete años que se estaban enamorando. Era simple. Fácil.

—¿Junie? —insistí, mientras se recargaba contra mí.

—Seguí escribiendo —murmuró, y esperé a que continuara. Después puso su mano al lado de la mía, sobre la libreta—. Una vez que empecé… —Apuntó a su pecho—. Solo salió de mí, mi corazón guiaba mis dedos hasta que escribí más allá de cuando nos conocimos.

Bajé la mirada a la libreta, a nuestras manos lado a lado, como si estuvieran protegiendo la naciente historia de amor que contenía.

June suspiró.

—Estoy harta de los días malo, Jesse —soltó—. Quiero escribir sobre amor y risas y sobrevivir. Quiero escribir sobre la vida.

Volteó para mirarme; sus ojos cafés estaban brillando, resplandeciendo como los cristales de granate que mis hermanas tenían en sus mesitas de noche.

June tomó mi mano y la acercó a sus labios.

—Este libro que empecé a escribir… es nuestro final feliz.

Mi corazón comenzó a latir tan rápido que me quedé sin aliento por un momento.

—Creo que podemos sobrevivir este ensayo clínico —se apresuró a añadir; la expresión honesta de su rostro me rogaba que la entendiera—. De verdad. Pero en caso de que no... —No terminó la oración; un destello de miedo se reflejó en su hermosa cara mientras dejaba que sus palabras aterrizaran.

—Querías darnos un final feliz de todas formas —completé, entendiendo por qué decirme aquello la había puesto tan nerviosa. La sonrisa de June estaba acompañada de lágrimas mientras asentía, y una de ellas escapó por el rabillo de su ojo.

—Cuando terminé lo que sí era nuestro inicio, comencé a pensar en nosotros en un futuro cercano —confesó—, en el mundo de allá afuera, sin cáncer y libres de vivir nuestros sueños...

—Pero juntos —interrumpí, y puso su cabeza en mi hombro.

—Juntos —repitió. Nos quedamos en silencio unos momentos antes de que continuara—. Me ha ayudado, escribir este libro. Me ha ayudado a seguir, igual que tú.

June abrió la libreta y su historia escrita a mano apareció frente a mí. Sonreí y le di un beso en la coronilla.

—Tu letra es tan bonita como tú. ¿Cómo es eso posible? Mi letra parece rasguños de pollo.

—Bueno, yo no puedo lanzar un balón, así que creo que tenemos nuestras propias fortalezas.

—*Touché*.

—Léelo —me indicó. Así que leí. Sonreí, sintiéndome muy orgulloso de lo que había sentido por mí al principio. Pero mi parte favorita...

—Me encantan los capítulos desde mi punto de vista.

June se mordió el labio.

—¿De verdad? No estaba segura de si debía hacerlo. Ponerme dentro de tu cerebro. Pero todos mis libros favoritos también tienen la perspectiva del protagonista masculino. No quería asumir lo que sentías por mí ni cómo sonaban tus pensamientos o...

—Junie... —La interrumpí con un beso. Inhaló cuando mis labios tocaron los suyos. Mi intención había sido detener esa línea de pensamiento, pero una vez que la besaba, nunca quería parar. Cuando por fin me alejé, continué—: Tienes mi completo permiso para escribir mis capítulos. —Toqué la libreta—. Nunca podrías equivocarte al escribir lo que siento por ti. —June exhaló, aliviada—. De hecho, creo que podrías hacerlo aún más intenso.

—Travieso —bromeó, tocando mi pecho, y la besé de nuevo. Leer lo que había sentido, lo que todavía sentía por mí, me había dejado sorprendido—. ¿Estás bien? —preguntó, viendo mi reacción de asombro.

Tragué el nudo en mi garganta.

—Solo estoy en shock por lo que tú sientes por mí... —aclaré. June esperó pacientemente a que continuara. Me encogí de hombros—. Nunca pensé que alguien pudiera sentir eso por mí.

—¿Por qué no? —preguntó con voz decidida, como si la ofendiera que me sintiera así.

Mi mente fue hacia mi padre, el hombre que me enseñó a lanzar un balón. El hombre que me había llevado a todos mis partidos cuando era niño, a mis entrenamientos, el que me dijo que era su mejor amigo. Todos esos recuerdos se desbordaron. No pude detenerlos, ni a la avalancha de emociones que les siguieron.

—Mi padre... —Mi voz se rompió—. Él me dijo que me amaba, pero un día... —No pude terminar, estaba intentando que el dolor de ese día no me lastimara más el corazón. Estaba seguro de que ese hueco seguía ahí, dañado e imposible de cerrar. Había tenido problemas lidiando con el rechazo desde entonces.

—No tienes que continuar si no puedes —me aseguró con gentileza.

La miré a los ojos. No había simpatía ni pena, pero había comprensión... y cariño. Un cariño tan real que me hacía querer compartirlo todo: esta profunda y dolorosa parte mía que escondía del mundo.

—Me dejó, Junie. Un día se fue y nunca regresó a casa. Mis hermanas eran muy pequeñas. Mi mamá estaba destrozada, con el corazón roto. Su amor adolescente simplemente la había dejado. —Solté una larga exhalación—. Me dijo que me amaba, pero aun así se fue. No dijo nada, solo... se fue. No hemos sabido de él desde entonces.

Desvié el rostro para esconder la vergüenza y el dolor que, estaba seguro, se me notaba en la cara. Sin embargo, las manos de June me acariciaron las mejillas, guiando mi cabeza. Me miró directamente a los ojos, más seria de lo que la había visto jamás.

—Eres muy fácil de amar, Jesse Taylor. —Una oleada de calor me recorrió las venas—. Eres amable, eres hermoso... —Sus ojos buscaron los míos—. Y no estoy segura de que sepas esto todavía, pero estás tan arraigado en mi corazón que eres lo primero en lo que pienso por la mañana y lo último en lo que pienso antes de cerrar los ojos por la noche.

Puse mis brazos alrededor de su cintura y me aferré a ella.

—Estaba acostumbrada a despertar y sentir que el miedo me tenía atrapada por varios minutos antes de dejar que me moviera. Pero ahora...

—¿Ahora? —susurré, desesperado por que continuara.

—Ahora me despierto feliz. Me despierto emocionada... porque puedo verte. Me voy a dormir contenta porque pasamos la noche aquí, hablando. He pasado más tiempo contigo que con cualquier otra persona en mi vida, excluyendo a mis padres. Y... —La sostuve con más fuerza, ansioso por que siguiera hablando—. Me estoy enamorado de ti, Jesse Taylor. Mucho. Más y más cada día.

June se inclinó hacia mí y me besó. Ella nunca iniciaba los besos, era demasiado reservada. Pero sostuvo mis mejillas y me besó, y ese beso me hizo creer absolutamente todo lo que me acababa de decir.

—El cáncer está intentando quitarme todo en este mundo —musitó cuando se alejó. Mi corazón se cayó al suelo—. Lo detesto. Pero siempre le voy a estar agradecida por haberme llevado a ti.

Sonreí tanto que noté las mejillas un poco adoloridas.

—Puede que me haya quitado el cabello y todos mis músculos, pero me trajo a ti. Creo que por eso puedo ignorarlo... al menos por esta vez.

June se rio, y fue como un bálsamo para mi alma.

Enganchó su brazo con el mío y reacomodó su liberta, que se había caído entre nosotros.

—Léelo, por favor —pidió, abriéndola en una página.

Así que lo hice.

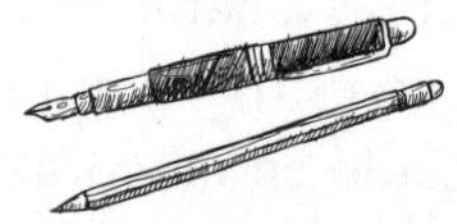

JESSE

El final feliz de Jesse y June

El sol brillaba y los pájaros cantaban. Lo tomé como una buena señal. Incluso mi cuerpo dolía menos hoy. La inmunoterapia nos había tumbado a todos de nuevo esta semana, pero el club de la quimio se mantenía fuerte y nos ayudaba a sobrellevarlo juntos. Habíamos debatido llamarnos el «inmunoclub», ahora que la parte con quimio de nuestro tratamiento había terminado, pero el nombre original se había mantenido, y le teníamos algo de cariño. Estábamos en otro descanso del tratamiento, tomándonos unos días para recuperarnos. Además, este era un día importante: la primera fase había terminado.

Hoy nos daban los resultados del primer mes. El doctor Duncan nos diría si el tratamiento había funcionado o no. Me negaba a dejar que los nervios se apoderaran de mí. Iba a funcionar. El de June iba a funcionar. Los resultados de todos iban a ser buenas noticias. Esa era la única alternativa que consideraría.

Toqué la puerta de June. La abrió con la misma felicidad evidente que yo sentía corriendo por mis venas.

—¿Lista? —pregunté, buscando a sus padres en el cuarto.

—Van a verme en la oficina del doctor Duncan —explicó, notando a quién estaba buscando—. Les dije que quería estar con los demás un momento antes de ir.

Todos habíamos acordado vernos en el cuarto de juegos para pasar el rato y apoyarnos antes de recibir nuestros resultados. Puse el balón debajo de mi brazo, le ofrecí la mano libre a June y ella la tomó. Me enderecé mientras lo hacía, e incluso parecía que el dolor de mi brazo no era tan malo hoy.

—¿Estás nerviosa? —le pregunté mientras navegábamos el laberinto de pasillos que ya conocíamos mucho mejor.

Ella apretó mi mano.

—Estoy intentando ser positiva y solo me imagino recibiendo buenas noticias. —Asintió con firmeza—. Vamos a estar bien —declaró, y le di un beso en la cabeza.

—Viva el grupo dos —dije, batallando para ofrecerle mi puño mientras sostenía el balón.

—Viva el grupo dos —repitió, riéndose de mis contorsiones, pero chocando su puño contra el mío.

Mientras entrábamos al cuarto de juegos, vi que éramos los últimos dos en llegar.

—¿Estamos listos? —pregunté con suficiente fuerza para que los otros seis voltearan a vernos.

—¡Claro que sí! —respondió Chris, cruzando el cuarto y poniendo su brazo sobre mis hombros. Solté a June para darle una palmada en la espalda. Emma la abrazó y soltó un suspiro tembloroso.

—No pude dormir anoche. ¡Apenas pude comer!

—¿Tu mamá viene? —me preguntó Chris, justo cuando los padres que vivían en el rancho comenzaron a entrar.

—¿Cherry? —llamó Neenee. Era la primera.

Me distraje viéndola irse, manteniendo mis ojos en la puerta mientras le respondía a Chris.

—No consiguió que le dieran el día libre, pero haremos una videollamada para que reciba los resultados conmigo.

—Genial —exclamó, mientras lo escuchaba a medias.

La mano de June se deslizó en la mía y me llevó hacia el sillón. Observé el reloj en la pared, me sentía como si estuviera desbordándome de mi piel. Solo quería esos malditos resultados.

June estaba hablando con Emma y se reía; escucharla fue suficiente para desviar mi atención del tiempo que estaba tardando la consulta de Cherry y solo mirar a mi chica.

Un destello de miedo me atravesó la columna. ¿Y si los resultados de Junie no eran buenos? ¿Y si los míos lo eran, pero los de ella no?

Se me cerró la garganta de solo pensarlo. June debió haber sentido que la observaba, porque volteó a verme. Alzó las cejas, justo cuando el sonido de Cherry saliendo de la oficina navegaba hasta el cuarto desde el pasillo. Todos nos quedamos tan quietos y callados que se hubiera escuchado una aguja caer. Oímos el llanto de la madre de Cherry, y mi corazón comenzó a latir más rápido.

¿Era buen llanto o mal llanto?

No tuvimos que esperar para averiguarlo, porque Cherry entró con una enorme sonrisa en su rostro y aclaró:

—Está funcionando.

Parecía que no podía creerlo.

Solté una respiración que no sabía que estaba aguantando. El señor y la señora Scott entraron al cuarto y fueron directamente a felicitar a Cherry y a sus padres.

—Está funcionando —susurró Emma, incrédula.

Creo que, en el fondo, todos teníamos miedo de creerlo.

—¡Está funcionado, maldita sea! —gritó Chris, emocionando y casi brincando sobre mí para celebrar—. ¡¿Escuchaste?!

—Sí escuché. —La emoción se apoderó de mí—. ¡Mierda, sí escuché!

—Jesse, ¿podemos evitar las groserías, por favor? —me pidió Neenee, pero vi que incluso ella estaba sonriendo.

—Lo que sea por ti, Neenee —respondí, y sacudió la cabeza al escuchar mi tono desvergonzado.

—Chris, es tu turno.

Mi amigo entró con sus padres, sonriendo y con un caminar confiado. Llena de vida, Cherry se sentó con Silas, Kate y Toby. Su felicidad era contagiosa.

—Estoy muy feliz por ella —susurró June. Emma compartía el sentimiento. Estábamos viendo los sueños de las personas volverse realidad.

Uno por uno, el resto de los pacientes y sus familias entraron a ver al doctor: Emma, Silas, Toby, Kate, todos con resultados positivos. Hasta que por fin llegó mi turno. Abracé a June; no quería que fuera la última, pero ella frotó mis brazos, emocionada.

—Voy a estar aquí cuando salgas —aseguró.

Los padres de June se acercaron. El señor Scott puso su mano en mi hombro y preguntó:

—¿Necesitas a alguien, hijo? Puedo entrar contigo.

Al instante, se me cerró la garganta por la gratitud. Tuve que carraspear para aclararla antes de responder.

—No, gracias, señor. Vamos a llamar a mi madre, pero aprecio la oferta.

El señor Scott asintió y me dio unas palmadas de apoyo en el hombro. La señora Scott me abrazó con fuerza y June me lanzó un beso. Seguí a Neenee a la oficina del doctor como en un sueño. Rápidamente inicié la videollamada con mamá. Su cara apareció en la pantalla y pude ver la preocupación en sus ojos.

—Voy a ir directo al punto —dijo el doctor Duncan, mirando su computadora. Todos los músculos de mi cuerpo quedaron inmóviles—. Me alegra decir que tus análisis de sangre y tus estudios mostraron que la nueva quimio y la terapia de medicamento dirigido están teniendo un efecto positivo en tu LMA. —Parpadeé varias veces en silencio, mientras escuchaba a mi mamá llorar de alivio—. Aún es pronto y nos queda mucho camino por recorrer, pero me complacen estos resultados iniciales.

El médico asintió y bajó la vista a mi teléfono.

—Jesse —sollozó mi mamá, buscando palabras—, estoy tan orgullosa de ti.

—Gracias, mamá —respondí, con la voz un poco ausente por la sorpresa. Desde mi diagnóstico, no habíamos tenido ni una sola buena noticia. Esto se sentía extraño. Se sentía… ni siquiera podía describirlo.

—Llámame al rato, solecito —pidió mamá, y caminé como un zombie de regreso al cuarto de juegos. June y su familia fueron los primeros que vi, y ella se puso de pie con un salto, mirándome con ojos bien abiertos.

—Está funcionando —musité. Obtuve otra expresión de triunfo de Chris, que me llegó desde alguna parte de la sala. La felicidad de June tomó el control de su rostro y corrió hacia mí, envolviéndome la cintura con los brazos. Era pequeña, pero sentía que ese abrazó se tragaba mi cuerpo de casi dos metros.

La abracé de vuelta, con la necesidad de que recibiera las mismas noticias.

—June —llamó Neenee.

—Viva el grupo dos —carraspeé, ofreciendo mi puño cuando se separó de mí.

—Viva el grupo dos —repitió y chocó nuestros puños. Tomé su cara en mis manos y la besé, después la vi caminar a la oficina del doctor, con sus padres flanqueándola.

—¿Quieres sentarte? —preguntó Emma, dándole unas palmaditas al lugar que había entre ella y Chris en el sillón. Negué con la cabeza. Mi cuerpo se sentía como un cable con corriente, esperando que June escuchara lo mismo que todos los demás en el cuarto.

—Ella puede con esto, ¿sabes? —insinuó Chris, pero no lo miré. Mantuve mis ojos fijos en la puerta, sin escuchar nada más que ruido blanco mientras me quedaba suspendido en el tiempo, listo para cuando mi chica regresara.

No supe cuántos minutos habían pasado cuando June salió de la oficina y apareció en el pasillo. Contuve la respiración, con el corazón azotándose contra mis oídos. No esperé a que entrara al cuarto. En lugar de eso, corrí hacia el pasillo y la levanté en mis brazos. La abracé con fuerza, y sus pies quedaron flotando sobre el piso.

—¿Está funcionando? —pregunté, alejándome lo suficiente para ver su cara.

—Está funcionando —repitió, y la besé.

La besé y la besé hasta que el señor Scott nos separó de manera juguetona. Pero las sonrisas en los rostros de sus padres eran gigantes, llenas de alivio.

El tratamiento estaba funcionando. Íbamos a superar esto y tenía a Junie a mi lado. La vida estaba mejorando, y por fin estaría libre del cáncer.

Cuando el capítulo terminó, me di cuenta de que tenía la piel de gallina por todo el cuerpo. El brazo de June seguía enganchado al mío, pero a juzgar por su quietud, era claro que sabía que había terminado de leer.

—Eres muy talentosa —murmuré y cerré la libreta con gentileza.

June soltó un profundo suspiro.

—Quiero que eso nos pase a todos. Quiero que el doctor Duncan nos dé esa noticia a todos.

—Lo escribiste —le recordé—, entonces tiene que pasar. ¿No?

Mi voz sonaba divertida, pero yo deseaba lo mismo.

—No creo que funcione así, Jesse —replicó con una pequeña sonrisa.

—Uno nunca sabe. Tu pluma podría tener poderes especiales, una línea directa a Dios o con el universo —sugerí. June puso los ojos en blanco—. Sigue escribiendo. —De pronto, había dejado mi tono bromista—. Quiero saber qué pasa después.

—¿En serio? —preguntó June. Claramente no entendía su talento si tenía que preguntar eso.

Me había enganchado. Cubrí su mano con la mía.

—Muéstrame nuestro futuro, Junie. Porque se ve increíble desde donde yo estoy.

—Está bien —respondió con alivio en la voz, acurrucándose a mi lado.

Había empezado la cuenta regresiva para quienes había escrito. Miré las estrellas y repetí sus palabras una y otra vez en mi cabeza, intentando sentir la misma felicidad que me había embargado al leer que todos habíamos respondido al tratamiento y que nuestro cáncer oficialmente había dejado de propagarse.

June puso su cabeza contra mi pecho, escuchando los latidos de mi corazón. Si todo salía como deseábamos, podría escuchar mi corazón, justo así, por muchos, muchos años más.

Eso sonaba al paraíso.

Capítulo diez

JUNE

Unas semanas después

—¿Ya terminaste? —preguntó Chris con la boca abierta—. ¡Es imposible!

—Supongo que es una de las ventajas de ser una nerd, ¿no crees? —espetó Emma en un tono burlón, y me reí mientras Chris agitaba su mano para gesticular que se alejara. Parecía que a él y Jesse todavía les faltaban varias páginas de su tarea.

Mientras pasaba al lado de Jesse, estiró un brazo y tomó mi mano.

—Ven acá, nerd. —Me acercó e hizo su cabeza hacia atrás para darme un beso. Nuestros labios se tocaron, y solo Emma jalándome de la otra mano me separó de su boca.

—Me voy a robar a tu novia unas horas. Estoy harta de que la monopolices —se quejó—. Es mi turno de estar con ella. Privilegios de mejor amiga.

—Tienen la hora de mejores amigas todas las noches —objetó Jesse, pero Emma hizo un gesto con la mano para ignorarlo.

—¡Y pensé que podría tener más de una hora! Pero llegaste y te la robaste. —Señaló a Chris con un gesto de la cabeza—.

Mientras tanto, este es mi único entretenimiento cuando secuestras a June.

—¡Oye! —exclamó Chris.

Jesse señaló su cuerpo con actitud juguetona. Llevaba puesta su usual combinación de camiseta con *jeans*.

—Junie no puede evitarlo, Em. Nunca puede resistirse cuando me veo así de bien. —Sabía que estaba jugando, pero sus palabras nunca habían sido más reales. Me enamoraba más y más de él cada día.

Emma fingió vomitar y Jesse me guiñó el ojo mientras salíamos del salón de clases.

Como nos prometieron, las clases empezaron, pero eran muy flexibles. No podíamos escribir ensayos si apenas podíamos levantarnos de la cama. Sin embargo, igual que el club de la quimio, nuestro grupo había decidido hacerlo juntos y eso nos había ayudado inmensamente.

—¿Y si vamos a tu cuarto? Está más cerca —sugirió Emma mientras recorríamos el pasillo, enganchando su brazo en el mío. Casi siempre íbamos a su habitación, que estaba más cerca de la cocina y el cuarto de juegos.

—Claro.

Entretanto, dentro de mi cabeza se repetía lo que había dicho sobre no pasar tanto tiempo juntas como ella quería. Me sentí culpable; adoraba a Emma y me encantaba estar a su lado. Pero no estaba equivocada, pasaba mucho tiempo con Jesse, especialmente los últimos días. Ahora, sin embargo, mi plan era dedicarme un poco más a ella.

Entramos al cuarto y, de pronto, se quedó quieta al ver en la pared el dibujo que Jesse había hecho de mí con Jengibre. Mamá había comprado un marco rústico para protegerlo y estaba colgado frente a mi cama, para poder verlo cuando estuviera acostada.

—Ay, ¿quién dibujó eso? —preguntó. Al principio, había mantenido los dibujos de Jesse en privado. Pero entre más dibujaba, más convencida estaba de que merecían que la gente los viera.

—Jesse.

Emma se quedó boquiabierta.

—Rayos... Supongo que hay más que talento para el futbol y chistes malos.

Me reí y le hice un gesto para que viniera a mi cama. Encendí la televisión, lista para que siguiéramos viendo nuestro programa. Se acomodó a mi lado, pero sus ojos seguían desviándose a los dibujos.

—¿Cómo es que se ve tan realista? —inquirió, y le puse pausa al episodio que acababa de empezar—. Tiene tantos detalles que podría ser una fotografía. —Entrecerró los ojos con sospecha—. ¿Estás segura de que no los hizo por computadora?

—¡Emma! —reclamé, dándole un golpecito en la mano.

—¿Qué? —se defendió, empujándome de broma—. Es que llevamos mucho tiempo aquí, nos vemos todos los días, y nunca lo he visto dibujar.

—Lo hace en privado. —Me encogí de hombros—. Todas las noches dibuja mientras yo escribo.

La única respuesta fue silencio. Cuando la miré, tenía las cejas levantadas.

—Ah, vamos a hablar de esto —declaró—. ¿Cómo que «las noches»? ¿A qué hora de la noche? —Sentí que mi cara se ponía roja cuando me di cuenta de lo que había dicho—. Oh, no, no te pongas tímida ahora, princesa. No cuando estas teniendo aventuras con tu galán en la madrugada. —Pestañeó con coquetería para molestarme.

Lo había dicho por accidente, y no era que le escondiera cosas a Emma, pero... no estaba segura de por qué no se lo había contado. Supuse que esos momentos que pasábamos afuera, cuando el mundo estaba dormido, era nuestro propio pedazo de tiempo, cuando solo existíamos él, yo y el arte que hacía bailar a nuestros corazones.

—¿Mi galán? —repetí entre risas.

—Sigo esperando —insistió al ver que no respondía su pregunta.

Pensándolo bien, me di cuenta de que deseaba compartir esto con Emma. Si era honesta sobre la razón, tal vez se debía a que, en ocasiones, no podía creer que fuera verdad. ¿Por qué Jesse se sentía tan atraído hacia mí? Podía tener a cualquier chica que quisiera. Y por más que intentara entender que yo era la persona de la que se estaba enamorando, existía una barrera de inseguridad que todavía me hacía dudar.

—Nos sentamos afuera todas las noches —expliqué, notando la impaciencia de Emma—. Las pocas veces en que no lo hemos hecho es cuando alguno de los dos se siente mal por el tratamiento. —Le lancé una mirada de soslayo—. E incluso entonces, vamos al cuarto del otro para apoyarnos.

—June Mary Scott, no creí que fueras así.

Me quedé quieta y miré los ojos azules de Emma.

—Mi segundo nombre no es Mary.

Ella agitó la mano frente a su cara.

—Eso no importa. Solo me interesan tú y Jesse. —Ladeó la cabeza a un lado mientras me examinaba—. Cualquier puede ver que son cercanos. ¿Crees que dure cuando salgamos del rancho?

—Sí —respondí con firmeza. Sabía que era verdad tanto para Jesse como para mí—. No puedo explicarlo —admití—, no sé si es por la posición en la que todos estamos aquí, muriendo, pero todo se amplifica.

—Sé a lo que te refieres —asintió—. Es como si todo se sintiera más. El sol brilla más. El calor es más intenso. Tus olores favoritos son más dulces.

—Exacto.

Observé mi retrato colgado en la pared. Jesse de verdad me veía así. Cuando me miraba en un espejo, esa no era la chica del reflejo. El dibujo de Jesse me hacía ver… hermosa. Apenas podía creer que así era como él me percibía: hermosa. Nunca había pensado en mí misma de esa manera, pero sus bocetos me mostraban una versión de mí a través de sus ojos, y era hermosa.

—¿Em? —murmuré, y mi amiga me miró a los ojos. Bajé la vista y el corazón se me aceleró ante lo que estaba a punto de preguntar. No le había hablado a nadie de mis inseguridades, pero amaba a Emma. De verdad era la mejor amiga con la que siempre había soñado, y estaba segura de que no me juzgaría—. ¿Crees… crees que soy… suficiente para Jesse?

Emma me observó en silencio un largo rato. Volví a bajar la vista a mis manos.

—June —me llamó, sacándome de mi estupor—. Por favor, mírame.

Lo hice y sentí cómo se cerraba mi garganta. La expresión de Emma era seria. Se veía decidida cuando respondió:

—Lo que voy a decir es en serio y necesito que me escuches: eres, sin duda, la mejor amiga que jamás he tenido. Eres dulce, amable y tienes la fuerza interna de toda la legión romana. —Los ojos se me llenaron de lágrimas. Emma me tomó de las manos y las apretó con fuerza—. Y eres preciosa —enfatizó—. Hermosa, completa y totalmente magnífica.

Me reí entre el llanto al escucharla, pero ella se puso aún más seria.

—Linda, he visto cómo te miras a ti misma. Sé que no nadaste ese día antes del tratamiento porque no te gusta cómo te ves. Pero soy una persona brutalmente honesta, puedes preguntarle a Chris. Y te lo estoy diciendo, eres un maldito diez.

Me reí de nuevo. Emma soltó una de mis manos para limpiarme las lágrimas que me empapaban la mejilla.

—¿Me crees? —preguntó, inclinando la cabeza.

—Lo estoy intentando —confesé tras respirar profundamente—. Nunca me importó mucho cómo me veía. Pero luego perdí mi cabello, mi piel reaccionó al tratamiento, los esteroides cambiaron mi cuerpo y todo eso que pasa cuando luchas contra el cáncer... —Me encogí de hombros—. Supongo que en algún momento perdí la confianza en mí misma.

—Te entiendo. Hay días en los que también me siento así.

—¿En serio? —Me sorprendí. Emma siempre parecía tan segura de sí misma—. Nunca lo habría adivinado.

—¿Por qué no lo haría? Con todas las razones que dijiste. Pero... —Emma no terminó la oración.

—Pero ¿qué?

Estaba atenta a cada palabra. Ella se limitó a sonreír.

—Pero sé lo que valgo y lo mucho que he luchado por seguir aquí, en este mundo, respirando. Y eso me recuerda lo que siempre he sabido.

—¿Qué cosa?

La sonrisa de Emma creció.

—Que soy fabulosa.

Me eché a reír, y fue tanto que Emma se unió y terminamos recostadas en las almohadas.

—Jesse te adora, June —declaró cuando, por fin, nuestras risas se apagaron—. O sea... ¡mira! —Señaló todos los dibujos.

—Imagino que todas sus otras novias fueron porristas con cabello perfecto —admití, sintiendo cómo se me encogía el pecho. Mis inseguridades seguían ahí.

—Pero no eran tú, y a ti te adora.

—Pero a veces me pregunto: si no fuera porque estamos aquí, ¿se habría fijado en mí? Y eso me preocupa.

—Amiga, ese hombre taclearía a todos en el mundo para encontrarte si hubiera sabido que existías.

—Estoy muy segura de que los mariscales no taclean —dije, intentando no sonreír, pero mi alma se había tranquilizado con la charla.

Emma puso los ojos en blanco.

—Entonces estoy segura de que él sería la excepción. —Me dio un beso en la mejilla—. Acéptalo, June, Jesse Taylor está enamorado de ti. Lo tienes loco.

Mi cuerpo se inundó de calor. Antes de darme cuenta, las palabras comenzaron a desbordarse de mi boca.

—Cuando lo conocí, fue como si el universo empezara a brillar. Fue como «vaya, creo que hallé a mi persona». —Hice una pausa y me encontré con la mirada de Emma—. ¿Sabes lo que son las almas gemelas? ¿La historia de que Dios partió a un ser en dos y ahora tienen que encontrarse de nuevo en la Tierra?

—Sí —murmuró con suavidad.

—Así se siente para mí. Sé que ha sido rápido. Pero, hace un mes, todos pensábamos que íbamos a morir. Es posible que todavía pase. No tenemos el lujo de tomarnos nuestro tiempo para encontrar la felicidad. —Sonreí para mí misma—. Y con Jesse, no estoy segura de que no me hubiera enamorado así de rápido incluso si estuviéramos sanos.

—Lo amas. —No era una pregunta, sino una afirmación.

—Estoy enamorada de él, Emma. Muy enamorada.

Se lanzó hacía adelante, tirándome sobre la cama.

—¡No puedo respirar! —exclamé mientras me abrazaba con fuerza.

—No me importa —replicó, dándome otro beso en la mejilla—. ¡Estoy muy feliz por ti!

Me la quité de encima de forma juguetona. Emma se rio y se enderezó contra las almohadas.

—¿Y tú qué tal? —pregunté—. ¿Te gusta Chris?

—Es mi amigo —respondió con firmeza, y sabía que era verdad. Eran platónicamente perfectos el uno para el otro, pero no parecía existir una sola chispa de romance. Emma se quedó callada y luego agregó—: Pero, en serio, June, espero encontrar lo que ustedes tienen un día. Sería lindo saber qué se siente.

—Lo harás —afirmé, apretando su mano. Emma miró por la ventana, perdida en sus pensamientos—. ¿Estás nerviosa por mañana? —le pregunté después de un par de minutos de silencio.

—Sí —admitió—. Sé que Neenee y el doctor Duncan nos dijeron que intentáramos ser positivos, pero es difícil mantener esa mentalidad, y a veces es hasta dañino. Solo quiero sentir lo que está pasando sin ese optimismo forzado. En ocasiones no puedo evitar preocuparme por que el tratamiento no esté funcionando. Quiero sentir el miedo, el temor. Seamos honestos, a todos nos lo han dicho antes, por eso estamos aquí. No somos ajenos a las malas noticias.

—Lo sé. —Le acaricié el dorso de la mano con el pulgar—. Pero estoy haciendo mi mejor esfuerzo por solo imaginarme lo mejor de ahora en adelante. Eso me ha ayudado a mí. Todo esto —nos señalé a ambas— me ha ayudado, más de lo que te imaginas. —Le sonreí y ella me devolvió el gesto—. Y nos veo a todos en el futuro, aun siendo mejores amigos. Tú visitándome en la UT y contándome que conociste al chico que esperabas y que estás perdidamente enamorada.

—Eso suena lindo —susurró, y en sus ojos brillaron lágrimas—. De hecho, suena perfecto.

Capítulo once

JUNE

Parecía que el corazón me temblaba dentro del pecho. Todos estábamos en el cuarto de juegos, como habíamos acordado. Nuestros padres también. Hasta ahora, Silas, Toby y Chris habían entrado a ver al doctor Duncan y, como lo había escrito, el tratamiento estaba funcionando para ellos.

Estaba sucediendo.

Lo que todos habíamos soñado de verdad estaba sucediendo... No parecía real. Mi pierna estaba inquieta mientras esperaba a que Emma regresara, con la mano de Jesse sosteniendo la mía. Ninguno de los dos había entrado todavía, y mi estómago estaba hecho nudos.

Mamá y papá estaban sentados juntos cerca de nosotros, y cada vez que uno de mis amigos regresaba con una sonrisa, veía la espalda de papá enderezarse y la emoción comenzando a brillar en el rostro de mamá.

—June. —La voz de Jesse me hizo levantar la mirada y vi a Emma caminando hacia nosotros. Su sonrisa era enorme, y me estaba mirando directamente a mí. Abrió los brazos, me puse de pie y solté la mano de Jesse. Emma se estrelló contra mí.

—Estoy tan feliz por ti —exclamé y sentí que Emma temblaba entre mis brazos. La felicidad que sentía por ella era como una ola que lo inundaba todo.

—Gracias —respondió y nos separamos del abrazo—. Hemos sido todos hasta ahora.

Tenía razón. No pude evitar que una pizca de emoción se apoderara de mí también. Todos podíamos tener esto. Todos podíamos estar en camino a la remisión.

—Jesse —llamó Neenee. Volteé al instante y nuestros ojos se encontraron.

—Aquí vamos —murmuró.

Me puse de puntitas y le di un beso.

—Viva el grupo dos. —Esta vez fui la primera en decirlo y ofrecerle el puño.

Jesse se rio y le dio un golpecito con el suyo.

—Viva el grupo dos.

Siguió a Neenee a la oficina del doctor Duncan y no pude separar mis ojos de la puerta mientras esperaba su regreso. Como en el capítulo que había escrito para Jesse, todo se difuminó y solo estaba concentrada en esperar a que mi novio regresara.

Novio. Aquella palabra no alcanzaba a describir lo que éramos.

—Voy al baño rápido —dijo Chris, saliendo del cuarto de juegos—. Quiero estar aquí cuando Jesse regrese.

Pasaron y pasaron los minutos. Se sentía más largo que lo que los demás habían tardado, y comencé a preocuparme. ¿O tal vez no había tardado tanto? No sabía si solo se sentía así porque se trataba de Jesse.

El sonido de pasos acercándose hizo que el corazón se me subiera a la garganta. Incluso mis padres se pusieron de pie. Chris regresó, una enorme sonrisa iluminándole el rostro. Dejé caer los hombros. ¿Por qué estaba tardando tanto?

—¿Por qué estás sonriendo así? —preguntó Emma. Sí, era obvio que Chris estaba feliz de haber recibido buenas noticias, pero se veía eufórico. Intenté buscar señales de Jesse sobre su hombro, pero el pasillo estaba vacío.

—Acabo de ver a Jesse —aclaró y toda mi atención cayó sobre él. El corazón me estaba retumbando en el pecho.

—¿Qué dijo? —pregunté, con un temblor de nervios en la voz.

—Estaba hablando por teléfono —explicó—. Con su mamá, creo. Pero me sonrió y levantó su pulgar.

El alivio fue instantáneo.

—¿De verdad? —Ahora, mi voz sonaba un poco más firme. Chris asintió emocionado y Emma lanzó sus brazos alrededor de mis hombros, celebrando. Me apretó con fuerza y la felicidad me embargó. Jesse... estaba funcionado. El tratamiento estaba funcionando, y él iba a estar bien. No me había dado cuenta de lo mucho que necesitaba escuchar eso hasta ese momento.

—¿June? —llamó Neenee, y sentí la mano de mamá en la espalda.

—Tenemos que entrar, amor —me dijo. Miré el pasillo de nuevo buscando a Jesse, quería verlo antes de entrar, pero probablemente seguía al teléfono con su madre. Ella iba a estar muy feliz. Él debía estar muy feliz.

Mientras tomaba los brazos de mi mamá y mi papá, lo sentí: las buenas noticias venían a mí. Podía ver a la distancia el brillo naranja de asistir a la UT. Un sueño que creí nunca pasaría ahora estaba a mi alcance de nuevo.

Papá me dio un beso en la cabeza y supe que él compartía mi emoción en silencio. Entramos a la oficina del doctor Duncan y él evitó nuestras miradas mientras se enfocaba en su computadora.

—Lamento mucho decirte esto, June, pero los resultados iniciales están mostrando que el tratamiento no está funcionando tan bien como esperaba para ti.

Sus palabras fueron una cubeta de agua fría sobre mi cabeza. El ritmo de mi corazón trastabilló por el shock y escuché a mi papá susurrar:

—¿Qué?

Mis manos comenzaron a temblar y mamá las tomó con fuerza.

—Solo has recibido una fase del tratamiento, pero esta nueva modalidad de anticuerpos monoclonales es intensa y ya deberías mostrar mejorías. Nuestros resultados indican que tu LMA ha avanzado.

Estaba inmóvil, como si mi cuerpo fuera una jaula de la que no podía escapar.

—La primera fase no funcionó contigo, pero todavía nos queda la segunda. Y tenemos la esperanza de que esto todavía funcione con otra ronda de tratamiento.

Mamá parecía estar tan atónita como yo; permaneció en silencio, intentando procesar las inesperadas noticias.

—¿Cuáles son las probabilidades? —preguntó papá—. ¿Qué probabilidades de recuperación predicen para la fase dos?

—Cuando probamos esto en el laboratorio, nunca fue más del diez por ciento —respondió el doctor Duncan, yendo directo al punto—. Pero eso no fue en humanos, así que no tenemos evidencia conclusiva. Podría ser más o menos. No lo sabremos hasta que pasemos a la siguiente fase.

Tragué saliva.

—¿Y si no hay una mejora al final de la segunda fase? —preguntó mi papá, y me preparé para la respuesta.

—Entonces se considerará que el tratamiento falló para June —explicó el médico—. Y el cáncer de June seguirá avanzando. Después de la siguiente fase, si no hay mejora, trasladaremos a June al cuidado paliativo. Haremos lo posible por que sea indoloro, pero no habrá necesidad de más quimioterapia ni inmunoterapia.

Solo podía escuchar a mi corazón golpear contra mis costillas. Una fase más. Tenía una fase más del tratamiento para lograr una diferencia —lo cual parecía poco probable—, y tal vez algunos meses más de vida si fallaba.

Sentí las náuseas invadirme el estómago y me puse de pie de un salto. Miré al doctor Duncan directamente a los ojos y pregunté:

—¿Me voy a morir?

—Como dije, todavía no tengo esa información.

Negué con la cabeza. Esa respuesta no era suficiente. Podía sentir el pánico apoderarse de mí.

—En su opinión, ¿cree que el tratamiento empiece a funcionar en la siguiente fase?

Sabía que estaba siendo directa, haciendo que repitiera las cosas, pero yo… solo necesitaba que me lo dijera de nuevo. Necesitaba asimilarlo.

—Como dije, los resultados del laboratorio muestran una probabilidad del diez por ciento. No son tan buenas, pero debemos continuar; es posible que los humanos lo reciban mejor. Vamos a aumentar la dosis de inmunoterapia y seguiremos monitoreándote para asegurarnos de que tu cuerpo pueda soportarlo. Hay esperanza, June. Es pequeña, pero hay. No debemos rendirnos todavía.

Noventa por ciento. Había un noventa por ciento de probabilidad de que este tratamiento fallara.

De pronto, vi a mamá de pie frente a mí.

—¿June? —me llamó con suavidad. Había lagrimas rodando por sus mejillas.

Papá también se puso de pie; su expresión era afligida. Pensé en Jesse: en su expresión sonriente, en lo emocionado que estaría porque su tratamiento estaba funcionando, esperando que yo hubiera recibido las mismas noticias que todos los demás.

Mi sueño de ir a la UT juntos se evaporó. La idea de salir de este rancho libre de cáncer ahora parecía más una tontería que una posibilidad.

Salí de la oficina y me quedé estática en el pasillo. Podía escuchar risas en el cuarto de juegos. No podía enfrentarlos. Mis pies estaban pegados al suelo.

—Ven, amor. Vamos a tu cuarto —dijo mamá, pero sacudí la cabeza. No quería ir ahí. No sabía qué quería.

Y no podía enfrentarme a Jesse, que seguramente ya estaba en el cuarto de juegos. No podía ver a Emma, Chris y todos los demás. Oh, Dios, Jesse... Mi tratamiento había fallado. El suyo estaba funcionando. Iba a estar bien, pero tendría que seguir sin mí.

—Necesito estar sola —solté. Me alejé de la oficina y caminé hacia la puerta que llevaba afuera. Papá intentó seguirme, pero estiré una mano para detenerlo—. Por favor —le pedí, sintiendo cómo me temblaba el labio inferior—. Solo necesito.... Por favor, no me sigan. Solo quiero espacio.

Hui del edificio y me encontré con la brisa cálida. Aun así, me estaba congelando.

«Es el shock», pensé. Me quité el suéter de la cintura para ponérmelo, caminando tan rápido como podía e ignorando el dolor de mi pierna. Por alguna razón, parecía ser más intenso.

Apresuré el paso, con las palabras del doctor Duncan bailando en mi cerebro como un tornado.

Diez por ciento. Es posible que solo tuviera un diez por ciento de probabilidad de que el tratamiento funcionara a partir de ese momento. Aminoré el paso, sintiendo algo salado en los labios, y me di cuenta de que estaba llorando.

No era justo. ¿Por qué mi cuerpo no podía aceptar el nuevo tratamiento? ¿O el otro, en todo caso? ¿Qué había en mí que rechazaba todo tipo de cura?

Sentí que el corazón se me rompía con cada paso. Solo me detuve cuando llegué a los establos.

—¿June? —Olivia, la encargada, se acercó a mí—. ¿Estás bien?

—¿Puedo cepillar a Jengibre?

La preocupación de Olivia era obvia, pero asintió.

—Déjame traer su cabestro. —Una vez que lo hizo, continuó—. ¿Quieres que lo traiga?

Bajé la vista a mis manos temblorosas.

—Sí, por favor —susurré. Mientras Olivia iba al corral para buscarlo, observé mis manos: el sentimiento de desconexión estaba reapareciendo. Formé dos puños, pero ya no parecían míos.

Mi cerebro había vuelto al modo de protección, pero nada podía protegerme de esto.

Mis ojos recorrieron el corral, observando cómo los árboles distantes que lo rodeaban se movían con la brisa apenas perceptible. Inhalé el reconfortante olor de los caballos y sentí el sólido suelo bajo mis pies. Necesitaba anclarme, regresar a mi cuerpo. Necesitaba sentir que seguía aquí, viva.

El sonido de los cascos me hizo levantar la vista. Olivia ató la cuerda de guía de Jengibre a un poste y me acercó los cepillos. Luego, asintió y me dejó sola con él. Como si supiera que estaba llena de dolor emocional, el caballo volteó la cabeza y la puso contra mi cuello. Ni siquiera se movió cuando mis lágrimas comenzaron a mojar su pelaje. Era como si me estuviera dando un abrazo.

Obligándome a mantener la calma, tomé uno de los cepillos y comencé a pasarlo por el cuerpo de Jengibre de forma lenta y constante, calmando a mi corazón. Trabajé en controlar mi respiración. Mientras lo hacía, intenté ajustar mis pensamientos, aferrarme a ese diez por ciento. Pasaron los minutos y sentí que el entumecimiento se esparcía por mi cuerpo. El monótono movimiento de cepillar a Jengibre había tranquilizado el temblor de mis manos y relajado mis nervios.

—¿Junie?

Estaba de espaldas a la entrada, así que no lo había visto llegar. Me congelé por completo. No podía mirarlo. No podía decirle que debíamos tomar diferentes caminos.

—¿June? —intentó de nuevo, tocando mi codo con gentileza.

Una nueva ola de miedo me envolvió. Ya no era miedo de morir, sino de no tener más tiempo con este chico que había hecho temblar todo mi mundo.

—Por favor… mírame —rogó.

Con una larga exhalación, me di la vuelta y ahí estaba, en su vieja camiseta naranja de los Cuernos Largos, suave de tanto usarla, con sus *jeans* y su gorra al revés. No quería nada más que derretirme en sus brazos. Me estaba mirando con miedo en sus profundos ojos verdes.

—No son buenas noticias —susurré. La voz me temblaba con cada palabra.

Jesse palideció e intentó acercarse para reconfortarme. Sin embargo, extendí una mano para detenerlo. No podía dejar que me tocara: si lo hacía, me rompería.

—Jesse. —Sacudí la cabeza—. Solo me dieron un diez por ciento de probabilidad para que el tratamiento funcione en la segunda fase. —Le dediqué una sonrisa llena de lágrimas—. Yo... yo...

Pasé la mano por el cuello de Jengibre, girándome para no ver su rostro lleno de dolor y enfocándome en el pelaje café del caballo.

—June... —intentó de nuevo.

—Creo que aquí es donde debemos separarnos —sentencié. Odié cada palabra que salía de mi boca, pero quería que Jesse triunfara. Quería que viviera. Quedarse atascado conmigo solo retrasaría su progreso. No necesitaba eso en su vida.

—June...

—Tienes una oportunidad de vencer esto —lo interrumpí de nuevo. Seguía evitando sus ojos. No podía mirarlo. Me había enamorado demasiado, y esto se sentía como si hubiera abierto mi pecho y me hubiera sacado el corazón—. Tienes la oportunidad de ir a la UT, de cumplir tus sueños. Y necesitas enfocarte en eso. —Al fin, me permití mirarlo y alcé la cabeza para continuar—. Tienes una oportunidad.

Jesse me tomó por los brazos gentilmente, con suavidad, y con toda la adoración que sabía que sentía por mí. Casi me destrozó. Al fin me había permitido a mí misma creer que podía quererme tanto como yo a él y ahora tenía que perderlo.

Cuando lo miré a los ojos y me di permiso para perderme en ellos una última vez, Jesse murmuró:

—Sí, tengo una oportunidad... del diez por ciento.

Fruncí el ceño, confundida.

—¿Qué?

Jesse miró al horizonte y luego sus ojos volvieron a mí.

—Mis probabilidades de vencer esto —dijo con voz áspera y rota—, también son del diez por ciento.

Sacudí la cabeza.

—Estoy muy confundida...

—No me dieron buenas noticias —me cortó.

Me quedé inmóvil como una estatua. No podía respirar.

—Pero Chris... —Sacudí la cabeza de nuevo, intentando despejarla—. Chris dijo que le sonreíste en el pasillo después de ver al doctor Duncan. Le mostraste el pulgar. Le hiciste pensar que tu tratamiento estaba funcionando.

Al ver que estaba teniendo problemas para comprender lo que había sucedido, explicó:

—Quería decírtelo después de tu consulta, entonces iba a esperar en tu cuarto hasta que terminaras. Después vi a Chris salir del cuarto de juegos. Fingí que estaba en el teléfono con mi madre para evitarlo, pero me vio y me estaba analizando. Así que le hice esa señal porque quería que te enteraras por mí, cuando estuviéramos solos, no por Chris.

—No... —susurré; mi felicidad por él se transformó en miedo.

—El tratamiento tampoco está funcionando conmigo, June. Al menos eso dijo el doctor Duncan. —Me sonrió con dulzura y yo intenté que mi aletargado cerebro se pusiera al corriente con esta nueva información—. Mi cáncer ha avanzado. Voy a tomar otra ronda de tratamiento, pero si eso no funciona...

—Irás a cuidado paliativo —completé, repitiendo la conversación que había tenido con el médico.

—Bingo —dijo, estudiándome. Sus ojos entristecieron.

—¿Jesse? —lo llamé de nuevo al verlo tan perdido.

—Sabía que no podría enfrentarme a la expresión que tienes ahora, la que me dice lo destrozada que estás en mi honor. —Tragó saliva—. Quería que estuvieras feliz y enfocada y mejorando. Lo deseé con todo mi corazón.

Rocé su mejilla con los dedos, y mi corazón se hinchó al ver que se acercaba a mi mano, como si nuestro contacto fuera limitado y quisiera disfrutarlo lo más posible.

—La misma expresión que tú tienes ahora por mí.

—Exacto —jadeó, y me jaló hacia su pecho. Sus brazos me envolvieron con tanta fuerza que apenas podía respirar. Pero no me importaba. Me estaba abrazando, y yo lo estaba abrazando, y ambos... Dios, los dos estábamos colgando de un hilo.

—De verdad quería que recibieras buenas noticias —murmuró, y sentí la verdad de sus palabras hasta los huesos.

—Yo quería lo mismo para ti —respondí, apretando la cabeza contra su camiseta, abrazándolo aún más fuerte. Se sentía tan cálido. Tan vivo.

Jesse se alejó y sostuvo mi rostro entre sus manos. Solo en ese momento me di cuenta de que no tenía su balón. Siempre cargaba con él, pero no ahora, no en este momento que había cambiado nuestras vidas. El corazón se me rompió de nuevo. ¿Este era Jesse aceptando que su sueño de ser un mariscal de campo en la UT se desvanecía? ¿O era algo más?

Inhalé de forma temblorosa.

—Mi pluma no es tan mágica, después de todo. Al menos no para nosotros. El último capítulo que escribí no se cumplió.

—No en esta vida, al menos —respondió. Me miró atentamente, y luego siguió hablando—. Te amo, Junie. Desde hace un tiempo. Pero te amo, y necesito que lo sepas.

Todo el miedo y el dolor que nos rodeaba se desvaneció cuando esas palabras salieron de su boca. El sentimiento de desconexión que me había consumido desapareció y volví a caer de golpe en mi cuerpo.

«Te amo».

—Jesse —susurré, con el corazón transformándose de plomo a helio en segundos. Coloqué la mano contra su mejilla, observé sus verdes y afirmé—: Yo también te amo. Tanto que duele.

Su mirada siempre tenía un atisbo de tristeza, señal de que había un dolor dentro de él que nunca dejaba salir; sin embargo, no podía verla en ese momento. Lo estaba eligiendo, y él a mí, por el tiempo que nos quedara.

Por un rato, solo inhalamos el aroma del otro. Luego dio un paso atrás y me ofreció su mano.

—Vamos.

—¿A dónde? —pregunté.

—El cuarto de juegos.

Negué con la cabeza. Mi burbuja de felicidad explotó.

—No puedo… —De repente, me asaltó un nuevo pensamiento—. ¿Todos los demás tienen sus resultados? —Jesse asintió—. ¿Y todos están mejor?

Asintió de nuevo. La tristeza había regresado a sus ojos. Y, de alguna manera, sabía que esa tristeza no era por él, sino por mí.

—Solo somos tú y yo, Junie —declaró con voz áspera. Me ofreció su puño y el humor negro reemplazó la tristeza de su mirada—. Viva el grupo dos. —La ironía de esa frase no debía ser tan graciosa, pero lo era.

A pesar de toda la tristeza, la sorpresa, y saber que la montaña que teníamos que escalar juntos era del tamaño del Monte Everest, no pude evitar reírme y chocar mi puño contra el suyo.

—Viva el grupo dos.

Cuando mi risa se apagó, aún experimentaba esa abrumadora combinación de estar destrozada y eufórica, oscilando entre no sentir nada y percibir cada pizca del amor de Jesse.

Como el bálsamo que era, me había tranquilizado. Me amaba… y el universo se había asegurado de que siguiéramos aquí, lado a lado, luchando exactamente la misma batalla. Se sentía como si hubiera un plan más grande, algo fuera de este mundo.

Tomando mi mano, Jesse me guio por el pasillo. Olivia hizo un gesto para indicar que ella llevaría a Jengibre de vuelta al corral. Caminamos con calma y en silencio hacia el cuarto de juegos, juntando todas nuestras fuerzas para enfrentar lo que venía.

Cuando entramos, todos dejaron de hablar y voltearon a vernos. Los ojos se me llenaron de lágrimas cuando vi a mamá y a papá ahí. Seguro estaban esperando a que regresara. Aún había lágrimas en sus ojos, pero también vi esperanza y resolución. Puede que solo fuera un diez por ciento, pero todavía tenía un lugar en esta pelea, y Jesse también. Juntos éramos aun más fuertes.

—¿Están bien? —preguntó Chris con cautela, como si supiera que no lo estábamos.

Jesse apretó mi mano.

—Nuestros tratamientos no están funcionando —explicó, y vi la sorpresa y el dolor en las caras de nuestros amigos, amplificados en las de Chris y Emma. De inmediato, ella comenzó a derramar lágrimas. El chico, por su parte, estaba atónito—. Te engañé hace un rato, Chris, solo quería decirle primero a June. Cuando estuviéramos solos, pero…

Jesse me miró, asegurándose de que me sintiera cómoda compartiendo las noticias.

—Mi tratamiento tampoco está funcionando —confesé. Vi a los padres de Emma caminar hacia los míos, junto con el padre Noel, con quien mamá hablaba muy seguido.

—¿Hay alguna probabilidad? —preguntó Emma con voz frágil. Estaba congelada, con el dolor más que evidente en su cara. Era mi primera mejor amiga, y esto nos separaría.

Jesse y yo nos miramos.

—Diez por ciento —dijimos al mismo tiempo, y nos reímos, lo cual debió haber parecido completamente inapropiado. Eso nos ganó varias miradas de confusión. Seguro pensaban que nos habíamos vuelto locos.

—No vamos a dejar de luchar —aclaré, sintiendo la verdad de esas palabras viajar por mis venas e instalarse en mi corazón—. Vamos a vencer las probabilidades.

—No vamos a dejar de luchar todavía —repitió Jesse, dándome un beso en la cabeza y poniendo su brazo alrededor de mis hombros.

Nuestras posibilidades de sobrevivir eran pocas, pero teníamos un diez por ciento. Y con Jesse a mi lado, ese diez se sentía como cien. Nunca había querido pelear así por algo en mi vida.

Capítulo doce

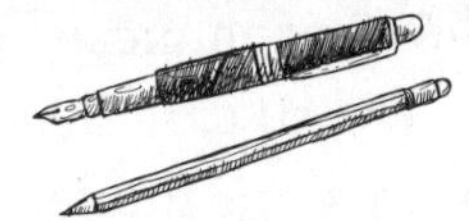

JESSE

—¿Jesse? —preguntó mamá cuando respondió la llamada—. No te veo. ¿Por qué no hiciste videollamada? —Su respiración temblaba. Podía escuchar el pánico en esa inhalación—. ¿Recibiste tus resultados?

Mamá no había podido faltar al trabajo cuando recibí mis resultados. Prometí que llamaría cuando estuviera libre.

Tragué para deshacer el nudo de mi garganta.

—Sí, los tengo.

Abrí la boca para continuar, pero no salió nada más.

—Jesse —susurró mamá—, me estás asustando. Por favor, enciende tu video. Necesito verte.

Me limpié los ojos y presioné un botón en la pantalla para conectar la cámara. El rostro de mamá apareció de inmediato y me derrumbé. Mis hombros comenzaron a temblar y me cubrí la cara con la mano libre. No quería que me viera desmoronarme.

—No, Jesse… —murmuró con desesperación en su voz.

Sacudí la cabeza, intentando hablar. Pasaron varios minutos antes de que lo lograra. Mamá se quedó en la llamada, acompañándome, aunque estaba a cientos de kilómetros.

—Todavía no está funcionando, mamá —logré decir.

—¿Qué dijo el doctor Duncan? Dime todo lo que te dijo, lo mejor que puedas.

—Mi cáncer avanzó. —Esta vez, mi voz sonó más fuerte. Miré a mi mamá a los ojos a través de la pantalla—. No saben qué pasará ahora con respecto a mis posibilidades de sobrevivir, porque esta modalidad de anticuerpos no ha sido probada en humanos antes. Pero los resultados de pruebas anteriores estiman un diez por ciento.

Mi corazón se sacudió al pronunciarlo.

—Solecito —susurró, y vi su cara llenarse de tristeza. Sin embargo, no se rompió. Mamá era fuerte y sabía que no lo haría frente a mí.

—Así que tengo una oportunidad. Pero si no hay mejoras en la siguiente fase...

Ni siquiera quería decirlo. Me imaginé a June, sosteniendo mi mano mientras caminábamos por el centro de Austin, y me imaginé a mí usando el uniforme del equipo de futbol americano de la UT. Poco a poco, sentí como esos sueños se iban alejando de mí.

—Sigues en el juego, Jesse —afirmó mamá, y su voz no dejó espacio para debatir—. Puede que vayas unos puntos abajo, pero no te rindas. ¿Está bien?

—Sí, entrenadora —carraspeé, pero me sentí un poco más ligero.

Sus labios formaron una pequeña sonrisa.

—Es en serio, Jesse... —Hizo una pausa y tragó saliva—. Espera, ¿eres el único?

El dolor que sentí por la respuesta era brutal, casi insoportable.

—Junie —admití—. Solo yo y Junie.

—Ay, hijo... —La voz de mamá reflejaba una profunda desazón: adoraba a June. A veces ambas conversaban cuando mamá me llamaba.

Miré por la ventana y después a mi madre.

—Vamos a luchar contra esto juntos, mamá. Vamos a intentar ganar.

—Lo van a lograr —enfatizó—. Si alguien puede hacerlo, son ustedes dos. —Intentó sonreír—. Están destinados, ¿lo sabes, hijo? Tú y tu Junie.

Mi corazón se hinchó en mi pecho.

—Lo sé —murmuré, reconociéndolo como una realidad—. No importa lo que pase, vamos a hacerlo juntos. —Suspiré—. ¿Está bien si no hablo con las niñas hoy? Me preocupa que vean que algo anda mal.

—Por supuesto. Llámanos mañana. O cuando sea. Sabes que puedes, ¿verdad?

—Lo sé.

—Te amo, hijo —dijo, y el nudo regresó a mi garganta.

—Yo a ti, mamá. Te llamo mañana.

Colgué y me asomé por la puerta que daba al porche. La lluvia estaba golpeando contra los paneles, lo cual se sentía apropiado. Cuando iba de regreso a mi habitación, había visto a Olivia y los ayudantes de los establos llevar a los caballos desde los campos hasta la seguridad de la caballeriza. La oscuridad cayó y la tormenta arremetió.

June estaba con sus padres. Después de nuestro anuncio en el cuarto de juegos, le habían pedido que fuera con ellos. Querían asegurarse de que estuviera bien. Me habían invitado, lo cual me sorprendió, pero rechacé la oferta. Era algo que necesitaban hacer en privado.

Ese pensamiento me hizo pensar en la llamada que acababa de tener. Las noticias habían destrozado a mi madre, y odiaba haberlo visto. Pero estaba decidido a tomar ese diez por ciento y convertirlo en oro.

Maldije la lluvia. Necesitaba una noche en el porche con June tanto como necesitaba respirar. Solo quería hablar con ella, estar a su lado. No quería estar solo. La tristeza intentaba apoderarse de mí, sin importar el esfuerzo que estaba haciendo por mantener mi cabeza fuera del agua. Intentaba no creer que mi plan para el futuro era imposible. Seguía aferrándome a una recuperación rápida que me diera suficiente tiempo para curarme y jugar el próximo año. Sería casi imposible, pero sentí que podía hacerlo. El entrenador de la UT me había dicho que iban a apartar mi lugar. Mientras fuera mío, todo era posible.

Sentado en mi cama, regresé a mi más reciente boceto. No era el dibujo en el que había pensado trabajar esa noche, pero esa era la imagen que había estado intentando escapar de mi alma desde la mañana, y necesitaba plasmarla en papel. Era June, en el momento en el que se dio cuenta de que yo también había recibido malas noticias.

Pasé el dedo por su mejilla, difuminando el carbón de su piel. Sus mejillas estaban mojadas, y sus ojos brillaban de dolor. Pero la expresión desolada de su rostro fue lo que me destrozó. En ese momento, no era tristeza por su propia salud lo que la tenía en ese estado. Era el descubrir que la mía se hallaba en el mismo estado.

«Diez por ciento».

Aunque ese momento había sido brutal, me había mostrado cuánto se preocupaba por mí. Que su dolor se encontraba eclipsado por el mío. Si alguna vez hubo duda de lo que June sentía por mí, esta imagen... se quedaría graba en mi mente por siempre.

Un golpe suave sonó en mi puerta y cerré el cuaderno de dibujo. No tardé en abrir, rezando por que fuera ella.

—Junie —dije con voz llena de alivio, y me hice a un lado para dejarla pasar.

Entró a mi cuarto y cerré la puerta.

Giré y la vi caminando a mi cama, libreta en mano. Al tenerla a mi lado, el alivio fue instantáneo. Ladeé la cabeza cuando se sentó en la orilla del colchón.

—No sabía si iba a verte hoy. —Hice un gesto hacia la lluvia que había afuera, acompañada de relámpagos que brillaban en el cielo—. Creí que la tormenta te ahuyentaría. Y no sabía si tus padres querían estar contigo después de lo que sucedió.

—Les dije que regresaran a las residencias para familiares —explicó.

Una sonrisa juguetona se dibujó en mi rostro.

—Junie Scott, ¿les dijiste eso para poder escaparte al cuarto de tu novio?

No se sonrojó; en lugar de eso, me miró directo a los ojos y, con una postura confiada, respondió:

—Por supuesto.

Su actitud me sorprendió. Nunca la había visto así, sin dudas o inseguridades. Me gustaba. O algo más que gustar.

Llegué a la orilla de la cama y bajé los ojos hacia June. Su boca formó una sonrisa y me sostuvo mi mirada.

—Eres una niña muy, muy traviesa —la acusé, y June se carcajeó.

—¿Qué puedo decir? Eres una mala influencia —respondió, con voz llena de humor y cansancio. Había sido un día terrible.

Cuando dejó de reírse, puse un dedo debajo de su barbilla e incliné su cabeza hacia atrás. Me agaché y la besé. Cualquier inquietud en mi cuerpo se derritió cuando sus labios tocaron los míos.

—Bueno, nunca voy a disculparme por eso —repliqué al apartarme—. Menos si te trae a mi guarida.

—¿Guarida? —farfulló.

—¿Cuarto del amor? —sugerí, y mi respiración falló al ver el humor en sus ojos cafés.

—Detente antes de que lo arruines, por favor —pidió, posando una mano sobre mi brazo. Me encogí de hombros y ella apuntó a mi cuaderno y las manchas de carbón en mis manos—. ¿Estabas dibujando?

—Sip —confirmé, y también me senté en la cama, recargándome contra la cabecera.

June frunció el ceño.

—¿Qué dibujabas? —Mi estómago dio un vuelco, no creí que deseara verlo. No quería que se pusiera aún más triste. Me encogí de hombros otra vez—. ¿Puedo verlo?

Dudé un momento, pero su mirada era decidida. Me resultaba imposible decirle que no, así que tomé mi cuaderno y lo abrí. Se lo di, buscando en su cara cualquier señal de que le molestara.

—¿De cuándo es esto? —preguntó en voz baja.

—De hoy —respondí con voz áspera—, cuando te dije que el tratamiento tampoco había funcionado conmigo.

Asintió y paso la mano sobre las mejillas llenas de lágrimas del dibujo. No parecía molesta, sino asombrada. Alzó la mirada hacia mí.

—Creo que nunca había estado tan asustada como cuando me dijiste que no había funcionado para ti.

Mi corazón se estrelló contra mis costillas.

—Yo igual —confesé. Aún podía sentir los escalofríos que me habían atacado cuando me contó. Podía sentir la injusticia de que mi chica podría no salvarse. Lo que sentíamos el uno por el otro se convirtió en estática que flotó entre nosotros—. Ven acá.

Extendí los brazos. June puso el boceto, junto con su libreta, a su lado, y se movió hacia mí. Cayó sobre mi pecho y su calor se coló hasta mis huesos. La rodee en un abrazo y ella acomodó su cabeza entre mi hombro y mi cuello.

Pasé mi mano por su cabeza sin pañuelo. Llevaba puesto una pijama blanca con calcetines rosados peludos. Yo llevaba un par de *pants* viejos y una deshilachada camiseta de entrenamiento del equipo de McIntyre.

—¿Jesse? —murmuró, después de que un fuerte trueno retumbara afuera.

—Dime.

Dejé un beso en la suave piel de su cabeza. Ella alzó el rostro hasta que pudo mirarme a los ojos.

—He amado cada minuto de estar contigo.

Mi corazón se hundió, pues, aunque las palabras eran una bendición para mis oídos, el tono era triste.

—Vamos a tener más —aseguré, deseando que fuera más una promesa que un anhelo—. Muchos más.

—Pero, si no los tenemos... —continuó, y trazó el borde mis labios con su dedo. Tuve que frotarlos cuando me dio cosquillas. La sonrisa de June era cegadora, pero pronto se puso seria de nuevo—. Si no los tenemos, solo necesito que sepas que conocerte... estar contigo ha sido lo mejor de mi vida.

—Lo mismo digo —susurré, a falta de una mejor respuesta. No creía que pudiera decirla incluso si la tuviera. Unos momentos después, logré pronunciar—: No te estás rindiendo, ¿verdad, Junie? Las cosas que estás diciendo suenan como a una despedida.

Sacudió la cabeza.

—Nunca, pero estoy harta de guardarme cosas. Si quiero decirle algo a alguien, lo haré. —Mirándome a los ojos, June siguió su confesión—. Estoy enamorada de ti, Jesse Taylor. Simple y sencillo. Y creo que voy a seguir enamorándome aún más de ti. Lo que siento por ti... podría ser infinito.

—Junie... —Me tomé un momento para dejar que sus palabras se asentaran. Subí mis manos por su espalda y sostuve sus mejillas, asegurándome de tener toda su atención—. Soy muy irresistible. Un maldito premio.

June soltó una carcajada y no pude evitar besarla. La acerqué a mi cuerpo y ella no tardó en separar los labios. El beso se volvió más profundo. No sabía si era por las noticias que habíamos recibido o por compartir sentimientos cada vez más intensos, pero este beso se sentía diferente. Me consumía por completo y me rodeaba de amor.

June imitó el movimiento de mis manos y puso las suyas en mis mejillas. Me besó como si no hubiera un mañana. Cuando nos separamos, me sonrió, y mi corazón se hizo pedazos. Era tan hermosa. La besé una vez más y, cuando recargó la barbilla en su mano para mirarme, dije:

—Estoy muy feliz de que tu padre no haya visto ese beso. Me hubiera perseguido con su escopeta. Mi probabilidad del diez por ciento habría caído a cero.

June dejó caer la cabeza hacia atrás y se carcajeó con más fuerza que antes. Cada risa que salía de sus labios era como un trago de un tónico que necesitaba desesperadamente. Teníamos que vivir. Ambos. No podía aceptar ningún otro resultado.

Algo llamó la atención de June del otro lado del cuarto.

—Hoy no tenías tu balón en los establos. —Apuntó adonde estaba, en la silla de la esquina, y me miró—. Creo que nunca te he visto sin él.

—No recuerdo la última vez que no lo tuve en mis manos —admití. Parecía estar intentando leer mi expresión, así que continué—. Cuando me di cuenta de que no habías regresado al cuarto de juegos, salí a buscarte. —Me tallé la cara con una mano—. Ni siquiera supe que lo dejé hasta que regresé a mi cuarto y lo vi en la silla. —Mi estómago estaba dando vueltas por los nervios—. Mi meta siempre ha sido el futbol americano. Entrar a la UT, ser jugador profesional, etcétera. —Miré el balón y volví a concentrarme en June. Sus ojos cafés estaban bien abiertos mientras esperaba que siguiera hablando—. Hoy supe que algo te había pasado. En ese momento, por primera vez, ni siquiera pensé en que no tenía el balón conmigo. Y me di cuenta de algo más.

—¿De qué?

—Que mi meta principal ya no es el futbol —confesé. June respiró hondo—. Ahora... eres tú. Estar contigo. Sobrevivir esto contigo.

—Jesse —murmuró con los ojos brillantes y poniendo su cabeza contra mi pecho.

Estaba seguro de que podía escuchar el latido acelerado de mi corazón, pero era verdad. El futbol había perdido toda importancia cuando June no volvió a mí con una sonrisa en su cara. Había sentido en mi alma que a ella le habían dado las mismas noticias que a mí. Estábamos conectados de una forma extraña. Éramos como un espejo, y eso significaba que debía mantenerme fuerte: no solo por mí, sino por June.

Quería la oportunidad de un para siempre.

Eso hizo que mi atención pasara hacia la libreta.

—¿Has escrito más de nuestra historia? —pregunté. Ella se quedó inmóvil—. ¿June?

Levantó la cabeza, descansando la barbilla en sus manos de nuevo. Pasé mis dedos por su cabeza, sobre sus mejillas. Diablos. Esta chica me tenía bajo su control.

—No creo seguir escribiéndola.

Su respuesta me sorprendió. June se había llenado de vida escribiendo nuestro felices por siempre. Seguir su pasión la había hecho brillar. Aunque el rancho era un lindo hospital, un lugar feliz, la muerte siempre estaba cerca, y volver a caer en las garras de la depresión estaba a una mala noticia de distancia. Su historia le había dado un propósito.

Y leer la historia de cómo nosotros superábamos esto... me había dado esperanza.

—¿Por qué? —pregunté con cautela. Sus ojos se llenaron de tristeza.

—Es demasiado —admitió—, escribir nuestro final feliz cuando estamos aquí, intentando sobrevivir.

—Precisamente por eso debes seguir —repliqué y sus ojos se posaron en mí—. Danos la historia que deberíamos tener, Junie.

—Pero ¿y si...? —Su voz se apagó y una lágrima rodó por su mejilla. «¿Y si no sobrevivimos?», es lo que había querido decir.

—Entonces viviremos en las páginas.

Sus labios temblaron. Esa idea le gustaba tanto como a mí.

—Además, tengo una teoría —agregué casualmente, intentando aligerar el ambiente.

La sonrisa que June había intentado detener comenzó a ganar.

—No puedo esperar a escuchar esto —dijo, con un acento texano.

Entrecerré los ojos.

—Junie, los atletas también podemos tener buenas ideas —espeté. Ella puso los ojos en blanco—. ¿Qué tal si la June y el Jesse de tu libro están allá afuera, en un universo paralelo, esperando que le des vida a su historia? —Ladeó la cabeza. Era obvio que estaba intrigada—. ¿Qué tal si la June de ese mundo también está escribiendo un libro, pero, en su versión, está escribiendo sobre nosotros en este universo? Tú y yo aquí, en el rancho, aferrándonos a nuestro diez por ciento con ambas manos.

—¿Un universo paralelo? Mírate, pensando en grande —bromeó, pero había interés en su expresión. Casi podía escuchar su mente trabajando emocionada.

La tomé de la mano.

—Quiero que vivamos, June. Si la única manera en la que podemos hacerlo es tu libro, entonces al menos me hará sentir mejor que en algún lado, allá afuera, en un universo paralelo, estamos viviendo. Y que, aunque la vida nos ha tratado un poco mal, le dimos la vuelta y le pateamos el trasero.

June dejó caer la cabeza hacia delante y soltó una risita al escuchar mi elección de palabras. Pero entendió el sentimiento. Lo sabía. Su cuerpo se había relajado contra el mío.

—Eso me gusta. —Levantó la mirada—. La idea de que mis palabras, mi historia... nuestra historia... solo son una narración de una vida que ya existe en otro mundo.

Sentí la emoción crecer dentro de mí. La chispa que escribir creaba en su alma era magnética. Besé sus dedos, solo porque necesitaba sentirla cerca.

—¿Cuál es tu sueño como escritora, Junie?

Sus ojos se perdieron mientras pensaba en la respuesta. Cuando volvió a mirarme, con una pequeña sonrisa en los labios, susurró:

—Quiero dejar mi huella en la ventana del mundo.

—Vaya —murmuré, sintiendo el efecto de sus palabras—. Eso es hermoso. No estoy seguro de tener ese tipo de profundidad o la capacidad de tener ese efecto en alguien.

June era increíble. ¿Cómo podría dudar que la amara?

—Jesse, tienes un alma profunda, llena de amor y generosidad. Tu arte deja a todos sin palabras. —Esta vez fue ella quien me besó la mano. Mirándome directo a los ojos, continuó—: Y me haces feliz. Verdaderamente feliz. —Sus ojos brillaron—. Literalmente me estoy muriendo, pero tú me haces sentir ridículamente viva. Esa es la persona que eres. Y eso, Jesse, es un regalo de Dios.

Mi garganta se cerró gracias a sus palabras. La hacía feliz. No creí que pudiera hacer algo en mi vida que fuera más importante que eso.

Puse mis manos bajo sus brazos y la levanté para acercarla a mí. Hice a un lado las cobijas, la puse a mi lado, nos tapé de nuevo y bajé la intensidad de las luces. Nos miramos a los ojos, tomados de la mano.

—Si me muero —susurré un rato después—, quiero irme justo así: contigo a mi lado, sosteniendo mi mano. —Los labios de June temblaron, pero asintió, sellando un pacto silencioso—. Escribe nuestra historia, Junie. Deja que nuestras versiones de universos paralelos tengan la mejor vida posible. Nos merecemos un final feliz, incluso si es en otra vida.

—Lo haré —susurró, y sus hermosos ojos cafés comenzaron a cerrarse.

—Te amo tanto. Buenas noches, Junie.

—Te amo, Jesse. Descansa —murmuró, medio dormida.

Yo también cerré los ojos, feliz de saber que tenía al menos unas semanas más con esta chica de la que me había enamorado.

Capítulo trece

JUNE

El final feliz de Jesse y June

La habitación lucía extraña ahora que todas mis cosas estaban empacadas. La pared frente a la cama estaba vacía, libre de los innumerables dibujos que Jesse había hecho de mí, de nosotros, de Jengibre, y del club de la quimio en el cuarto de cine. Eran unas de mis posesiones más valiosas y estaban a salvo en un folder dentro de mi maleta.

Solté un largo suspiro. Todos habíamos llegado al rancho al borde de la muerte, con algunos meses —tal vez incluso semanas— para vivir. Pero este lugar se había convertido en un sitio para sanar, lleno de risas y amor, y ahora todos estábamos libres de cáncer y graduándonos de la preparatoria y del nuevo tratamiento que tan bien nos había funcionado.

Tomé mi pañuelo de la cama y pasé una mano por mi cabeza; la sensación del cabello creciendo de nuevo me sacó una sonrisa. Me había acostumbrado a la suavidad. Me paré frente al espejo, reconociendo por fin a la chica frente a mí. Era una guerrera y era perfecta. Aunque me encantaba ver la pequeña capa de cabello castaño oscuro.

Me acomodé el pañuelo y alisé mi vestido con las manos. Era el de color verde salvia que había usado en mi primer día aquí. Sabía que era el favorito de Jesse.

Un conocido golpe resonó sobre la puerta. Cuando la abrí, me quedé boquiabierta al ver a Jesse Taylor del otro lado. Ya no estaba el muchacho que vivía en camisetas y *jeans* desgastados. En su lugar, había un hombre que llevaba puesta una camisa de lino y *shorts* color azul marino.

—Jesse... —dije, mientras recargaba su brazo en el marco de la puerta. En las últimas semanas, había comenzado a aumentar su masa muscular y peso. En solo unas semanas, iría al entrenamiento de pretemporada de la UT. Yo llegaría después, con los estudiantes de primer año que no eran atletas. Jesse lo había logrado. Había tomado ese corto periodo para ponerse en forma y lo había convertido en oro.

Lo habíamos logrado. Estábamos en remisión y en camino a la UT.

Me reí cuando vi que, en su estilo tan clásico, todavía llevaba puesta al revés esa maldita gorra de los Cuernos Largos, la misma que nunca parecía quitarse. Su cabello también había empezado a crecer: tenía pequeños mechones de color café claro, y no podía esperar a verlos rizarse.

—Junie Scott —exhaló, con voz llena de asombro. Me ofreció su mano y la tomé—. Regálame una vuelta, lindura —pidió con voz rasposa, haciéndome girar—. Hermosa —declaró, y me acercó a su pecho. Doblándome un poco hacia atrás, Jesse se inclinó para besarme.

—Estás de buen humor —comenté contra sus labios, lo cual se sentía muy redundante. Todo nuestro grupo estaba eufórico. Lo único que había apagado nuestra emoción fue la plática de despedida del doctor Duncan, durante la cual mencionó que, a nuestra edad, teníamos una probabilidad de entre cincuenta y ochenta y cinco por ciento de que el cáncer reapareciera en los próximos cinco años.

Jesse y yo habíamos decidido no preocuparnos por eso y concentrarnos solo en lo que podíamos controlar y lo que estaba pasando ahora. Al menos el cáncer nos había enseñado que vivir en el presente era la única manera de experimentar la vida.

Me besó de nuevo y, como todas las otras veces, me derretí contra él. Enredó la punta del pañuelo de mi cabeza en su mano, manteniendo su boca contra la mía.

—Pronto voy a poder hacer esto con tu coleta —murmuró, sonriendo contra mis labios. Me sonrojé tanto que sentí que estaba en llamas—. Vaya, eso va a ser interesante —bromeó para molestarme.

Una garganta se aclaró detrás de nosotros.

—Escuché eso, Jesse Taylor. Ahora, por favor, suelta a mi hija.

Se quedó de piedra, murmuró una maldición que casi no se escuchó y dio un paso atrás. Alisé mi vestido y vi a papá en el pasillo. Jesse se puso a mi lado y me tomó de la mano. Intenté no reírme. Papá tenía los brazos cruzados frente a su pecho. Llevaba puesta una camisa y una corbata, y se veía muy guapo.

—Hola, señor —saludó Jesse, en un tono demasiado educado, apretando mi mano dos veces.

Papá lo miró en silencio por un momento y luego, con tono amenazante, sentenció:

—Esto apenas comienza.

Se fue, pero, si no me equivoco, sus hombros se movían gracias a la risa mientras caminaba por el pasillo. Al parecer, su pasatiempo favorito era molestar a mi novio, pero todos sabíamos que tanto él como mamá lo adoraban.

Jesse soltó un quejido y volteó a verme.

—No puedo esperar a que estemos en la universidad y tu papá no aparezca en todas las esquinas cada vez que te bese.

—Es capaz de seguirnos —repliqué, tirando de él en dirección al cuarto de juegos. Sin embargo, me empujó contra la pared para besarme de nuevo.

—Ni de broma. En la universidad vamos a estar solos, sin quimio, ni tratamientos de anticuerpos. Solo Jesse y June contra el mundo. —Alzó el puño—. Viva el grupo dos.

Choqué mi puño contra el suyo.

—Viva el grupo dos.

Me besó de nuevo.

—No sé cómo voy a sobrevivir sin verte por los próximos meses.

—Lo mismo digo —respondí y acaricié su rostro, intentando memorizarlo. Estos últimos meses, habíamos pasado todos los días juntos. El rancho era nuestro pequeño mundo, donde todo lo que hacíamos se sentía más: más grande, más brillante. Meses aquí se sentían como años en el mundo exterior.

No estaba segura de cómo íbamos a pasar de nuestro pequeño refugio aquí al enorme mundo de allá afuera. Además, primero teníamos que regresar a nuestros respectivos pueblos, que estaban a kilómetros y kilómetros de distancia. Iba a extrañarlo mucho.

Jesse me tenía bien agarrada cuando entramos al cuarto de juegos, que ahora estaba decorado con globos y un cartel que decía graduación. Todos nos habíamos perdido nuestras graduaciones de la preparatoria, así que hoy íbamos a tener nuestra propia versión de eso.

—Espero que nos den una medalla o algo —comentó Jesse—. Después de sobrevivir la preparatoria y cáncer terminal, ojalá que nos recompensen con un apretón de manos del doc Duncan y un pedazo de papel para fingir que es nuestro diploma.

Chris apareció detrás de nosotros y puso sus brazos sobre nuestros hombros.

—¡Seremos libres, amigos! ¡Que glorioso día!

Emma enganchó su brazo con el mío y recargó la cabeza en mi hombro.

—Estoy feliz, pero me pone triste dejarlos —confesó, un eco de lo que yo estaba sintiendo—. ¿Qué voy a hacer sin mis mejores amigos? —Le lanzó una mirada a Chris—. Bueno, sin mi June y Jesse.

—¡Pfff! Yo te ayudé a sobrevivir a este lugar, Em, y lo sabes.

Emma puso los ojos en blanco y, sonriendo, recargué mi cabeza sobre la suya. Se había vuelto increíblemente importante para mí, una verdadera mejor amiga que había estado a mi lado en las buenas y en las malas.

—Vas a visitarnos en la UT y yo iré a College Station para verte —le aseguré—. Tenemos un trato.

La UT y Texas A&M (abreviatura para «agricultura y mecánica») no estaban tan lejos, así que ver a Emma y Chris sería fácil.

—¡El club de la...! Bueno, pero sin la quimio, por favor —dijo Chris, haciéndonos reír a todos—. ¡El club de la quimio!

—¡El club de la quimio sin quimio! —exclamamos y nos carcajeamos. El aire estaba cargado de felicidad.

—¿Empezamos? —preguntó Neenee y se subió al escenario improvisado. El doctor Duncan sostenía nuestros diplomas. Mientras Neenee daba su discurso y comenzaba a llamarnos uno a uno, todo parecía irreal. Ninguno de nosotros esperaba graduarse; sin embargo, ahí estábamos, sintiéndonos como nuevos.

Me iba del rancho siendo otra. Tenía mejores amigos y al amor de mi vida. Mi pasión por escribir era más intensa que nunca, pero quería escribir algo verdadero, algo real. Quería escribir sobre mi más grande miedo: no tener más tiempo con Jesse, no tener más tiempo de nada. Incluso mientras estaba ahí sentada, mis manos anhelaban escribir. Había empezado a publicar mis textos, capítulo por capítulo, en una plataforma pública bajo un seudónimo, y estaban siendo tan leídos que mi cabeza daba vueltas.

Lo estaba haciendo. Estaba escribiendo una historia de amor y a la gente le encantaba.

—Te pago por tus pensamientos —dijo Jesse en voz baja y le dio un golpecito a mi hombro con el suyo. No sentí dolor cuando lo hizo, ninguna molestia. Mi rodilla todavía me hacía cojear un poco, pero eso era todo.

—Solo estoy feliz de que todos estemos aquí.

Puso su brazo a mi alrededor y me abrazó hasta que dijeron nuestros nombres, uno después de otro. La «S» de Scott y la «T» de Taylor estaban lado a lado en el alfabeto.

Era el destino.

La madre y las hermanas de Jesse gritaron y celebraron mientras subíamos al escenario, y mis padres silbaron mientras lloraban.

Ese día se trataba de gratitud, y yo tenía mucha para dar.

Ahora seguía la universidad y un nuevo capítulo de nuestra historia estaba a punto de empezar.

Capítulo catorce

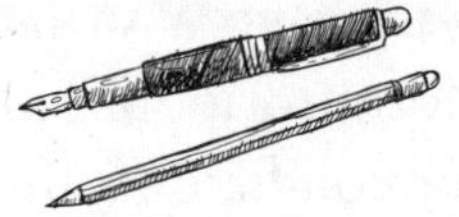

JESSE

Universidad de Texas

El final feliz de Jesse y June

Me fui corriendo del campo de entrenamiento hacia las duchas. No tardé más de treinta segundos en salir y comenzar a vestirme.

—¿Por qué tanta prisa? —preguntó Sheridan, mi receptor abierto y compañero de cuarto, mientras me pasaba los dedos por el cabello en lugar de un cepillo (¡tenía cabello de nuevo!).

Me puse los tenis y salí corriendo por la puerta.

—¿Taylor? —gritó Sheridan, frunciendo el ceño por la confusión.

—¡Hoy llega mi chica! —aclaré y hui del vestidor lo más rápido que pude. Entre más me acercaba a los dormitorios, más estudiantes de primer año llegando con sus padres había en la calle.

Mi corazón se azotaba contra el pecho, y no tenía nada que ver con mi velocidad. Iba a ver a Junie después de mucho tiempo separados. La pretemporada había sido intensa y no había tenido días de descanso. Conté los días para ver a mi chica por lo que pareció una eternidad.

El señor Scott me había mandado un mensaje para avisarme que habían llegado. Quería sorprender a June y ayudarla a instalarse. Podía sentir las miradas curiosas de las personas mientras pasaba como un rayo a su lado, pero no me detuve hasta que llegué a su dormitorio. Sin aliento, pero agradecido de haber recuperado mi condición y fuerza, sostuve la puerta por la que alguien acababa de entrar y comencé a subir las escaleras.

Primero escuché su voz y casi me tropecé. Dios, ¿cómo había sobrevivido estos meses sin ella? Después sonó la voz del señor Scott y, cuando daba la vuelta en una esquina, lo vi parado en el pasillo.

Al verme, me lanzó una enorme y acogedora sonrisa. Sabía que mi apariencia era diferente a la última vez que me había visto. Por un lado, tenía más cabello, pero también había recuperado músculo y subido de peso. Todavía no estaba donde necesitaba, pero ya casi llegaba a mi meta.

El señor Scott se acercó a saludarme y me estrechó la mano antes de jalarme para darme un abrazo. Se me estrujó el pecho. La manera en la que él y su esposa me habían acogido nunca dejaría de sorprenderme. Luego, me despeinó a modo de broma y le di un empujón juguetón. Puso un dedo contra sus labios y gritó:

—June, ¿puedes venir a ayudarme con esta caja, por favor?

Contuve el aliento, con los ojos fijos en la puerta. Apareció de repente y el corazón casi se me partió en dos. June llevaba puestos unos *shorts* de mezclilla y una sencilla camiseta blanca metida en ellos. Mis ojos se movieron hacia sus pies y sonreí al ver las botas vaqueras viejas que estaba usando.

Sin embargo, esa no fue mi mayor sorpresa, sino el largo cabello castaño que le caía hasta la mitad de la espalda. June abrió la boca para responderle a su papá cuando me vio recargado contra la pared, con los brazos cruzados sobre el pecho.

—Buenos días, Junie —saludé, haciendo una mueca cuando mi voz tembló. No podía evitarlo. Después de tanto tiempo separados, al fin estaba con June. Un nudo se me atoró en la garganta y las lágrimas desdibujaron mi visión. Verla de nuevo se sentía como un maldito regalo.

—Jesse... —murmuró, y su voz se quebró mientras se lanzaba hacia mí. Era tan ligera como una pluma, pero me encantaba ver que había subido de peso. Estaba saludable, con más músculo, y se veía completamente increíble. Su largo cabello me hizo cosquillas en la mejilla cuando la acerqué a mi cuerpo, y sus brazos alrededor de mi cuello me apretaban tan fuerte que no estaba seguro de que me fuera a soltar nunca.

June retrocedió y vi las lágrimas rodar por sus mejillas. Sus enormes ojos cafés me recorrieron entero, y sonrió cuando vio mi cabello. Paso sus manos por él. Hablábamos por videollamada todos los días, varias veces al día, pero ver lo mucho que nos habíamos recuperado en persona era una enorme revelación.

—Tus ricitos —musitó, y los aplastó con su mano. Sabía que estaban muy cerrados gracias a la humedad.

Me incliné y la besé, incapaz de mantenerme alejado de sus labios un minuto más. Sostuve la parte de atrás de su cabeza con mi mano y hubiera estado feliz de quedarme así todo el día. Ni siquiera el señor Scott nos interrumpió.

Cuando June finalmente se alejó, puso su frente contra la mía.

—Lo hicimos, amor —declaró—. Estamos aquí.

Mi sonrisa era tan grande que pensé que me partiría la cara. Moví mi mano al espacio entre nosotros y apreté el puño.

—Viva el grupo dos.

June respondió al gesto.

—Viva el grupo dos.

Me empapé de la presencia de mi chica. No quería perderme ni un momento de ella ahora que la tenía de vuelta.

—Parece que tu cabello creció milagrosamente de la noche a la mañana, Junie —comenté, y pasé los dedos por los largos mechones cafés.

—Mi mamá me regaló unas extensiones ayer por mi primer día en la universidad —explicó, sonrojándose un poco—. Mi cabello natural no es mucho más largo que el tuyo.

Suspiró.

—¿Qué pasa?

Apretó sus brazos alrededor de mi cuello. Sabía que tenía que bajarla, pero todavía no me había cansado de tenerla tan cerca.

—Quería llegar y empezar desde cero —confesó en voz muy baja—. No quería ser la «chica cáncer». Quería ser como todos los demás. Solo una alumna de primer año en la universidad.

Lo entendí.

—Te ves increíble —afirmé, asegurándome de que supiera que cada palabra que decía era verdad—. Pero eres hermosa con y sin cabello, siempre lo has sido. Y me enamoré de ti cuando tú eras la chica cáncer y yo el chico cáncer. —Fruncí el ceño—. Espera, ¿por qué eso nos hace sonar como superhéroes?

June echó la cabeza hacia atrás y se carcajeó. Para mí, sonó como el paraíso.

—Dios, cómo te extrañaba, Junie.

—Yo a ti —susurró de regreso, y me besó de nuevo. Cuando se alejó, desenredó sus piernas de mi cintura y continuó—. Ven a ver mi cuarto.

Entré y vi al señor y la señora Scott acomodando las cosas de su hija. La señora Scott ya había tendido la cama.

—¡Jesse! —exclamó, dándome un fuerte abrazo—. ¡Te hemos extrañado mucho!

—Y yo a ustedes —respondí. Era verdad. En este punto, ya eran familia. Mi madre y mis hermanas también los amaban.

—Hola —dijo una nueva voz. Me di la vuelta para ver a una chica alta y pelirroja—. Soy Sydney, la compañera de cuarto de June.

—Soy Jesse —saludé, estrechando su mano—. El amor de la vida de June, el chico que le mostró el verdadero significado de la felicidad y el encargado de su diversión.

Sydney miró a June un poco sorprendida.

—No te preocupes —intervino ella—. No tardarás en acostumbrarte a él.

El señor Scott vació la última caja.

—Eso es lo último, cariño. Todo listo. —Sus ojos brillaban, pero escondió sus emociones al hablar—. Vamos a cenar antes de que nos vayamos. —Me señaló—. Y tú también vienes, hijo. Quiero que me cuentes todo sobre la pretemporada y cómo es el equipo.

June puso su mano sobre la mía y la apretó dos veces. Estábamos en la UT, estábamos sanos, y no podía esperar a que empezara este nuevo capítulo.

Capítulo quince

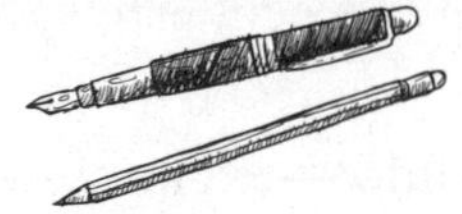

JESSE

—Había olvidado cómo se ve el mundo exterior —dije, mientras observaba la inmensidad del parque Zilker. Para sacarnos del rancho antes de que comenzara la segunda fase, Neenee había organizado un paseo a ese parque, ubicado en el centro de Austin.

Me encantaba el rancho. De verdad tenían todo para nosotros. Pero estar aquí, afuera y haciendo algo normal, era muy necesario. Habíamos estado viviendo en una burbuja por lo que parecía una eternidad. Era extraño ver a otras personas viviendo su vida.

—Haces que suene como si hubiéramos escapado de un culto o algo así —comentó Chris y sonreí. El sol se sentía bien en mi cara.

Emma soltó el brazo de June y exclamó:

—Aléjense todos. Hay chicos semidesnudos y atléticos por todos lados, y presiento que mi alma gemela podría estar en este parque.

Chris fingió vomitar.

—Em, por favor, por todo lo que es sagrado, no creo soportar verte coquetear hoy. La siguiente dosis de inmunoterapia me va a dar nauseas pronto. No necesito que me hagas sentir peor.

Emma pegó una mano a su oreja.

—¿Alguien más escucha ese zumbido? —Se encogió de hombros—. ¡Ah! —Miró a Chris—. Solo son tus quejas.

June soltó una risita y yo me quité la camiseta, atorándola en el borde de mi *short*. Neenee me hubiera matado al verme. Teníamos reglas estrictas sobre estar bien cubiertos todo el tiempo. No teníamos permitido exponernos mucho al sol gracias a los medicamentos, pero tuve que hacerlo para que mi chiste funcionara. Mi comedia merecía este sacrificio.

Señalé a Chris.

—Emma, estoy ofendido —exclamé—. Mi amigo y yo somos superatléticos y siempre estamos semidesnudos en el rancho. ¿Acaso no hemos sido un absoluto festín para tus ojos los últimos meses?

Esta vez, fue ella quien fingió vomitar.

—Ahora yo tengo nauseas. Gracias, Jesse. —Emma me miró, estudiándome de pies a cabeza—. Está bien, te lo concedo. Sí eres atractivo, Jesse, y lo sabes. June prácticamente te escribe poemas por eso todo el tiempo…

—¿¡Qué!? —interrumpió June, sorprendida, con las mejillas completamente rojas—. ¡No es cierto!

—¡Junie! —exclamé y la jalé hacia mí cuando intentó irse de forma juguetona—. Cuéntame más sobre lo atractivo que te parezco.

Apretó los labios mientras fingía que no le hacía ninguna gracia.

—No, gracias —respondió con una molestia falsa.

Le guiñé un ojo a Emma.

—Gracias por esta información sobre mi chica. —Puse mis brazos alrededor de los hombros de June y le di un beso en la mejilla. —Es muy útil.

Al final, mi chica me tomó de las muñecas y se recargó contra mi pecho.

—Sin embargo, tú no eres un festín —continuó Emma, ahora dirigiéndose a Chris—. Más bien, eres como un platillo de entrada, de esos que no llenan.

—Uh, eso duele —murmuré, mientras Chris miraba a Emma con los ojos entrecerrados.

—Tienes suerte de que te ame, Em —le respondió.

—Yo a ti —canturreó ella y observó el campo de nuevo. Había muchas personas. Grupos jugando con un *frisbee*, algunos descansando sobre cobijas y tomando el sol. Otros corriendo y, a lo lejos, vi un par de chicos lanzándose un balón de futbol americano. Me volví a poner la camiseta, consciente de que debía ser cuidadoso y no asolearme, porque el bloqueador solar tenía sus límites. Puse mis brazos alrededor de June de nuevo.

—Así debe de sentirse ser famosa.

June se puso rígida ante las palabras de Emma. Fruncí el ceño y me di cuenta de que la gente nos estaba mirando. Supuse que era obvio que estábamos en tratamiento para el cáncer. Las chicas tenían pañuelos en la cabeza y las gorras que Chris y yo llevábamos puestas no lograban esconder que tampoco teníamos cabello. Había visto a Silas, Cherry, Toby y Kate caminar en la dirección opuesta, así que toda la atención estaba enfocada en nosotros.

Nunca me había molestado antes, y ahora tampoco. Siempre me había sentido seguro de cómo me veía. Pero sentir a June hacerse pequeña en mis brazos me mostró lo vulnerable que la ponía recibir toda esta atención.

Acerqué la boca a su oreja.

—¿Estás bien, amor?

Giró en mis brazos y se escondió en mi pecho. Si pudiera desaparecer, estoy seguro de que lo habría hecho en ese momento.

—Odio la atención —confesó. Sabía que June se sentía insegura a veces, pero me sorprendió lo mucho que le disgustaba sentirse observada.

—Junie —respondí—. Yo te cuido.

Chris parecía tan despreocupado ante las miradas ajenas como yo. La gente no lo hacía de forma maliciosa. Más que otra cosa, parecían proyectar su simpatía hacia nosotros. Puse mis brazos alrededor de June, escondiéndola del mundo.

—Busquemos un lugar privado —le sugerí a mis amigos.

Emma apuntó hacia un agrupamiento de árboles, no muy lejos de donde los chicos estaban jugando futbol americano.

—Ahí, está medio vacío y los árboles nos pueden proteger del sol.

—¿Alguien más se siente como Jimmy Burbuja? —preguntó Chris. Era una comparación adecuada. Aunque este día debía ser un descanso del rancho, todavía teníamos una lista de reglas a seguir. Chris llevaba una pequeña hielera llena de medicamentos y botellas del líquido naranja que debíamos tomar en varios momentos del día. Neenee y Bailey también estaban aquí con nosotros, junto con algunos otros enfermeros a los que debíamos reportarnos durante la jornada.

June mantuvo la cabeza escondida contra mi pecho mientras caminábamos. No se asomó hasta que hubo menos gente.

—Ya puedes salir —le murmuré al oído.

Alzó la cabeza cuidadosamente y miró a su alrededor. Al ver que decía la verdad, exhaló.

—Eso fue horrible— admitió. Su voz tensa arrastraba el estrés que le había ocasionado la atención.

Emma estiró la mano para tomar la de June.

—No te gusta sentirte observada, ¿verdad?

Negó con la cabeza.

—Jamás me ha gustado. —Su expresión era honesta—. No soy una completa introvertida, pero ser el centro de atención me da escalofríos.

Chris frunció el ceño.

—Sabes que estás saliendo con Jesse Taylor, ¿verdad? —preguntó, poniéndome la mano en el hombro. Se me tensó el estómago. June, por otra parte, tenía el ceño fruncido debido a la confusión.

—¿Ajá?

—June, eres de Texas —explicó—. Seguro sabes el tipo de atención que recibe un mariscal de campo. Especialmente uno tan bueno como mi amigo. Es Jesse Taylor, el tipo de jugador que solo existe una vez por generación.

Mi chica alzó la vista hacia mí, pero podía sentir la tensión vibrar en su cuerpo. Sus ojos cafés buscaban algo en los míos, pero ¿qué podía decirle? Chris tenía razón. Si superábamos la segunda fase —o más bien, cuando superáramos la segunda fase— y llegara a la UT a jugar con los Cuernos Largos, la atención que iba a recibir sería... bastante.

—Supongo que nunca lo pensé —admitió, con voz repentinamente cautelosa. Odiaba que sonara así.

—Todo va a estar bien, amor —intenté tranquilizarla. Pero podía ver que la semilla de la duda estaba plantada en su cabeza, y su obvio recelo no me gustaba para nada.

—Si alguien te da problemas, siempre puedes llamarme, June. Voy a visitarte y a patear sus traseros por molestar a mi chica —aseguró Emma, arrancándole una sonrisa.

Al final, suspiró, pero no podía negar que me había preocupado su reacción.

Estábamos decididos a lograrlo, a tomar nuestro diez por ciento y convertirlo en un cien, pero ahora me preocupaba lo que vendría después. Mi prioridad era estudiar en la UT con mi chica. Ser parte de los Cuernos Largos y jugar profesionalmente estaban en segundo lugar. Todos los días me decía a mí mismo que lo lograría. Nunca había considerado la posibilidad de que June y jugar futbol no encajaran.

—¿Taylor?

El sonido de mi apellido, que llegó desde algún lugar a mi izquierda, me regresó a la realidad.

Una enorme sonrisa apareció en mi rostro cuando vi que Matthew Banks, un chico de mi preparatoria, caminaba hacia nosotros.

—¿Banks? —pregunté, y June se hizo a un lado para que pudiera hablar con él.

—Te esperamos en los árboles —me avisó Chris, mientras ellos tres seguían caminando, acomodándose bajo la sombra al otro lado del campo.

—¡Mierda, hermano! —exclamó Banks cuando me alcanzó. Nos dimos la mano y tiró de mí para darme una palmada en la espalda. Banks era un año mayor que yo, un defensor que ahora jugaba para la UT.

Al alejarse, su sonrisa vaciló mientras sus ojos me miraban de arriba abajo. Su expresión se llenó de simpatía y mi estómago dio un vuelco. Por un segundo, entendí cómo se había sentido June cuando vio que la gente nos observaba.

—¿Cómo estás? —Su mano apretó mi brazo—. Escuché que estabas enfermo. Lo siento mucho, Jesse. Eso apesta. Supongo que por eso el entrenador reclutó a otro mariscal de campo en tu lugar.

Todo mi mundo pareció detenerse.

—No puedo creer que no voy a jugar contigo el próximo año —continuó Banks, y mi visión comenzó a brillar mientras las palabras se asentaban en mi cerebro: «El entrenador reclutó a otro mariscal de campo en tu lugar...».

Eso no era verdad, ¿o sí? Nadie me había dicho nada. Mamá no lo había mencionado, ni mi entrenador de McIntyre. Cada fibra muscular en mi cuerpo se tensó hasta doler.

Aclarándome la garganta, afirmé:

—Todavía quiero ir a la UT.

Banks se quedó inmóvil.

—¿En el futuro? —Frunció el ceño como si estuviera hablando otro idioma.

Negué en silencio, sintiendo cómo empezaba a perder la cabeza. Mis manos empezaron a temblar.

«El entrenador reclutó a otro mariscal de campo en tu lugar...».

—No, este año —respondí, y la mirada de Banks me recorrió de nuevo.

—Me dijeron… —Se rascó la nuca con incomodidad—. Me dijeron que ibas a un hospicio.

—No fue así —espeté con tono agresivo. Nunca había sido grosero, pero sabía que así es como sonaba en ese momento—. Estoy en un ensayo clínico. Voy a curarme. Y voy a jugar en la UT.

No me importaba que el nuevo entrenador hubiera reclutado a otro mariscal de campo, siempre reclutaban a varios. Aun así, sería el mejor.

Banks se quedó callado de nuevo. Luego agregó:

—La pretemporada es brutal, amigo.

Lo miré, pero sentía que no era el momento. El corazón se azotaba contra mi pecho, tenía las manos estaban apretadas en puños y la respiración me comenzaba a faltar.

—Lo sé —respondí vagamente.

Banks lanzó una mirada detrás de él y vi a un chico que reconocía. Jason Williams. Era un tacleador de defensa de la UT. Nos miraba con curiosidad. Su expresión… Me di cuenta de que él creía estar viendo a un moribundo. Un mariscal de campo estrella que lo tenía todo hasta que el cáncer se lo arrebató.

—Voy a estar en remisión y entraré a la UT este año. Subiré de peso y me pondré en forma, ya verás —aseguré, consciente de la desesperación en mi voz. Quería convencerme a mí mismo de dejar de hablar, pero las palabras no paraban de salir—. Voy a jugar para los Cuernos Largos, Banks. Así que prepárate. Voy a estar ahí en el verano para la pretemporada.

Banks dio un paso atrás. Me di cuenta de que lo único que quería era alejarse de mí.

—Genial, hermano —balbuceó, y luego apuntó con su pulgar hacia Williams—. Debería regresar. —Se alejó poco a poco—. Fue bueno verte, Jesse. Espero que el tratamiento salga bien.

Banks se dio la vuelta y corrió hacia Williams, que también debió haber sido mi futuro compañero de equipo.

«El entrenador reclutó a otro mariscal de campo en tu lugar...».

Banks habló con Williams en voz baja. Voltearon a verme y me di la vuelta para ir con mis amigos. Pero estaba aturdido. Perturbado.

«La pretemporada es brutal, amigo».

Sabía que era brutal. Sabía que iba a necesitar darlo todo para llegar y poder participar. Pero podía hacerlo. Sabía que podía.

Pero Banks no. Me había mirado como si estuviera loco.

Bajé la mirada a mis manos. Estaban temblando y, por un momento, las sentí ajenas. ¿Por eso lo hacía June? ¿Dejaba de sentirse como ella misma en momentos así?

No logré que mi corazón se tranquilizara, pero me obligué a sonreír cuando llegué a donde estaban mis amigos.

—¡Jesse! —exclamó Chris y me invitó a acercarme con la mano—. ¿*Duro de matar* es una película navideña o no?

Me senté en la cobija que habían puesto en el suelo, al lado de June. Di un salto cuando tocó mi pierna. La miré a los ojos y vi una profunda preocupación.

—Solo me tomaste por sorpresa —expliqué, esperaba sonar normal. Sin embargo, cuando dirigí mi atención hacia Chris aún sentía la mirada de June sobre mí. Supe que había visto a través de mi fachada. Siempre lo hacía—. Y claro que es una película navideña.

Intenté no dejarme caer en el hueco que se abría en mi interior. Sentía las emociones espesas en la garganta, y estaba haciendo un enorme esfuerzo por no desmoronarme y dejar que las lágrimas rodaran.

A Banks le habían dicho que me iba a morir.

El entrenador había perdido la fe en mi remisión.

La sensación de June levantando su mano y entrelazando sus dedos con los míos casi me rompió. Recargó su cabeza en mi brazo. Pero no podía hablar. Ni siquiera podía mirarla, porque lo sabría. Sabría que acababan de hacerme pedazos.

—¡No lo es! —gritó Emma—. Que suceda en Navidad, no la hace una película navideña. ¡Agh! —Volteó hacia June—. Dime que estás de acuerdo conmigo.

—No la he visto, lo siento —June, intentando actuar normal. Pero podía escuchar la preocupación en su voz. Preocupación por que algo anduviera mal conmigo.

Y sí había algo. Todo estaba mal, todo estaba terriblemente mal.

El diez por ciento de repente se sentía imposible.

—June, no me estás ayudando —reclamó Emma, y la conversación a mi alrededor se desvaneció.

Me congelé, atrapado en el infierno que era ver mi determinación caer en picada.

¿Quién era si no jugaba futbol americano? Tenía a June, quería a June, pero también necesitaba jugar. Deseaba ambas cosas.

—¿Amor? —preguntó, frotando mi brazo. La miré y noté que Chris y Emma también me lanzaban miradas preocupadas—. Vamos a caminar, ¿vienes?

—Nop —respondí. Mis ojos encontraron a Banks y Williams. Estaban lanzándose el balón de forma casual. Roté mi brazo y tuve que apretar los dientes debido al dolor.

No había manera de que lanzara un balón en estas condiciones. Había intentado aceptarlo en las últimas semanas, pero ahora ese hecho me había golpeado directo en la cara. Quería jugar para los Cuernos Largos y ni siquiera podía lanzar un maldito balón.

—Me quedo contigo, entonces.

—¡No! —repliqué, tal vez con demasiada fuerza. Fingí otra sonrisa—. Ve, Junie. Ve a caminar. Yo... —Jugué con el pasto a mi lado—. Estoy cansado.

—Entonces todos nos quedamos —decidió Chris, asintiendo en mi dirección.

De repente, el enojo desapareció, y lo único que quedó fue una profunda desesperación.

—No. Por favor, vayan.

June asintió, y Emma y Chris se levantaron y se dirigieron al camino que los llevaría por el resto del parque Zilker.

June se acercó, poniendo su mano en mi hombro.

—¿Jesse?

—Por favor, Junie —murmuré, luchando contra las lágrimas—. Ve a caminar. Estoy bien.

—No, no lo es...

—Por favor —supliqué.

Su mano se congeló en mi hombro. Cuando se deslizó lentamente y perdí el contacto, lo único que quería era tomar a mi chica y abrazarla con fuerza, contarle todo lo que había pasado y rogarle que me hiciera sentir mejor. Porque estaba seguro de que solo ella podía hacerlo.

Pero me estaba desmoronando y, si lo hacía, al fin tendría que mostrarme por completo y explicar que, a veces, era un desastre.

—Llámame si me necesitas —pidió y se puso de pie. La miré caminar, y sentí un destello de orgullo porque mi chica mantuvo la cabeza en alto, incluso al pasar al lado de gente que la observaba: ella, la chica más perfecta del mundo que estaba luchando con todas sus fuerzas solo por llegar a los dieciocho años.

Cuando June volteó a mirarme, la expresión en su rostro me hirió. La saludé con un movimiento de mi mano para tranquilizarla, pero no sirvió de nada.

Escuché risas detrás de mí y volteé a ver a Banks y Williams, divirtiéndose, sin preocupación alguna.

Y me quedé así, preguntándome cómo se sentiría esa libertad sin cáncer. No lo recordaba.

Me limité a observarlos desde mi lugar debajo de los árboles para que mi piel dañada por la quimio no se quemara.

Bailey me encontró y se aseguró de que me tomara la bebida naranja. Ni siquiera percibí el sabor mientras lo hacía.

Cuando Chris, June y Emma regresaron, me acosté y cerré los ojos, fingiendo que estaba dormido. Seguramente sabían que era mentira, pero no dijeron nada.

Una hora después, nos subimos al autobús. June no dijo ni una palabra cuando se sentó a mi lado y me tomó de la mano. Recargué mi cabeza contra la ventana y cerré los ojos. Si vio una lágrima escapar y rodar por mi mejilla, no lo mencionó.

—¿Vamos al cuarto de juegos? —preguntó Chris cuando por fin bajamos del autobús.

Sacudí la cabeza y caminé hacia mi cuarto.

—Iré con él —escuché decir a mi novia. Sus pasos sonaban como truenos detrás de mí. Necesitaba estar solo. Necesitaba hablar con mamá y con mi entrenador de la preparatoria. Necesitaba averiguar qué estaba pasando—. Jesse —me llamó mientras yo entraba al cuarto. Entró detrás de mí, pero cuando me di la vuelta y vi su cara preocupada, no lo soporté.

—Necesito estar solo.

Echó la cabeza ligeramente hacia atrás: la había tomado por sorpresa. Nunca quería tiempo lejos de ella, y no lo quería ahora. Solo deseaba no afectarla con el vacío que estaba intentando devorarme.

—Jesse, por favor. ¿Qué te dijo ese chico?

—June —susurré—, por favor, déjame solo.

—No quiero. —Su tono era firme—. No creo que debas estar solo.

—¡Pero eso es lo que quiero! —espeté, levantando la voz.

Esta vez se quedó boquiabierta. Me sentí como el idiota más grande del mundo. June era perfecta y yo acababa de gritarle, pero no pude evitarlo. Me estaba ahogando y no quería llevarla conmigo.

—Solo vete... te lo ruego.

Los ojos se le llenaron de lágrimas. Esperó a que cambiara de parecer, pero cuando solo la miré, asintió y salió del cuarto.

El repentino silencio fue abrumador. Saqué mi celular del bolsillo y llamé a mi entrenador.

—¿Jesse? —respondió luego de unos segundos—. ¿Cómo estás, hijo?

—¿La UT reclutó a alguien más en mi lugar? —Un silencio más que significativo fue su única respuesta. Me hundí en la cama—. ¿Por qué no me dijo?

—Porque no quería que eso te rompiera, hijo. No queríamos que perdieras las ganas de luchar. —Miré el atardecer por la ventana. Todo se sentía oscuro ahora—. Tu lugar en el equipo aquí se mantiene, igual que tu beca, pero el entrenador de la UT debía asegurarse de tener mariscales de campo preparados. No estás descartado, Jesse, pero él tenía que cerciorarse de que su equipo fuera lo más fuerte posible para la siguiente temporada.

—Siempre fue imposible, ¿no es cierto? —pregunté—. Un sueño inalcanzable. Nunca iba a recuperarme a tiempo para la siguiente temporada. Fui un tonto. —Me reí de mí mismo—. Todos lo sabían y me dejaron creerlo.

—Todos necesitamos algo que nos impulse, Jesse. Estabas decidido. —El entrenador se aclaró la garganta—. Eres el jugador más talentoso con el que he tenido el placer de trabajar. Y tal vez es demasiado tarde para que te recuperes antes de la temporada que viene, pero solo tienes diecisiete años. Siempre está la siguiente temporada. Y conozco al entrenador Higgins. Cree en ti tanto como yo, tanto como todos. —Las lágrimas rodaron por mis mejillas—. Hijo, eres un jugador de futbol americano. Y uno muy bueno. Sabes que no se acaba hasta que se acaba. Y el Jesse que yo conozco seguiría luchando. ¿Me escuchaste?

—Solo tengo un diez por ciento de probabilidad de sobrevivir —solté, con el corazón pesado. Era difícil siempre ser positivo—. El tratamiento no está funcionando, podría nunca funcionar y me quedaré sin opciones.

—Puedes hacerlo, Jesse —insistió el entrenador, y en ese momento supe que mi madre ya se lo había dicho.

Pero asentí, necesitaba escucharlo. Me dolía el pecho. Eran momentos como estos en los que de verdad deseaba tener un padre, uno que me hubiera amado lo suficiente para quedarse y ayudarme a navegar estas aguas. Mi viejo amigo, el rechazo, se infiltró en mis venas.

—Gracias, entrenador. Tengo que irme.

—Vas a estar bien, Jesse —afirmó—. Creo en ti.

—Gracias —murmuré—. Adiós.

Colgué y me quedé acostado en la cama. Me cubrí con el cobertor y apagué la lámpara. No podía moverme y solo quería que el mundo desapareciera un momento.

No, eso no era verdad. Quería a Junie. La culpa me arañaba la conciencia. La había ahuyentado. La primera persona, además de mi mamá y mis hermanas, que me amaba incondicionalmente, que luchaba por mí, que me seguía para asegurarse de que estuviera bien... y la había alejado.

Poniéndome de pie, me llevé el cobertor y salí al porche. Jengibre me estaba mirando como si quisiera saltar la barda y sentarse conmigo, pero mi alma pedía a gritos a una sola persona. Así que me senté en la puerta del porche para esperar a que regresara.

Le rogaría que me perdonara, pero, en este punto, sentía que June y su amor por mí eran lo único que me mantenía atado a este mundo.

Capítulo dieciséis

JUNE

Emma abrió la puerta y su expresión se entristeció.

—Lo siento, linda —susurró, y me jaló hacia dentro. Estaba agradecida de que sus padres no estuvieran ahí. En ese momento solo necesitaba tiempo a solas con mi mejor amiga.

Caí en sus brazos y dejé que mis emociones se desbordaran. Ella me abrazó con fuerza.

—No quiere decirme cuál es el problema...

Emma me llevó a su cama y nos sentamos. Mi limpié la cara mientras ella me frotaba la espalda.

—Era un jugador de futbol americano, ¿no? —preguntó, refiriéndose al chico del parque.

—Eso creo.

—Tal vez le afectó, ¿sabes? —aventuró, encogiéndose de hombros—. La realidad de todo. De que tal vez no esté lo suficientemente sano para jugar en la siguiente temporada. De lo mucho que le va a costar ponerse en forma para jugar de nuevo.

—Lo sé...

Di un profundo suspiro. Recordé su cara cuando regresó con nosotros: estaba devastado. Jesse Taylor era divertido y extrovertido. El chico que se había sentado con nosotros era todo menos eso.

Siempre había visto una pizca de tristeza en el alma de Jesse, y presentía que esa pizca se había expandido hoy.

—Me pidió que lo dejara solo —le confesé, y mi corazón se rompió—. Nunca me había pedido algo así.

Emma recargó la cabeza en mi hombro.

—Esta es la realidad de tener una enfermedad terminal, ¿no crees? —opinó—. Hay días en los que la oscuridad eclipsa tu sol. Cuando tu futuro y los sueños que habías dado por sentado se derrumban.

Asentí. No tenía palabras. Jesse me había impulsado todo este tiempo, esperando en mi puerta todas las mañanas con su sonrisa traviesa y personalidad de sol. Había sostenido mi mano durante los tratamientos y me había mostrado lo talentoso que era dibujando. Se había convertido en la piedra angular de todo mi mundo.

—Dale tiempo —sugirió Emma—. Todos nos rompemos, ¿no? Sé que yo lo he hecho.

Yo también. Muchas veces. Y me di cuenta de que, si amaba a alguien, tenía que amar todas sus partes. Incluyendo las más oscuras.

Tomé la mano de mi amiga y le di un apretón.

—Iré a mi habitación a esperarlo. Solo necesito saber que está bien. —Le di un abrazo—. Gracias por siempre estar aquí para mí. De verdad no sé qué haría sin ti.

—Siempre, corazón. Somos mejores amigas para toda la vida.

Me reí, y eso logró atravesar la pesadez de mi corazón.

—Buenas noches.

Mientras pasaba frente al cuarto de Jesse, puse la oreja contra su puerta. Adentro, todo estaba en silencio, y me pregunté si se había quedado dormido. Solo quería entrar y abrazarlo. No le tenía miedo a sus partes rotas, pero entendía la necesidad del tiempo a solas. El rancho era increíble, pero no cabía duda de que estábamos en una olla a presión. A veces solo necesitábamos tranquilizarnos y descansar.

Entré a mi cuarto y prendí la lámpara al lado de mi cama. Me di la vuelta para ir al baño y prepararme para dormir, y salté del susto. Me cubrí la boca con una mano, sorprendida, porque al otro de las puertas que daban al porche estaba Jesse, envuelto en un cobertor.

Mi corazón se aceleró mientras iba hacia la puerta y la abría. Jesse levantó la mirada.

—Lo siento, Junie —susurró y, por primera vez desde que lo conocía, agachó la cabeza y sollozó.

El dolor que me envolvió fue absoluto. Me lancé hacia Jesse, poniendo mis brazos alrededor de su cuello, y lloré con él. Sostuve al amor de mi vida en mis débiles brazos, pero el solo hecho de estar así con él me hizo sentir como la persona más fuerte del mundo.

—Te tengo —susurré—. Aquí estoy.

Jesse se aferró a mi brazo como si necesitara que lo anclara al mundo. Besé su cabeza una y otra vez, acariciando su mejilla.

—Te amo —le dije mientras lo mecía—. Te amo tanto.

Eso solo hizo que sollozara con más fuerza. Cerré los ojos. Apenas soportaba verlo así: mi chico encantador, estaba echo un mar de lágrimas. Pero me sentía como la persona más afortunada del mundo al ser con quien pudiera desmoronarse.

Éramos dos mitades. En las buenas y en las malas.

Nos quedamos sentados hasta que el pecho de Jesse dio un saltó involuntario después de las lágrimas. Alzó la cabeza, tenía los ojos hinchados y la cara roja. No habló, pero vi la gratitud brillar en su expresión.

Poniéndome de pie, le ofrecí mi mano.

—Vamos adentro —indiqué, y Jesse se levantó llevando su cobertor. Nos guie hacia mi cama y nos acostamos cara a cara. Sostuve sus manos entre nosotros, acercándolas a mis labios y besándolas.

Jesse cerró los ojos, con los labios temblando de tristeza. Finalmente, inhaló titubeante y dijo:

—La UT reclutó a otro mariscal de campo en mi lugar para la siguiente temporada.

Se me rompió el corazón.

—Amor —susurré.

—Claro que lo hicieron. —Sus ojos desolados se encontraron con los míos—. Siento que... —Dejó la oración sin terminar y luego continuó—. Siento que lo estoy perdiendo todo.

Me acerqué a él y lo besé de nuevo. Quería que compartiera lo que sentía.

—Fui un tonto, Junie. —Tragó saliva—. Nunca iba a poder jugar para la UT la siguiente temporada, ni siquiera si el tratamiento funcionaba en la primera fase. —Suspiró—. No tengo fuerza ni energía. Especialmente ahora que la inmunoterapia no funciona.

—Todavía —agregué.

—Todavía —repitió. La pequeña sonrisa en sus labios fue una señal de que la niebla se había levantado un poco.

Solté una de sus manos y la puse contra su mejilla. Se giró contra ella y le dio un beso a mi palma. Mi corazón se agitó.

—Jesse Taylor, eres el chico más increíble que jamás he conocido. —Sonrió un poco más—. Creo que, incluso si no es tu destino jugar en la próxima temporada, vas a trabajar duro para que suceda en la siguiente.

Suspiró.

—Me van a poner en la lista de lesionados y voy a tener que trabajar mucho para salir de ella.

—Vamos a lograrlo.

—¿Vamos? —repitió, tranquilizándose.

—¿Qué?

—Dijiste vamos.

Le sonreí y me derretí cuando un hoyuelo apareció en su mejilla.

—Claro —afirmé—. Viva el grupo dos, ¿recuerdas?

Le ofrecí mi puño, pero él lo cubrió con su mano. Su sonrisa desapareció y me dirigió una mirada que me rogaba escucharlo.

—A veces me pongo triste —explicó. Se me desinfló el estómago, aunque solo estaba poniendo en palabras lo que siempre había sospechado. Asentí para que continuara—. Es el rechazo, Junie. No lo tolero muy bien.

—Es comprensible. Has pasado por muchas cosas.

Jesse parpadeó para ahuyentar las lágrimas, pero algunas escaparon. Me incliné para limpiarlas con mis besos.

—Me está devorando. La culpa de no poder hacer lo que soñé por mi mamá y mis hermanas. Tanto que el doctor de mi pueblo me recetó antidepresivos.

—Eso no debería avergonzarte —apunté con voz seria—. Muchas personas con cáncer tienen problemas con su salud mental. Constantemente pensamos y hablamos sobre morir, Jesse. No es algo fácil para nadie.

Asintió en silencio.

—Creo... —Hizo una pausa—. Creo que hoy... ver a Matthew Banks, el chico con el que estaba hablando, hizo que lo entendiera.

—¿Que entendieras qué?

—Que el plan que había tenido por tanto tiempo no iba a funcionar. Incluso si entro en remisión en la siguiente fase, mi cuerpo ha pasado por muchas cosas. Tal vez demasiadas como para cumplir ese sueño.

—Jesse... —Me moví, y quedamos tan cerca que compartíamos el mismo aire—. No llevo mucho tiempo conociendo a tu madre, pero puedo decirte, y estoy cien por ciento segura de esto, que ella solo quiere que seas feliz. Si eso significa seguir luchando por cumplir tus sueños, genial. Si no, te aseguro que aun así te apoyará.

—Lo sé —respondió, y su cuerpo se relajó como si estuviera liberando años de estrés.

Me acerqué más para besarlo. Sus labios sabían a sal gracias a sus lágrimas.

—Te amo sin expectativas —murmuré al separarnos—. Te amo con todo mi corazón porque eres el chico más dulce y amable que conozco. —Sonreí—. Me haces reír y me muestras que la vida es más de lo que creía. Te adoro. Y no me importa lo que hagas con tu vida mientras pueda estar a tu lado.

—Lo estarás —aseguró, y sentí la verdad en sus palabras hasta lo más profundo de mi alma—. Somos tú y yo, Junie. Tú y yo para siempre. —Me besó de nuevo—. Te amo. Por favor, perdóname por haberte alejado.

—No hay nada que perdonar —sentencié, y puse el cobertor sobre ambos. Nos miramos hasta que el sueño comenzó vencernos.

Cuando Jesse se durmió primero, parecía sentirse más ligero, pero mi corazón sintió el peso de todo lo que se había guardado. El que su padre lo hubiera dejado lo lanzó a un camino que ningún niño debía transitar. Pero había decidido que era mi misión, por el resto de nuestras vidas, ser su refugio cuando las expectativas que tenía para sí mismo fueran demasiadas. Yo sería su gravedad, su ancla; y también su sol, ahuyentando las nubes oscuras que inevitablemente llegarían.

Sería la chica que cuidara su corazón hasta mi último aliento, e incluso después.

Capítulo diecisiete

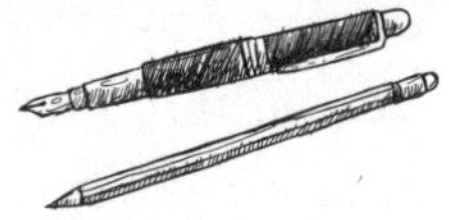

JESSE

—¿Estás listo para la siguiente ronda? —preguntó Susan.

—Depende —respondí—. ¿Tienes las cubetas limpias y preparadas?

—Claro —confirmó, quitando el torniquete amarrado alrededor de mi brazo y haciendo a un lado las muestras de sangre para los análisis. La segunda ronda de inmunoterapia comenzaba al día siguiente, y estaba tan listo como lo estaría jamás. June había ido a visitar a sus padres a las residencias familiares mientras revisaban mis signos vitales y me sacaban sangre. Después de nuestra plática la noche anterior, me sentía mucho mejor. Me permití soltar un poco del peso y solo existir. Eso y que había hecho una cita para hablar con Michelle, la psicóloga del rancho. No podía empeorar las cosas y ya me había tardado en consultarla.

—Nos vemos mañana, Susan.

Me fui de su oficina. Apreté los dientes gracias al dolor en mis piernas e hice un recordatorio mental de pedir más medicina después si quería dormir en la noche. Mis dolores habían aumentado en las últimas semanas, pero supuse que era un efecto secundario del avance del cáncer.

La puerta de June seguía cerrada, lo que significaba que no había regresado. Había algunas imágenes en mi cabeza que quería dibujar, y mientras abría mi puerta y entraba al cuarto, escuché:

—¡SORPRESA!

Di un salto, sorprendido al ver a mis compañeros y a las porristas de McIntyre frente a mí, todos sonrientes. Había al menos treinta personas en mi cuarto. Estaba completamente decorado de azul y blanco, con carteles de buenos deseos y fotografías mías con mis amigos.

—¿Q-qué? —tartamudeé—. ¿Qué están haciendo aquí?

Michaels, mi mejor amigo y compañero de equipo, dio un paso adelante.

—Vinimos a visitarte y desearte suerte para la siguiente ronda del tratamiento —explicó. Vi su sonrisa flaquear mientras me miraba, y aquello hizo que mi estómago se tensara.

—Sé que me veo terrible —afirmé, y los ojos de Michaels se dispararon hacia los míos.

—No, es que…

Le di un golpe en el brazo.

—Es broma —admití, justo cuando Josie, una amiga y la jefa de las porristas, me daba una bolsa de regalo.

—Jesse, es bueno verte —comentó mientras me daba un abrazo.

Me senté en la cama, intentando que no se me notara el cansancio. Abrí la bolsa y saqué un *jersey* del equipo. Todos mis compañeros habían escrito buenos deseos y mensajes de buena suerte.

—Me encanta —afirmé con voz tensa. Cuando alcé la vista, la celebración se había calmado y todos me estaban mirando un poco incómodos. Me sentía como un pez en un acuario, así que me puse de pie—. ¿Por qué están todos parados ahí? Salúdenme.

La tensión se disolvió mientras abrazaba uno a uno a mis compañeros y amigos. Todos llevaban puestas las sudaderas del equipo y las porristas llevaban el uniforme completo, con todo y los pompones.

Mientras se acomodaban en el cuarto, sentándose en el suelo y usando las sillas y cojines, Michaels guio la conversación sobre la temporada y los múltiples partidos que habían perdido. Mientras escuchaba a todos hablarme sobre el juego, fiestas y rumores, me sentía completamente desconectado. Hablaban de nuestros rivales y los días que jugaban, pero esa vida se sentía muy lejana.

—¿Cuándo vas a regresar? —preguntó Gavin, el mariscal de campo suplente. Se rio de sí mismo—. Me estoy muriendo allá afuera, amigo. —Sus ojos se abrieron tanto que me hizo reír—. No quise decir eso... Lo siento mucho.

Morir. El tema prohibido.

—Está bien, amigo. —Me reí de nuevo, pero esa risa terminó por apagarse. Me encantaba que estuvieran aquí y apreciaba lo lejos que habían viajado para verme, especialmente después de lo que había pasado en el parque Zilker. Pero me estaban tratando diferente. Estaban haciendo su mejor esfuerzo, y los amaba por eso; sin embargo, había una incomodidad que no parecía irse. Ese era el problema con estarse muriendo o luchar contra una enfermedad que intentaba destruirte: la gente no te trataba igual, te veían como algo frágil y quebradizo. Era claro que así me había percibido Banks.

—Me encantaría decir que voy a regresar pronto, pero... —Me encogí de hombros—. Todavía me falta mucho tratamiento.

Se sintió sorprendentemente bien decir eso, el no estar tan enfocado en el futuro.

—Pero sí vas a regresar, ¿verdad? —preguntó Michaels, y el silencio fue tal que incluso podía palparlo. Solo mi mamá, mis hermanas y el entrenador sabían de los resultados que había recibido. Mis amigos no tenían idea. Intenté pensar en qué decir, abriendo mi boca para darles una respuesta; entonces, la puerta se abrió de repente y mis nervios se tranquilizaron cuando June entró corriendo.

—¡Jesse! —exclamó con los ojos pegados a la libreta en sus manos—. Escribí más… —Poco a poco se detuvo y alzó la vista, encontrándose con varios ojos enfocados en ella. Sus mejillas se sonrojaron y la miré tragarse los nervios.

Treinta curiosos pares de ojos analizaban a mi chica, parada ahí en unas mallas negras, calcetas esponjosas, pantuflas y un enorme suéter negro. Llevaba un pañuelo rojo en la cabeza y hacía que sus ojos cafés se vieran como hojas en otoño.

June volteó a verme cuando nadie dijo nada.

—Junie —la llamé y extendí mi mano.

Le tomó un segundo moverse, con la timidez apoderándose de ella, y la jalé hacia mí. La incomodidad que había estado sintiendo se desvaneció de inmediato cuando puse mis brazos alrededor de su cintura.

Mirando a mi equipo, anuncié:

—Chicos, ella es June. Mi novia.

Vi la sorpresa en sus caras; algunos analizaron a June y notaron que ella también era una paciente aquí. Michaels fue el primero en ponerse de pie.

—Soy Michaels. Bueno, James, pero todos me llaman Michaels. Soy el mejor amigo de Jesse.

—Hola —murmuró ella, estrechando su mano. Después saludó a los demás con un gesto general—. Qué tal. Un gusto conocerlos a todos.

Luego, volteó a verme.

—Mi equipo quiso sorprenderme con una visita antes de que empezara la segunda fase —expliqué. Sus hombros se relajaron y pude ver la expresión de alegría en su cara.

—Qué lindo —declaró. Había sido mi principal apoyo los últimos días y podía ver que genuinamente le conmovía que mi equipo hubiera hecho esto por mí.

—El entrenador está preparando un asado para todos afuera. —Michael asintió en dirección a June—. Todos están invitados. Deberías venir.

—Gracias —respondió con cortesía, y la acerqué a mí—. Pero mejor los dejo solos. —Intentó alejarse, pero me las arreglé para retenerla.

—De hecho —dije, mirando al equipo—, necesito hablar algo rápido con June y los alcanzo.

Mi equipo se fue, uno a uno, despidiéndose mientras salían del cuarto. Cuando la última persona salió y la puerta se cerró, June me miró.

—Bueno, eso fue vergonzoso, no hubiera entrado así si hubiera sabido que tenías compañía.

Al fin pude ver plenamente las decoraciones que mis compañeros habían colgado. Era... muchísimo. Estaba agradecido, pero... no sabía qué estaba sintiendo.

June siguió la trayectoria de mi mirada y sus ojos se movieron sobre los carteles pegados a la pared, los globos atados a sillas, y el *jersey* firmado que ahora estaba en mi mesa. Observó cada cartel, en especial los que tenían viejas fotos mías.

—De verdad te quieren —musitó. Me miró al notar que no respondía—. ¿Qué pasa?

—No lo sé... —Sentí cómo se me apretaba el pecho. Tenía la garganta seca. Incliné mi cabeza al frente y la deje caer sobre el pecho de June. Me quitó la gorra y puso su mano sobre mi cabeza calva. Inhalé y exhalé, concentrándome en la sensación de su piel—. Es que no... no se siente igual.

Esperó a que continuara, dándome tiempo de encontrar las palabras para mis pensamientos.

—Son mis compañeros de equipo, mis mejores amigos. Conozco a estas personas desde que éramos niños. —Enredé mis manos en su suéter. Siempre tenía frío, aunque el clima fuera cálido—. Pero verlos hoy después de ver a Banks en el parque Zilker... se siente diferente. Yo me siento diferente. Es como si ya no fuéramos los mismos. —La miré a los ojos—. ¿Tiene sentido?

Mi cabeza seguía un poco revuelta.

—Claro que sí —respondió y me acarició el cuello con el pulgar—. Porque ya no eres el mismo. No importa cuánto deseemos serlo, es imposible. Estamos aquí, peleando por nuestras vidas, y ellos están en casa, donde nada ha cambiado. Nadie hizo nada, ni tiene la culpa, pero nuestras realidades son muy diferentes, es obvio que debe haber algún tipo de distancia ahora.

—No contigo —puntualicé, y me aferré a ella. June era mi línea de vida.

Sonrió.

—Eso es porque nos une el grupo dos y nuestra membresía al club de la quimio. Todo es muy exclusivo.

Me reí echando la cabeza hacia atrás.

—Se supone que yo soy el bromista, Junie.

—Tengo mis momentos. En especial cuando te sientes mal.

—Estoy muy feliz de haberte conocido —confesé, tomando su mano y besando la palma.

—¿En qué universo? ¿Este o el de nuestro final feliz?

—Ambos. —Y era completamente honesto—. En cualquier universo o vida, no importa cuánto tiempo tengamos.

June dio un paso atrás, me tomó de la mano y tiró de ella.

—Vamos con tus compañeros. Vinieron desde muy lejos para verte. Sería muy grosero hacerlos esperar más.

—Te vas a quedar conmigo, ¿verdad?

—Siempre —prometió, llevándome al patio—. Voy a quedarme contigo el tiempo que me necesites.

«Entonces para siempre», pensé mientras salíamos.

«Para siempre».

Unas horas después, me despedía de mis compañeros, entrenador y amigos mientras su autobús se iba del rancho y desaparecía por el camino hacia la carretera. El olor del asado todavía permeaba el aire.

June tenía el brazo alrededor de mi cintura y su cabeza estaba recargada contra mi pecho.

—Regresemos a nuestros cuartos —sugirió, pero yo sabía que se refería a la silla en forma de huevo. La noche era cálida, el cielo se estaba oscureciendo y las estrellas comenzaban a despertar.

Le di un beso frente a su puerta.

—Te veo afuera en un rato.

Asintió y entró a su cuarto para tomarse sus medicamentos nocturnos y ponerse la pijama. Hice lo mismo, tomando de la mesita de noche la Polaroid que Michaels me había dado.

En ella aparecíamos June y yo, agarrados de la mano y sonriéndonos. Había llevado la cámara para tomar fotos de todos y hacer un cartel con ellas antes de irse. Las porristas lo pusieron en mi cuarto, pero Michaels me dio esta en privado mientras nos despedíamos.

—Ella te hace feliz, amigo —me dijo. Luego, su sonrisa desapareció—. No estás bien, ¿verdad?

Me aferré a la fotografía y negué con la cabeza. Michaels soltó un largo suspiro y vi cómo le empezaba a temblar el labio inferior. Puse una mano en su brazo.

—Has sido un buen amigo. Te extraño.

—No decimos adiós, ¿recuerdas? —me recordó con voz quebrada. Desde que me habían diagnosticado el cáncer, eso era lo mío. Odiaba las despedidas. Siempre se sentían como un final.

—No decimos adiós —repetí.

—¡Michaels! —gritó el entrenador—. Tenemos que irnos, hijo.

Los ojos del entrenador entristecieron cuando me miró. No creí aguantar mucho más.

—Te quiero, hermano —dijo Michaels, jalándome hacia él para darme un abrazo. Fue uno muy fuerte, ya ambos sabíamos que podría el último. —Llámame. Habla conmigo. Estoy aquí para ti.

—Lo haré.

Se alejó y apuntó a la Polaroid.

—Estoy feliz de que la hayas encontrado.

Yo también lo estaba.

Llevé mi cuaderno de dibujo afuera, me senté en la silla y comencé a dibujar. No supe cuánto tiempo había pasado cuando la silla se meció y la cobija se levantó mientras June se sentaba. Al principio no hablamos. Seguí dibujando y ella escribió. Usé mi pie, apoyándolo en el suelo para mecernos. Luego de un rato, con la luna sobre nosotros, comenzó a dolerme el brazo.

Cuando volví a ver el boceto, el corazón se me infló hasta chocar con mis costillas. Era igual a la fotografía que Michaels me había dado, sin embargo, la conexión entre ambos se sentía más fuerte en el dibujo. Podía sentir la mano de June en la mía, así como la piel estirada de mis labios mientras sonreía.

—Me encanta. —June tomó la fotografía de la mesa que estaba a mi lado. Se quedó callada un momento—. Me gusta cómo te miro. —Alzó los ojos hacia mí—. Y cómo me miras.

—Lo mismo digo —respondí, y June se rio en silencio. Ahora sabía que usaba esa frase cuando estaba sintiendo demasiadas cosas, pero no sabía qué decir. Había dejado de fingir frente a ella desde nuestra conversación. Ahora tenía completo a mi yo real, crudo y con cicatrices.

Era liberador.

El movimiento de la silla, aunado a la voz de June, era hipnotizante.

—Si no hubiéramos venido aquí... —Dejó la oración sin terminar; recargué la cabeza en el cojín de la silla para mirarla—. Si no hubiéramos venido al rancho, ¿crees que algún día nos habríamos conocido?

Fruncí el ceño.

—Me gusta pensar que sí. ¿Por qué?

June miró a Jengibre.

—Aunque conectamos mucho, tú eres un jugador de futbol americano y yo soy un ratón de biblioteca. Fuera de este rancho, existimos en círculos muy diferentes. Incluso en la UT, estarías en los dormitorios de los atletas. —Respiró hondo—. Las chicas como Josie serían las que llamarían tu atención, no una ambivertida con aspiraciones de escritora como yo. —Negó con la cabeza—. No sé, a veces me pregunto si funcionaríamos si no estuviéramos en este lugar.

Odié cada palabra que salió de su boca.

—Funcionaríamos. —Me acomodé en la silla y le tomé la mano—. Te adoro, June. —Me aclaré la garganta y el pulso se me aceleró—. Eres mi alma gemela.

Sus ojos brillaron, eran como pozos de chocolate a la luz de la luna.

—Yo también lo creo. Lo sé. Pero a veces, cuando las inseguridades me ganan, me pregunto si eso siempre es suficiente.

No supe qué decir. Nos habíamos confesado nuestro amor. Habíamos expuesto nuestras almas tanto como podíamos.

—He estado escribiendo sobre nosotros juntos en la universidad —explicó, y mi atención se fue a su libreta. Quería leerlo—. Si vamos a la UT, o mejor dicho, cuando vayamos allá, tú jugarás futbol mientras yo escribo. ¿Cómo va a funcionar? —Me miró de nuevo—. Vas a ir a las fiestas del equipo que a mí me cuesta disfrutar. Yo estaré en grupos de escritura. —June exhaló, derrotada—. No sé, después de lo que he escrito y de ver a tus compañeros hoy, recordé que fuera de este rancho somos personas completamente diferentes.

—Los opuestos se atraen —apunté, y su tristeza pareció calmarse un poco—. Mírame —le pedí, y me hizo caso. Tal vez era su turno de tener un pequeño tropiezo. Apreté sus manos con más fuerza—. Sé que vamos a tener problemas, malentendidos, e incluso peleas. —Fingí que me daban escalofríos y eso le arrancó una pequeña sonrisa—. Les pasa a todas las parejas. Pero te diré algo de lo que estoy cien por ciento seguro. —June ladeó la cabeza—. Te voy a elegir en cada vida, en cada universo. Te elijo para mí completamente. —Hice un gesto hacia su libreta—.

Escríbenos discutiendo, teniendo problemas, pero no creas ni por un segundo que vamos a terminar por eso. ¿Va a ser difícil a veces? Sí. Pero nada ha sido más difícil que luchar contra el cáncer, y creo que estamos haciendo un increíble trabajo, a pesar de que la inmunoterapia no está funcionando y el cáncer sigue avanzando, claro.

June lanzó una carcajada al escuchar mi intento de humor negro.

—Si necesitas expresar tus sentimientos, preocupaciones y dudas sobre nuestro final feliz al ponernos en situaciones difíciles en tu historia, está bien —continué. Quería asegurarme de que me entendiera—. No voy a molestarme por eso. Pero quiero que sepas que nunca me voy a dar por vencido respecto a lo nuestro. Tanto en esta vida como en la que estás creando en esa libreta. —Acerqué su mano a mis labios y le di un beso—. ¿Okey?

—Okey —respondió y, soltando mi mano, me dio la libreta—. Entonces léela —pidió, tapándose con la cobija y acurrucándose a mi lado.

Me recargué en la silla y, con el corazón en la garganta, comencé a leer.

Capítulo dieciocho

JUNE

El final feliz de Jesse y June

Salí de clase y caminé al patio. Las personas estaban pasando el tiempo en grupos. Saqué mi celular para llamar a Jesse y preguntar dónde estaba cuando su risa tan familiar llegó a mis oídos.

Escaneé el patio y lo encontré con un grupo de sus compañeros de equipo. Sonreí con solo verlo disfrutar ser el centro de atención. Después vi a un grupo de chicas dirigirse al equipo, dos de las cuales se dirigieron directamente hacia Jesse. Una de ellas se rio de algo que él dijo y le tocó el brazo.

Jesse se hizo a un lado de inmediato, sin embargo, la manera en que mi estómago se tensó y los celos me inundaron me consumió por completo. Me dije a mi misma que debía acercarme, pero seguía teniendo problemas con toda la atención que él recibía en la universidad. Podía sentir las miradas críticas cada vez que estábamos juntos. Y aunque cada vez manejaba mejor mis inseguridades, a veces me paralizaba el sentirme insuficiente.

Jesse me amaba, lo sabía. Yo también lo amaba y de verdad creía que estábamos destinados a estar juntos. No obstante, en ocasiones no podía evitar sentir que no lo merecía.

Odiaba sentirme así e intentaba restarle importancia. Sin embargo, yo no era como él; ser el centro de atención nunca sería algo con lo que me sintiera cómoda.

Jesse tomó su celular, comenzó a escribir y un mensaje llegó al mío:

> Jesse: ¿Dónde estás, amor?
> ¿Quieres que nos veamos?

Intenté dar un paso hacia delante, ser valiente. Pero cuando alzó la mirada, buscándome alrededor del patio, me di la vuelta y entré corriendo de regreso a la biblioteca. No podía enfrentarme a todas esas personas ahora. Lo intentaría otro día, o al menos intentaba convencerme de que así sería.

La calle estaba llena mientras Sydney y yo caminábamos. La música retumbaba en la casa que estaba a nuestra derecha, y la gente salía al patio de enfrente, tropezándose y gritando, pasándosela bien. Su brazo se apretó alrededor del mío. Este no era nuestro ambiente, pero le había prometido a Jesse que asistiría y Sydney dijo que iría conmigo.

Hoy Jesse había salido a jugar. El mariscal de campo suplente se había lastimado, con lo cual pudo pasar su primer partido en la banca. Cuando los mariscales principales también se lesionaron, Jesse tuvo su oportunidad. Lo hizo muy bien y yo no podía estar más orgullosa.

No habíamos esperado que jugara tan pronto en la temporada. No estaba segura de si estaba listo después del tratamiento del año pasado y me preocupaba que su cuerpo no fuera tan fuerte como el de otros jugadores. Pero estaba equivocada, muy equivocada.

También me di cuenta de que había vivido en la ignorancia. Ver la reacción de la multitud en torno a Jesse, que se veía perfecto con su encantadora sonrisa e increíble talento mientras aparecía en la enorme pantalla, me hizo darme cuenta de lo importante que iba a ser y de lo mucho que había subestimado lo populares que eran los jugadores de futbol americano en realidad.

Por la manera en que había jugado, toda la atención estaba terminantemente puesta en él.

Había tenido una videollamada con su madre para que pudiera ver el juego durante su descanso en el trabajo. Aquello le había hecho el día. Pero cuando intenté llamarlo para vernos después del partido, el entrenador lo llevó a dar entrevistas. Se había vuelto una sensación del futbol americano, y de repente todos querían algo de él.

Había aceptado verlo en la noche durante la fiesta del equipo en una fraternidad, pero ahora que estaba aquí, me cuestionaba mi decisión.

—Vaya —murmuró Sydney, mientras observábamos a un joven alto vomitar en la maceta a un lado de la entrada. Los nervios me nadaban en el estómago. Nunca había ido a fiestas en la preparatoria, y esto parecía una prueba de fuego.

Le envié un mensaje a Jesse, pero aún no me había respondido.

—Deberíamos ir a buscarlo —dije, aferrándome a Sydney como si mi vida dependiera de ello. Cruzamos la puerta y entramos a un caos. La música sonaba tan fuerte que apenas podía escuchar mis pensamientos, el suelo estaba pegajoso gracias a bebidas derramadas y el humo de los cigarros permeaba el aire.

Había faltado a una sesión de escritura creativa por esto. Me había unido a un pequeño club de escritura en una cafetería desde hacía unas semanas y, además de Jesse, era lo mejor que tenía en la vida. Mi historia en línea sobre nosotros era más popular que nunca, y me encantaban la universidad y mis clases. Pero faltaba algo: más tiempo con mi novio. Entre el futbol y las clases, nuestro tiempo juntos era limitado, y eso me rompía el corazón.

Sentía que algo nos estaba jalando en diferentes direcciones. Me aterraba. Al mirar alrededor de esta fiesta, llena de sus amigos y gente que yo no conocía, las diferencias eran terriblemente obvias.

—¡June! —Sheridan, el compañero de equipo y amigo de Jesse, me vio desde las escaleras y me hizo un gesto para que me acercara. Tenía un vaso de plástico rojo en la mano, regando cerveza, o lo que sea que estuviera tomando, en el suelo. Caminamos hacia él y me puso un brazo alrededor de los hombros.

—¿Ya viste a tu chico?

—Lo estoy buscando —grité.

—¿Qué? —exclamó y luego sacudió la cabeza—. No te escucho. —Señaló la cocina—. Está por acá.

Me aferré a la mano de Sydney mientras seguíamos a Sheridan hacia la cocina. La gente chocaba con nosotros por todos lados; contuve el aliento hasta que entramos a la cocina y lo vi.

Jesse estaba con sus compañeros, sosteniendo una cerveza. No solía beber, pero supuse que tenía mucho que celebrar esa noche. En cuanto mis ojos lo encontraron, se me aceleró el corazón. No creí que pudiera llegar un momento en el que viera a Jesse Taylor y no me mareara. Su cabello estaba más largo ahora: se le rizaba alrededor de las orejas y tenía adorables mechones rebeldes sobre la frente. Había aumentado su masa muscular, lo cual era obvio con la camiseta de los Cuernos Largos sin mangas que llevaba puesta, mostrando sus bíceps definidos.

Como si pudiera sentirme observándolo, Jesse alzó la cabeza y una enorme sonrisa apareció en su rostro. A pesar de no vernos tanto como nos hubiera gustado, cuando sí podíamos hacerlo era como si la luna y las estrellas se alinearan y todo estuviera bien en el mundo.

Ni siquiera dejó que su compañero terminara de hablar. En lugar de eso, se apresuró hacia mí, me envolvió en sus brazos y me levantó del suelo. Puse mis brazos alrededor de su cuello y dejé que la fiesta desapareciera hasta que solo quedamos nosotros en nuestro mundo privado.

—Junie —susurró, antes de darme un beso tan profundo que incluso me temblaron los dedos de los pies. Cuando se alejó, presionó su frente contra la mía—. Viniste.

—Estuviste increíble hoy —respondí, pasando los dedos por los rizos de su nuca—. Estoy muy orgullosa de ti.

Su sonrisa iluminó el cuarto. Lo abracé con fuerza y luego me bajó.

Mientras lo hacía, noté que un grupo de chicas nos miraba. Mi estómago dio un vuelco. Esa era otra parte de nuestra vida que no esperaba: la atención que Jesse recibía de las chicas. Confiaba en él por completo y sabía que era ingenuo no habérmelo esperado. Pero la incredulidad en sus caras cuando nos veían juntos me molestaba. Era vergonzoso decirlo, pero era verdad. Sabía que si él seguía jugando como lo había hecho hoy, la situación solo empeoraría.

—Hola, Syd —saludó Jesse y le dio un abrazo rápido—. ¿Quieren algo de tomar?

—Un refresco, por favor —respondió ella.

—¿Y agua para ti, Junie?

Escuché algunos comentarios sarcásticos de las chicas que estaban cerca, pero intenté ignorarlos. No tomaba alcohol. Después de pasar por cáncer terminal, intentaba cuidar mi cuerpo lo mejor posible. Me permitía muchos dulces, claro, pero tanto Jesse como yo conocíamos las probabilidades de una recaída y hacíamos lo posible por evitarla.

—¡Taylor! —alguien gritó detrás de nosotros, justo cuando Jesse nos daba las bebidas. Lockwood, el tacleador defensivo de los Cuernos Largos, estaba haciendo un gesto para que Jesse se acercara, pero él negó con la cabeza.

—Estoy con mi chica. —Me envolvió con un brazo, manteniéndome cerca—. Lamento no haberte visto después del partido. Las cosas se pusieron locas.

Le sonreí. Estaba feliz, se veía eufórico. Sosteniendo sus mejillas.

—Estuviste increíble —murmuré, sosteniendo sus mejillas.

Jesse me besó justo cuando alguien gritaba su nombre. Soltó un quejido y dejó caer su frente contra la mía.

—No debí haber venido.

—Claro que sí —repliqué, genuinamente conmovida por la cantidad de personas que querían celebrar con él. Había luchado por este momento. Su sueño se estaba volviendo realidad—. Ve con ellos. —Señalé a los jugadores que estaban intentando llamar su atención—. Aquí te espero.

—¿Segura? —preguntó dudoso.

—Segura —afirmé, riendo mientras me besaba de nuevo, antes de hacer un corazón con sus manos mientras se alejaba, el movimiento más cursi conocido por el hombre. Volteé a ver a Sydney, que se veía sorprendida. Una vez que él se fue de la cocina, esta se vació con rapidez, dejándonos solas.

—Es como si fuera famoso —comentó mi amiga, viendo cómo todos iban hacia él.

—Siempre ha sido magnético —expliqué, recordando el día que había llegado al rancho Armonía: cómo todos lo rodeaban, incluida yo misma. Las chicas se acercaron a él de nuevo, buscando sus brazos y espalda con las manos, cualquier cosa para estar cerca.

—¿Te molesta? —preguntó Sydney. Claramente estaba viendo lo mismo que yo.

Quise decir que no, pero era mentira.

—Sí —respondí con honestidad. Mi estómago dio un vuelco cuando una chica muy bonita puso su brazo alrededor del cuello de Jesse. Con cortesía, porque así era él, Jesse la hizo a un lado. Luego giró hacia mí y nuestras miradas se cruzaron. No sé qué vio en ellos, pero intentó caminar hacia mí, solo para ser interceptado por otro grupo de chicos.

—Necesito ir al baño —le dije a Sydney—. ¿Quieres venir?

—Claro.

Nos fuimos de la cocina y subimos las escaleras. Solo tuvimos que esperar unos minutos para que se desocupara.

—Tú primero —dijo ella, recargándose contra la pared—. Yo solo necesitaba un descanso de esas personas.

Sabía exactamente cómo se sentía, así que entré al baño, cerré la puerta y respiré. Cerré los ojos, intentando sacarme de la cabeza la imagen de esa chica con el brazo alrededor de Jesse. Odiaba los celos. Era una emoción tóxica, pero era como ver todos mis miedos acerca de nuestras diferencias volverse realidad.

Fui a lavarme las manos. Observé mi cara, decidida a no dejarme llevar por los pensamientos negativos sobre mí misma o mi apariencia. Me di ánimos y me alisté para salir justo cuando escuché:

—No tengo idea de cómo están juntos.

—Sheridan dijo que estuvieron en el mismo hospital o algo, luchando contra el cáncer. Por eso están juntos.

Todos los músculos de mi cuerpo se congelaron.

Se trataba de mí.

Estaban hablando de Jesse y de mí.

—Eso explica la cojera —apuntó una de ellas, riéndose con crueldad y haciendo que se me retorciera el corazón.

—Y esas horribles extensiones —comentó otra y, a pesar de mi esfuerzo, los ojos se me llenaron de lágrimas.

—Seamos honestas —continuó la primera chica—, si no estuvieran unidos por el trauma, él ni siquiera la hubiera volteado a ver. Jesse Taylor es hermoso. Once de diez. Ella apenas es un cinco. Te garantizo que solo está con ella porque se sentiría mal al dejarla después de haber sobrevivido juntos. Es triste, la verdad. Por como jugó hoy, va a llegar lejos. No se va a quedar con ella por mucho tiempo.

Sentí como si me hubieran dado un golpe en el esternón. Mi corazón iba a mil por hora, y sentía cada una de mis inseguridades a flor de piel. Había sobrevivido al cáncer terminal. Habíamos ganado. Pero todavía era susceptible a las palabras crueles. A veces el mundo era un lugar terrible.

Poniendo mi mano temblorosa en la manija de la puerta, la abrí para encontrarme cara a cara con las mismas chicas de la cocina que me habían visto con odio. Se quedaron boquiabiertas cuando salí. Maldije mi cojera cuando pasé a su lado, desesperada por mantener la cabeza en alto.

—Perras —escupió Sydney mientras tomaba mi mano—. Si tuvieran idea de lo que ella ha pasado, estarían rogando su perdón. Y en cuanto a Jesse, solo están celosas de que adore el suelo por el que ella camina y a ustedes no les da ni la hora.

Las lágrimas comenzaron a rodar por mis mejillas. Quería irme. Me limpié la cara, borrando la evidencia de que me había afectado, y una vez que llegamos abajo busqué a Jesse entre la multitud.

—¿Qué quieres hacer? —preguntó Sydney mientras me frotaba la espalda.

—Solo vámonos —respondí, caminando hacia la puerta principal—. Por favor, no le digas lo que pasó.

—¿Por qué no? Va a querer asegurarse de que estés bien y decirle algo a esas chicas.

—No —me apresuré a decir—. Quiero que disfrute su noche. Se lo merece, Syd. No tienes idea cuánto.

Mi mente me recordó los días en los que luchó por recuperar su fuerza. Había trabajado sin descanso para estar en forma para la temporada.

Esta había sido la culminación de todo ese esfuerzo.

—Sabes que nada de lo que dijeron es cierto, ¿verdad? —dijo Sydney, tomándome de las manos—. ¿June? Necesito que me creas. Eres preciosa, y ellas solo están amargadas y celosas porque tú eres mejor, más amable y hermosa de lo que ellas jamás podrían soñar.

—Te adoro, Syd.

La abracé, agradecida por su apoyo. Había hecho pedazos a esas chicas con sus palabras para defenderme. El único problema era que ellas también me habían lastimado con las suyas, de manera muy precisa.

—¿Junie? —la voz de Jesse escapó de la casa mientras él salía por la puerta.

Me alejé de Sydney, asegurándome de verme bien, y le sonreí.

—¿A dónde te fuiste? —preguntó, acercándose a mí. Analizó mi cara y frunció el ceño.

—Solo necesitaba aire fresco. —Apunté sobre mi hombro con el pulgar—. Pero creo que ya me voy. Estoy cansada.

Jesse palideció y tragó saliva.

—¿Es porque esa chica me tocó? Te juro que la hice a un lado, June. —Tomó mi cara en sus manos, y tuve ganas de llorar. Era tan buena persona, pero al estar parada ahí, con una casa llena de jugadores y fanáticos detrás de nosotros, con Sydney y conmigo afuera, no pude evitar notar la obvia división.

—Confío en ti, Jesse. Lo sabes.

Y era verdad. Por supuesto que lo era.

—¿Pasó algo? —Su voz estaba llena de preocupación—. ¿Junie?

—No, de verdad. Es solo que esto. —Señalé la casa y la fiesta—. No es lo mío, amor. Pero tú deberías quedarte. Disfruta tu noche y tu victoria.

—No voy a quedarme sin ti —afirmó con decisión.

—Voy a dormir. Ambas vamos a dormir. —Señalé a Sydney—. Deberías quedarte. Pasa tiempo con tu equipo. Es un gran día para ustedes —añadí. Pude leer el conflicto en su rostro, así que lo besé de nuevo—. Te veo mañana, ¿está bien?

Jesse intentó buscar alguna señal en mi rostro. Sabía que estaba escondiendo algo, pero me negaba a arruinar esto para él.

—¿Segura? —preguntó, justo cuando Sheridan gritaba su nombre desde la puerta.

—Solo no bebas mucho —sugerí, y ese mismo miedo que había intentado mantener escondido salió a la superficie.

—No he tomado una gota —aseguró con una sonrisa suave—. Solo sostengo la cerveza y tomo agua cuando nadie me ve.

—Deberías irte —dije cuando vi que Sheridan seguía esperando.

Jesse dudó por un instante y luego, finalmente, se despidió.

—Buenas noches, Junie.

Luché contra las lágrimas al responder:

—Descansa.

Sydney tomó mi brazo y me llevó de regreso al dormitorio.

Jesse y yo superaríamos esto, lo sabía. Estábamos destinados, éramos almas gemelas. Solo tenía que ignorar esa grieta de duda que había aparecido en mi corazón, y las cicatrices internas que las palabras de esas chicas habían ocasionado.

Capítulo diecinueve

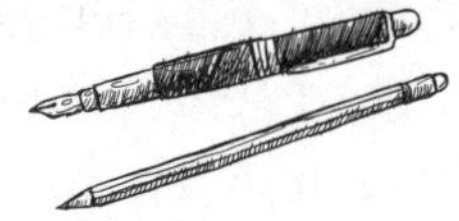

JESSE

El final feliz de Jesse y June

Una cosa era clara: June estaba evitándome.

Una semana. Había pasado una semana desde la fiesta y sabía que algo había pasado esa noche. No pude averiguar qué, pero eso era gracias a que June me estaba evitando. Mi estómago dio un vuelco.

La verdad era que estaba petrificado. Ya no sabía quién era sin ella en mi vida. Era mi todo. Me estaba yendo increíble en el futbol. Henderson, el mariscal de campo de último año, seguía lastimado, junto con la mayoría de los reemplazos, y el entrenador me había dado más y más tiempo para jugar durante las prácticas. Estaba jugando el tipo de futbol con el que siempre había soñado, estaba teniendo un primer año increíble.

Pero eso ya no parecía importar de la misma manera.

June había asistido al último partido, pero puso excusas para no vernos después. Las cosas se sentían distantes, y no tenía idea por qué.

Tenía que irme a un partido fuera de casa a la mañana siguiente, y sabía que June estaba en su club de escritura creativa que tomaba por las noches. Tenía que verla e intentar arreglar el abismo entre nosotros.

La única razón por la que sabía que aún le importaba era gracias al capítulo que había publicado de nosotros, la historia en la que nuestros tratamientos fallaban. Me había destrozado.

Pero, aunque estaba escribiendo sobre nosotros atravesando una situación difícil y el amor que compartíamos… maldita sea, me había dolido. Y ese tipo de emociones solo venían de un lugar: su corazón. Un corazón que, estaba seguro, aún quería esto, nos quería a nosotros.

Y si ella no podía verlo, tenía que convencerla.

Entré a la cafetería, miré alrededor del lugar abarrotado hasta que encontré a un grupo de estudiantes en el fondo. Algunas personas me miraron. Era increíble que desde que empecé a jugar y ayudar a mi equipo a ganar, me había convertido en una celebridad del campus.

Un periodista había escuchado mi historia: cómo sobreviví al cáncer terminal al participar en un ensayo clínico para una nueva modalidad de anticuerpos monoclonales. Esta se había vuelto viral de la noche a la mañana. Las personas parecían verme como un atleta renacido.

No me importaba nada de eso. Solo quería a mi novia de regreso. Una semana era demasiado tiempo sin ella.

Pasé al lado de gente que murmuraba en voz baja sobre mi presencia en la cafetería y me detuve justo en el grupo de mesas donde estaba sentado el club de escritura. Encontré a Junie en segundos. Llevaba puestos unos *jeans* y una camiseta rosada, con el cabello en un desarreglado chongo. Estaba concentrada en lo que alguien decía, con sus ojos cafés brillando al mostrar su interés.

Un chico que no conocía, y que estaba sentado demasiado cerca de mi chica, alzó los ojos y me vio ahí parado. Por sus cejas levantadas, me di cuenta de que sabía quién era yo.

—Eh, hola. ¿Podemos ayudarte?

La persona que estaba leyendo su trabajo hizo una pausa, y June volteó para ver a quién se dirigía el chico. Se movió incómoda en su lugar en cuanto me vio. Sus mejillas palidecieron, y lo único que quise hacer en ese momento era llegar al otro lado de la mesa y besarla, recordarle que era mi chica y yo su chico, que éramos Jesse y June.

—Jesse —murmuró June, mirando nerviosa a su alrededor—. ¿Qué estás haciendo aquí?

—Vine a ver a mi novia antes de irme a Clemson mañana. —Me aseguré de tener toda su atención al decir—: Te extrañaba, Junie.

Escuché la tensión en mi propia voz, la que delataba cuan cierto era lo que estaba diciendo.

El chico a su lado volteó a verla.

—¿Estás saliendo con Jesse Taylor?

La actitud del tipo era terrible, pero lo ignoré; estaba demasiado ocupado conteniendo la respiración mientras esperaba la respuesta de June.

—Sí —respondió y se puso de pie. Juntó sus cosas y se acercó a donde yo estaba—. Vamos afuera.

La seguí. Maldita sea, yo seguiría a esta chica hasta el fin del mundo. En cuanto salimos, se giró hacia mí. Tenía la bolsa cruzada frente a su pecho como un escudo; su postura parecía a la defensiva y apenas podía mirarme.

—¿Junie? —susurré—. ¿Qué está pasando?

Miró a un lado. Cuando sus ojos volvieron a mí, su expresión se veía perdida, y sus grandes ojos cafés se veían tristes.

—Creo... —Sacudió la cabeza—. Siento que estamos yendo en direcciones diferentes, Jesse.

Sentí que el corazón se me rompía en miles de pedazos, lentamente, un doloroso golpe a la vez.

—¿Qué? —pregunté desesperado—. ¿A qué te refieres?

Los ojos se le llenaron de lágrimas.

—Tú tienes el futbol americano. Tienes un sueño, Jesse. Y estoy muy feliz por ti. Pero claramente yo no pertenezco a ese mundo. —Apuntó a la cafetería a sus espaldas—. Yo tengo a mi grupo de escritura y a Sydney y mi historia en línea. Me quedo en casa y leo por diversión. Tú juegas frente a miles de personas en un estadio y hacen fiestas en tu honor.

—¿Y? —pregunté rápidamente—. Todo eso es de fondo. Lo único que me importa somos tú y yo.

—También te importa el futbol, Jesse. Y te debería importar. Es lo que siempre has querido. Lo estás logrando, lo que rezamos por hacer cuando creímos que no tendríamos un futuro.

—¡Tú eres mi futuro, June! —Ansioso, me pasé la mano por el cabello—. ¿Qué es lo que en realidad está pasando? —pregunté—. No tienes que ir a las fiestas. Yo tampoco iré, si eso es lo que quieres.

—No podría hacerte eso, Jesse. ¿No lo ves? —Las lágrimas le rodaban por las mejillas—. Te mereces todo el reconocimiento, toda la atención que te están dando. Pero yo no puedo lidiar con eso... No puedo lidiar con toda la atención.

—¿De qué atención hablas? —pregunté, totalmente confundido. June se quedó en silencio de repente y pareció apagarse; su expresión era insondable—. Junie, por favor... —Me acerqué a ella. Quería envolverla en mis brazos, pero se veía derrotada y frágil—. ¿Pasó algo? La semana pasada, en la fiesta de la fraternidad, pasó algo, ¿verdad? Ahí fue cuando comenzaste a alejarte.

June se quedó en silencio por un largo rato. No creí que fuera a hablar cuando, al fin, admitió en voz baja:

—Se estaban burlando de mí. —Me quedé paralizado y mis manos comenzaron a temblar—. Un grupo de chicas que estaban intentando llamar tu atención.

La sangré se congeló en mis venas y fluyó a paso de caracol. Su mirada atormentada se encontró con la mía.

—Se estaban burlando de mi cojeo, Jesse, de mi cabello... —Sus palabras eran como navajas contra mi corazón—. No podían entender por qué estás conmigo y dijeron que solo era porque luchamos contra el cáncer juntos, que te sentías obligado a estar conmigo ahora.

—Pero no es cierto —respondí. Ya no había frío. Una ira, incandescente y potente, me llenó tanto que sentí que estaba hecho de fuego. Me acerqué a June y puse mis manos en sus brazos con gentileza—. Amor, tú sabes que no es cierto.

Las lágrimas que rodaban por sus mejillas eran ríos gemelos que debía detener.

—Es tonto. No debería preocuparme lo que la gente piense, en especial personas crueles que solo quieren hacer sentir mal a otros. Pero me hizo sentir tan inferior, Jesse.

—No lo eres —le aclaré con los dientes apretados—. Nunca pienses eso, Junie. Eres hermosa, increíble. Por Dios, Junie, eres la razón por la que estoy vivo en este momento, la razón por la que tengo esto. Sin ti a mi lado, no me importa el futbol.

Miró el suelo y mi corazón se le unió. Estaba harta, podía verlo en su postura derrotada.

—No soy tan resistente, Jesse. Y tal vez tengan razón, tal vez no estaríamos aquí si no fuera por el rancho. Tal vez nos aferramos el uno del otro durante el cáncer sin saber cuándo alejarnos.

Podría haberme disparado y eso hubiera dolido menos.

—No lo dices en serio —dije, con la voz temblando de miedo. Me estaba asustando. June no respondió. Di un paso atrás—. ¿Entonces? ¿Vas a darle la espalda a esto, a nosotros? ¿Después de todo lo que hemos pasado?

Dejó caer los hombros.

—Creo que deberíamos pasar tiempo separados. Tomar un descanso, enfocarnos en nosotros mismos por un rato. Solo… respirar.

—¿Estás cortando conmigo?

Sentí que la tierra se desvanecía bajo mis pies. Los ojos de June se dispararon hacia los míos.

—Jamás —afirmó con decisión, y ese fue el único consuelo que había recibido de su parte durante toda esta terrible conversación—. Es solo que... necesito no sentirme tan observada por un rato, necesito aburrimiento en mi vida. —Sacudió la cabeza, pero me sostuvo la mirada—. Los últimos años han sido una montaña rusa de emociones. Lo han sido para ambos. Solo necesito calma por un tiempo, encontrar mi lugar en la universidad sin todas las celebraciones y las críticas.

—¿Y yo no te doy esa calma? —pregunté. Empecé a sentirme entumecido. Roto.

June avanzó un paso y puso su mano en mi mejilla. Me incliné hacia su piel suave y cálida.

—Por favor... solo un poco de tiempo —pidió—. Lo prometo. Yo... —Su respiración se entrecortó—. Me siento abrumada y, para ser honesta, lo que esas chicas dijeron... No creo tener la suficiente fuerza todavía como para lidiar con ese tipo de críticas. Sigo recuperándome emocionalmente, y sé que tú también. Yo solo...

—Entiendo —dije y era verdad. June era más introvertida que extrovertida. Le gustaba la comodidad de su pequeño grupo de amigos, una pasión que fuera la conexión personal entre su alma y las páginas. Yo era ruidoso y me encantaba estar en el centro del estadio. Amaba la emoción del futbol americano, de dejarlo todo en el campo.

Lo que esas chicas habían dicho claramente la hizo pedazos. Sabía que tenía inseguridades sobre su cabello y su cojeo. Le había costado cuando empezamos a salir. Pero yo nunca la había visto como nada menos que perfecta. El hecho de que le hubieran causado tanto dolor me daba ganas de gritar.

—Entiendo —repetí, y le di un beso a la palma de su mano. Después me incliné y la besé en los labios. Eran suaves y todavía tenían el sabor de la canela que le ponía a su café—. Solo no te alejes mucho tiempo, ¿está bien? —rogué con voz áspera y la besé de nuevo—. Sigues siendo mi chica, mi alma gemela... mi Junie.

—Gracias —murmuró, claramente aliviada de que no le diera problemas.

Con lágrimas en los ojos, alcé el puño.

—Viva el grupo dos.

Ella alzó el suyo y lo golpeó contra el mío, con el labio inferior temblando.

—Viva el grupo dos.

Le sonreí con tristeza.

—Buenas noches, Junie —le deseé y caminé en dirección a los dormitorios. Tenía que irme en ese momento o de lo contrario me pondría de rodillas y le rogaría que se quedara conmigo. Pero no podía ser egoísta. Tenía que darle tiempo a solas, incluso si hacerlo me rompía el alma.

—Descansa —susurró, pero no me di la vuelta.

Estaba seguro de que había dejado mi corazón y alma en sus manos. Regresaría conmigo pronto. Y esperaría a que ese día llegara.

Esperaría para siempre si era necesario.

Capítulo veinte

JUNE

Tosí y tosí hasta que ya no salió nada más, y Jesse me frotó la espalda. La segunda fase de la inmunoterapia había comenzado, y esta vez los efectos secundarios eran mucho peores. Eran dosis más altas, y lo sentíamos.

Como si estuviera siguiendo una señal, él comenzó a vomitar en su cubeta.

—Lo están haciendo muy bien, chicos —exclamó Chris desde su sillón, actuando como nuestro animador personal.

Por toda respuesta, Jesse levantó el pulgar para indicar todo estaba bien. El que encontrara tiempo para el humor, incluso sudando e incómodo, me hizo sonreír.

Miré a Emma, que se había quedado callada en la última hora.

—¿Estás bien, Em?

—Solo me duele todo —respondió, pero sus mejillas estaban muy rojas y no se veía bien—. Odio esto. —Soltó un suspiro y todos nos quedamos en silencio hasta que Bailey llegó para recoger nuestras cubetas y asegurarse de que estuviéramos bien.

Sintió la frente de Emma y frunció el ceño.

—Regreso en un minuto —dijo, y Jesse y yo compartimos una mirada de preocupación.

El otro grupo se había quedado en sus respectivos cuartos para esta ronda, pero el club de la quimio estaba decidido a mantenerse fuerte en el cuarto de cine. *El señor de los anillos* sonaba en el fondo, y yo hacía lo posible por ponerle atención a una de mis franquicias de películas favoritas.

Bailey regresó con un termómetro. Cuando este emitió un pitido, se puso en cuclillas junto a Emma.

—Es hora de regresar a tu cuarto para que te pueda revisar el doctor Duncan —indicó—. Tienes fiebre y debemos monitorearte de cerca.

—Genial —respondió, y tomé su mano: estaba hirviendo.

—¿Estás bien?

—Ya sabes cómo es esto, June. Unas cuántas medicinas y horas de sueño y mañana estaré aquí para ver *El retorno del rey.* Lamento perderme nuestro tiempo de mejores amigas.

Le hice un gesto con la mano, indicándole que no se preocupara, y sonreí para animarla mientras Bailey la ayudaba a ponerse de pie. La observamos caminar de regreso a su cuarto. La fiebre era solo otro efecto secundario del tratamiento.

—Podemos ver cómo está después, cuando esté más cómoda —propuso Chris, rascándose la cabeza.

Nadie se sentía bien el día de hoy, así que tomé una decisión por todos.

—Deberíamos suspender el club de la quimio por hoy —sugerí, justo cuando Jesse empezaba a vomitar de nuevo.

Chris lo miró con preocupación, pero luego asintió.

—Los veo después. Podemos reunirnos para visitar a Emma en unas horas, ¿no?

—Es un buen plan —dije, y Jesse hizo el mismo gesto con el pulgar. Bajando la cubeta, se levantó del sillón. Lo imité y, lenta y dolorosamente, caminamos por el pasillo, tomados de nuestras sudorosas manos. Pero Jesse no se detuvo en su cuarto. En lugar de eso, me siguió al mío. Alcé una ceja juguetona.

—Tus padres no están hoy… —Dejó la oración sin terminar.

Apreté su mano mientras entrabamos a mi habitación. Después, nos acostamos en la cama.

—Junie, creo que esto es lo más intrépido que hemos hecho —bromeó, señalando las cubetas que teníamos a nuestro lado. Quería reírme, pero en cuanto mi cabeza tocó la almohada, los párpados se me cerraron y me quedé dormida.

Me desperté de repente. El cuarto estaba completamente oscuro. Mi corazón latía con fuerza y me apresuré a prender la lámpara. Jesse estaba a mi lado y se despertó con el brillo de la luz.

Cuando oí a alguien correr por el pasillo, supe que eso fue lo que me había despertado. Jesse se sentó en la cama, alarmado. Podíamos escuchar los sonidos amortiguados de gente gritando órdenes. Me quité el cobertor de encima lo más rápido que pude y me puse de pie. Jesse hizo lo mismo y corrió hacia la puerta.

Cuando asomamos la cabeza al pasillo para ver qué estaba pasando, vimos a Chris corriendo hacia nosotros. Solo ver su cara hizo que mi corazón se detuviera.

—Es Emma —musitó, y sentí que el mundo se detuvo. Esas dos palabras fueron suficientes para llenarme de terror y miedo y preocupación, todo al mismo tiempo.

No podía hablar, me envolvía el pánico. Caminamos por el pasillo hacia su cuarto lo más rápido que pudimos.

—Me desperté y no pude volver a dormir, así que fui a ver si estaba bien —explicó Chris—. Pero cuando llegué ahí, era un caos. —Tragó saliva, jadeando para recuperar el aliento, y sentí que algo me estrujaba el corazón—. Había doctores y enfermeros, y luego... —Se ahogó con sus palabras. Puse mi mano sobre su brazo, intentando evitar que entrara en una espiral de terror—. Llamaron a sus padres, June. Los doctores. Y estaban... devastados.

Rodeé a Chris con ambos brazos y colapsó contra mí.

Un grito desgarrador resonó en el pasillo... y venía del cuarto de Emma. Sentí que mi corazón dejó de latir cuando otro le siguió y caminé, con un nudo en la garganta, hacia su habitación. El grito sonó de nuevo y, cuando me asomé, vi a los padres de Emma inclinados sobre ella en la cama. Su madre gritaba, y su padre presionaba la frente contra su mano... una mano sin vida.

Se me nubló la vista. Emma tenía un tubo en la garganta y había cables intravenosos saliendo de sus brazos, mismos que debieron haber estado llenos de fluidos para ayudarla. El doctor Duncan estaba en la esquina del cuarto, una mano en la frente mientras leía su expediente. Susan y Bailey nos vieron en la puerta y un vistazo a sus caras me dijo todo lo que necesitaba saber.

Había muerto. Emma, mi mejor amiga... estaba muerta.

—No —susurré, sacudiendo la cabeza, negándome a creer la realidad frente a mí.

La madre de Emma alzó la cabeza y su expresión devastadora viviría en mi mente por toda la eternidad.

—Se fue, June. Mi bebé se fue.

Negué con la cabeza una y otra vez. Horas antes estábamos viendo películas y bromeando. Le había dicho que nos veríamos dentro de un rato. Nos habíamos perdido nuestro tiempo de mejores amigas.

—No —repetí, dejándome caer hacia atrás justo a tiempo para que alguien me atrapara. Sabía que era Jesse. Reconocería la comodidad de sus brazos en cualquier lugar.

—Junie —susurró, su voz sonaba conmocionada. Volteé a verlo y me di cuenta de que también estaba llorando. Luego miré a Chris. Estaba paralizado, enfocado en la pesadilla frente a nosotros.

—Chris —lo llamé, pero no me escuchó. Solo estaba mirando a nuestra amiga, inmóvil en su cama.

—Vine a asegurarme de que estuviera bien —dijo aturdido—. Para acompañarla mientras pasaba la fiebre—. Chris se giró hacia mí con una expresión desolada—. Quería regresar a ver *El retorno del rey*. Estaba emocionada por eso. Nunca la había visto.

Un grito lleno de dolor salió de mi garganta, y sentí que las rodillas cedían ante mi peso. Bailey y Susan corrieron hacia nosotros y ayudaron a Jesse a llevarme a la sala más cercana. Bailey me puso en una silla y Jesse se sentó a mi lado.

Chris seguía en la puerta, mirando a Emma en la cama.

—No se fue —susurré. La negación llegaba fuerte y pesada—. Es un error. No puede estar muerta. Se estaba mejorando. Su tratamiento estaba funcionando. Es mi mejor amiga.

Volteé para mirar a Jesse. Su cara estaba pálida, sus ojos verdes brillaban debido a las lágrimas. No dijo nada.

Tomé su mano.

—Estaba mejorando. Emma estaba respondiendo al tratamiento. Iba a vivir. —La voz se me quebró en esa palabra—. Iba a vivir —repetí, con las manos temblorosas. Me aferré a Jesse como si nunca lo fuera a soltar. Su mano me apretaba con la misma fuerza—. Íbamos a visitarnos en la universidad.

—Amor —susurró y me apretó contra su pecho.

Me rompí en ese momento. Me hice pedazos en la seguridad de su abrazo, con el pecho en carne viva debido al llanto. La silla se hundió a mi lado y, cuando alcé la vista, Chris estaba ahí, mirando la pared. Puse mis brazos a su alrededor y él también se quebró.

Con el sonido de los padres de Emma llorando sobre su cuerpo inmóvil, los tres nos desmoronamos ante la pérdida de nuestra amiga. Susan y Bailey se quedaron a nuestro lado, apoyándonos en silencio.

Poco después, los padres de Chris aparecieron y todos terminaron en el suelo, con Chris en sus brazos. El tiempo se detuvo en nuestra burbuja de shock y dolor. No supe cuántas horas pasaron, pero Jesse me sostuvo durante todo ese tiempo. Fuerte y sólido, dejó que me rompiera en pedazos.

—¿June, Jesse, Chris? —Susan estaba frente a nosotros. Parpadeé mientras la miraba. Tenía los ojos hinchados, la garganta irritada y el cuerpo exhausto—. Los padres de Emma se fueron hace un rato, para hablar con el padre Noel.

La puerta de Emma estaba cerrada, y había una vela prendida afuera para señalar que adentro hubo una perdida. Ni siquiera vi a sus padres irse.

—Me pidieron que les dijera que, si quieren, pueden entrar a despedirse.

Neenee apareció a nuestro lado.

—Lo siento mucho —murmuró, y pude ver que ella también había llorado. Emma había sido muy amada.

—¿Qué pasó? —preguntó Jesse.

—Tuvo sepsis —respondió Neenee—. Con su inmunidad comprometida debido al tratamiento, no pudo luchar contra esta infección. Su muerte fue rápida.

No podía creerlo.

—Deberían entrar a despedirse —sugirió la madre de Chris—. Agradecerán haberlo hecho.

Neenee me ofreció su mano para ayudarme a ponerme de pie. Cuando lo hice, me apretó contra su pecho. Ni siquiera había notado que me sentía mal o cansada, ya que el shock, la adrenalina y el dolor habían mantenido los efectos de nuestro tratamiento bajo control. Nuevas lágrimas rodaron por mis mejillas mientras Neenee me abrazaba. Cuando me alejé, Jesse tomó mi mano. Estaba temblando. Le lancé una sonrisa llena de lágrimas. Chris caminó a nuestro lado mientras nos acercábamos a la puerta de Emma.

Jesse la abrió y entramos. El cuarto estaba quieto y en silencio. No sabía cómo explicarlo, pero se sentía como si su alma ya no estuviera ahí. Nada brillaba, no había vida en el aire, ni siquiera el eco de su dulce risa.

Chris cerró la puerta detrás de nosotros y por fin me permití mirar la cama. Emma se veía hermosa, como si solo estuviera durmiendo. No llevaba ningún pañuelo en la cabeza y su rostro estaba limpio. El tubo de su garganta y los cables de sus brazos ya no estaban. Llevaba puesta una pijama color crema.

Se veía en paz.

Mis sollozos eran pesados y rápidos mientras me sentaba en la orilla de su cama y tomaba su mano. Todavía se sentía cálida, pero no iba a sostener la mía, no iba a apretarla, no iba a sonreír. Incliné la cabeza y le di un beso en el dorso de la mano.

—Se supone que vivieras —musité—. Estabas ganando, Em. Estabas corriendo hacia la remisión. —Chris se sentó al otro lado, tomando su otra mano, y Jesse se sentó detrás de mí. Puso la mano en su pierna, y así todos estábamos sosteniéndola, como habíamos hecho entre nosotros desde que llegamos.

Nos quedamos en silencio un rato, hasta que Chris habló.

—Eres mi mejor amiga, Em. —Su voz se quebró—. ¿Quién me va a molestar ahora? ¿Quién va a responder a mi sarcasmo como tú? —Se ahogó con las palabras y le dio un beso en la mano—. Íbamos a ir a la misma universidad. —Hizo un gesto hacia nosotros con la cabeza—. Rivales de estos dos en la UT. —Solté una risita que se convirtió en sollozos—. No estoy seguro de poder superar esto sin ti.

Bajó la cabeza y sus hombros comenzaron a temblar.

—Te voy a extrañar, Em —susurró Jesse—. Esto no debió haber pasado. No se supone que esto pasara.

Volteé a verlo y me topé con las lágrimas que le caían por las mejillas. Me recargué contra él para derretirme en su pecho.

Sostuve la mano de mi amiga con fuerza cuando volví a hablarle.

—Voy a extrañarte, Emma. Tanto que no puedo soportarlo. —Respiré hondo, y luego simplemente susurré—: Debías vivir.

Nos sentamos con ella por dos horas, hasta que Neenee abrió la puerta y nos dijo que era hora de irnos. Me aferré a ella hasta el último momento. No quería soltarla porque entonces todo sería real. Quería que fuera una pesadilla.

Cuando Neenee entró, me puse de pie para darle un beso en la frente.

—Gracias por mostrarme lo que es una mejor amiga, Emma —le susurré al oído—. Fuiste una bendición para mí.

Los padres de Emma regresaron y nos dieron un abrazo a todos. Era real. Esto era real.

Estaba muerta.

Mi mejor amiga estaba muerta.

Y no estaba segura de cómo iba a superarlo.

Capítulo veintiuno

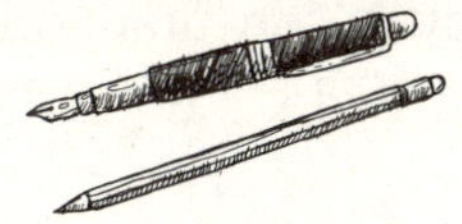

JESSE

Neenee no dijo nada cuando me metí a la cama con June. Estaba seguro de que había llamado a sus padres para preguntarles si estaba bien, pero no me importó. Chris estaba con sus padres en su habitación. Habían movido el cuerpo de Emma al cuarto de descanso de la capilla.

Parpadeé en la oscuridad de la noche, consciente de que el amanecer no estaba muy lejos. No podía entender lo que había pasado. Mis brazos estaban alrededor de June, tenía el pecho empapado de sus lágrimas. Me sentía entumecido. No tenía palabras. Todo parecía tan injusto.

June se hizo hacia atrás lentamente y observé su rostro lleno de lágrimas. Había manchas rojas en su piel y tenía los ojos enrojecidos e hinchados. Me miró por un largo rato, como si estuviera intentando memorizarme.

—Te amo —susurró—. Te amo tanto que no sé cómo existiría sin ti.

Cada palabra se hundió en mi corazón, y todos los dolores que sentía en mi cuerpo se desvanecieron como si me estuvieran bañando en luz dorada.

—Junie —murmuré y sostuve su mejilla. Me lo estaba diciendo en caso de que pasara algo—. Te amo tanto que apenas puedo contenerlo.

Sus ojos brillaron y, aunque estaba destrozada, me mostró una sonrisa. Me acerqué lentamente y besé a mi chica. La besé y la besé, intentando borrar la tristeza de su alma.

—Tienes mi corazón entero en tus manos —dijo en cuanto me alejé.

—Y tú el mío —repuse con una sonrisa. Levanté su mano y recorrí palma con un dedo. Luego, la miré a los ojos—. Si algo me pasa...

—Por favor, no —me interrumpió—. No puedo escucharlo en este momento.

Pero necesitaba decirlo. Haber visto a Emma era una prueba de que cualquier cosa podía pasar en cualquier momento. No quería que quedara nada por decir.

—Junie, si algo me pasa, quiero que veas la palma de tu mano, en la que sostienes mi corazón, y sepas que te amé más de lo que he amado a nadie jamás.

—Jesse...

—Has sido la mayor bendición de toda mi vida, Junie. Ni el futbol, ni cualquier otra cosa... solo tú. Quiero que sepas eso. Si lo único que tenemos son unos meses en este rancho, habrá sido una vida bien vivida.

June comenzó a llorar de nuevo y, aunque el momento se sentía pesado, noté cierta ligereza después de haberle dicho aquello.

—Te has convertido en mi vida —agregó—. Y, sin importar cuánto tiempo nos quede, eso no va a cambiar. —Volteó su mano y trazó un corazón en la palma de la mía. Le sonreí—. Mi corazón también está en tu mano.

Estirándome hacia su mesa de noche, encontré la lapicera de June y saqué un marcador permanente. Le quité la tapa con la boca, me volví a recostar a su lado y abrí su mano, con la palma hacia mí. Comencé a dibujar. June no estaba mirando el marcador, sino mi cara, como si buscara memorizar cada parte de mí.

—Listo —dije cuando terminé.

June desvió su intensa concentración de mi rostro a su mano. La risa que escapó de sus labios hizo que mi corazón se tambaleara. Luego, me miró de nuevo.

—No pudiste hacerlo un corazón romántico, ¿verdad?

Puse la mano sobre mi corazón.

—June, los atletas también sabemos de biología.

Se rio de nuevo y luego recorrió con el dedo el corazón que dibujé en tinta permanente: un boceto de un corazón anatómicamente correcto que ahora estaba en la palma de su mano.

Mi corazón.

June abrió mi mano derecha.

—Necesitas uno igual.

Levanté la mano y dibujé otro corazón anatómico en el centro de mi mano, igual al de ella.

—Listo. —Presionó su palma contra la mía—. Ahora siempre podremos cuidar el corazón del otro.

Besé el corazón en la palma de June y ella besó el mío.

El cuarto quedó en silencio. Pasé mi mano sobre la piel suave de su cabeza.

—¿Estás bien?

Era una pregunta ridícula, pero no supe qué más decir.

—No —respondió—. ¿Tú?

Pensé en Emma recostada en su cama y sentí que el pecho se me hundía.

—No.

—Odio el cáncer.

Estaba de acuerdo, el cáncer apestaba.

—Yo también.

Se dedicó a jugar con mis dedos y le di un beso en la cabeza. Había apretado la mano de Emma antes de salir del cuarto y me sorprendió lo fría que se había puesto tan rápido. Mientras el cuerpo de June se sentía cada vez más cálido a mi lado, me aseguré de atesorarlo, porque significaba que estábamos vivos.

—Lo único que sigo pensando es: ¿y si sobrevivimos? ¿Qué tal si los anticuerpos funcionan esta vez... y uno de nosotros recae? —Su respiración era entrecortada, llena de miedo—. Toda esta lucha para que pase de nuevo.

La idea me dio escalofríos.

—Si eso pasa, quiero que me pase a mí.

—No, Jesse. —June sacudió la cabeza.

—Sí. Por Dios, Junie. No soportaría que te pasara a ti. No lo soportaría.

—Me siento igual.

Lo sabía. Pero había tomado mi decisión. Si Dios quería que alguno de los dos pasara por esto de nuevo, tenía que ser yo.

—Ya la extraño —admitió. El dolor tan profundo de su voz me destrozó.

Vi la libreta en su armario.

—En nuestra otra vida, la que estás haciendo realidad —hice un gesto hacia la libreta con mi barbilla—, mantén a Emma con vida. —June se quedó muy quieta—. Puede que la hayamos perdido en esta, pero también estamos viviendo en la otra. —Sonreí con tristeza—. En nuestro universo paralelo.

June también intentó sonreír y asintió.

—Está viva en nuestro final feliz. Prosperando.

—Prosperando —repetí y sostuve a June mientras lloraba hasta que su respiración al fin se tranquilizó. Después escuché sus inhalaciones y exhalaciones mientras dormía.

Me amaba y yo la amaba a ella. Alcé su mano y besé el corazón que ahora estaba en ella. Esta chica de verdad tenía mi corazón en sus manos.

Y estaba bien si nunca me lo regresaba.

Capítulo veintidós

JUNE

El final feliz de Jesse y June

Solté un gritito cuando vi que Emma bajó del coche. Después de meses separadas, por fin tenía a mi mejor amiga en la universidad. Sacó su maleta de la cajuela y corrió hacia mí. Lanzando su equipaje al suelo, me abrazó y me apretó con fuerza.

—¡June! —exclamó—. ¡Estoy tan feliz de verte!

—¡Yo a ti! —respondí, dando un paso atrás para verla.

El cabello de Emma había crecido hasta sus orejas, lacio y dorado. Claramente pensando lo mismo que yo, Emma tocó las puntas de mi cabello, que ahora estaba libre de extensiones. Me las había quitado en un intento de trabajar en mí misma. No podía cambiar lo que me había pasado, así que lo estaba aceptando. Había sobrevivido al cáncer y debía estar orgullosa de eso. No me definía, pero era una parte mía de la que no debía huir.

Tenía el cabello de un largo parecido al de Emma, aunque peinado diferente. Ahora estaba corto, muy chic y afrancesado, con fleco.

—Estoy obsesionada con este corte. Me encantaban las extensiones, ¡pero esto es hermoso! —comentó.

—Tú también te ves increíble —afirmé y la abracé de nuevo. Cada vez que veía a alguno de mis amigos de Armonía, los veía como el milagro viviente que eran, y no creía que eso fuera a cambiar nunca—. ¿Viniste con Chris?

Emma asintió.

—Está con Jesse, en su dormitorio. —Ladeó la cabeza—. Jesse parecía un poco callado y triste cuando lo vi.

Se me rompió el corazón. No quería que estuviera callado ni triste. Lo extrañaba tanto, lo amaba tanto, que solo quería correr hacia su cuarto y besarlo hasta que no pudiera sentir nada más que sus labios. Pero me estaba yendo mejor desde nuestro descanso. En el tiempo que llevábamos separados, había estado hablando con Michelle, la psicóloga del rancho, para trabajar en mis inseguridades. Era de gran ayuda. Cuando Jesse y yo habláramos de nuevo, quería ser más fuerte para él, para ambos.

Pero me había mantenido al tanto de lo que hacían los Cuernos Largos y me sentía increíblemente orgullosa de él. Estaba rompiendo todos los récords de estudiantes de primer año, y los comentaristas decían que podría convertirse en el mariscal de campo principal incluso cuando regresara el jugador de último año.

Enganché mi brazo con el suyo y ella recogió su maleta. Sydney estaba visitando a sus padres, así que Emma podía usar su cama, y yo estaba lista para un fin de semana entero con mi mejor amiga. Había pasado demasiado tiempo.

Cuando entramos a mi dormitorio, Emma dejó sus cosas en el piso y se sentó en mi cama. Cuando me senté a su lado, se mordió el labio.

—No terminaste con Jesse, ¿o sí? —preguntó—. Él no nos dijo qué estaba pasando, pero Chris y yo sentimos una cierta distancia entre ustedes. —Emma tomó mi mano—. Por favor, dime que no lo hiciste. No volveré a creer en el amor si tú y Jesse no lo logran después de todo lo que han pasado juntos. —Su voz se apagó—. Son almas gemelas, June. Cualquiera puede verlo.

—Yo también lo creo —dije, jugando con un hilo suelto de mi cobertor—. Bueno, no lo creo: lo sé. —Respiré hondo—. Solo me ha costado adaptarme. Michelle dice que es muy común. Pasamos de que nos dijeran que íbamos a morir a estar milagrosamente curados, después llegamos a la universidad y mi novio se convirtió en una celebridad de la noche a la mañana. Ella asegura que tan solo una de esas cosas por sí sola puede tener un efecto muy fuerte en la salud mental de una persona. Ahora, ¿todas juntas? Sí, no lo manejé bien.

Emma sostuvo mi mano.

—¿Y cómo estás ahora?

Lo pensé bien antes de responder.

—Mejor. Me siento mucho mejor.

Emma hizo una pausa, y me di cuenta de que quería decir algo. Esperé hasta que lo hiciera.

—¿Qué te parece cenar hoy con Chris? —Se me iluminó la cara con una sonrisa. Me estaba preguntando cuándo lo vería—. ¿Y con Jesse? —añadió. Observé a mi amiga con cierta sorpresa. Su expresión estaba llena de esperanza, pero no tardó en transformarse en culpa—. Ignórame, June. No debería presionarte.

—No te preocupes —murmuré, pues era claro que iba a seguir disculpándose. Emma se detuvo y, tomando aire, respondí—: Eso… eso me gustaría.

Era la verdad. Dios, extrañaba a Jesse cada minuto de cada día. De cierta manera, se sentía como si no pudiera respirar sin él, pero estaba agradecida de haber tenido el tiempo de fortalecerme.

—¿En serio?

—En serio.

Tomó su teléfono para enviar un mensaje; asumí que sería a Chris o Jesse.

—¿Irás al partido mañana? —preguntó.

Jesse había conseguido boletos para Emma y Chris. Siempre conseguía uno para mí, aunque no había asistido a los últimos.

—Eh... sí —respondí, y una parte dentro de mí, que hasta entonces se había sentido fuera de su lugar, pareció encajar en mi pecho de nuevo.

Emma dejó el teléfono y rápidamente cambié de tema. La sola idea de ver a Jesse hizo que las mariposas revolotearan en mi estómago.

—Entooonces, ¿has conocido a alguien? —pregunté. Emma hizo una mueca juguetona—. ¡Sí conociste a alguien! —exclamé, llena de emoción. Había omitido esa información en nuestros mensajes y llamadas.

—Está en mi clase de matemáticas. —Se encogió de hombros—. Es muy pronto todavía, entonces vamos a ver qué pasa. Se llama Damon. ¡Y es muy guapo!

—Estoy muy feliz por ti —dije, abrazándola. Al soltarla, inquirí— ¿Chris ya lo conoció?

—Sip. —Soltó una carcajada—. Y claro que me ha estado molestando porque él también es un nerd de las matemáticas.

Me reí, imaginando lo mucho que Chris los molestaba.

—¿Y Chris? ¿Ya conoció a alguien?

Emma asintió.

—Mi compañera de cuarto, Nikki. —Me reí, y Emma se dio una palmada en la frente—. Siempre me visita. Parece que estoy de vuelta en Armonía. Chris es como una molesta comezón que no me deja en paz.

Me guiñó el ojo y supe que estaba bromeando. Después de todo, así era su relación.

Mientras mi risa se apagaba, una bomba de calidez explotó en mi pecho. Lo estábamos logrando. Emma debió haber pensado lo mismo, porque comentó:

—El club de la quimio para siempre, ¿recuerdas?

—El club de la quimio para siempre —repetí y me puse de pie—. ¿Cuánto falta para ir a cenar?

—Una hora, ¿está bien? —preguntó Emma y comenzó a hacer planes en su teléfono.

Vería a Jesse por primera vez después de cuatro semanas. Los nervios se habían multiplicado, pero cuando me senté frente al espejo para maquillarme, solo la felicidad brillaba en mi cara.

Estaba más que lista para verlo de nuevo.

Me puse unos *jeans* de corte alto y un suéter corto de color crema para ir al restaurante. Me había peinado justo como la estilista me había enseñado, con una ligera capa de maquillaje y un tinte de labios rojo. Emma tomó mi brazo, hablándome sobre una fiesta a la que había ido en A&M, pero lo único en lo que podía pensar era en volver a ver a Jesse.

Minutos. Solo faltaban minutos para reunirnos.

Cuando dimos vuelta en una esquina, la conocida imagen de Chris y Jesse esperando fuera del restaurante hizo que mi corazón diera un vuelco.

Chris se dio la vuelta primero y, al ver que nos acercábamos, se separó de Jesse y corrió hacia mí.

—¡June! —me saludó, levantándome del suelo y dándome vueltas en el aire.

Me reí, aferrándome a él. Al igual que Jesse, Chris tenía más músculo y se veía muy bien.

Cuando me bajó, alcé la mirada y me mareé al ver a Jesse parado frente a mí. Llevaba puesta una camiseta blanca de manga larga, sus *jeans* desgastados y, por supuesto, su vieja gorra de los Cuernos Largos al revés. El cabello le había crecido un poco y sus rizos escapaban de la gorra.

El corazón comenzó a latirme con fuerza cuando sus ojos verdes se encontraron con los míos. Vi su mirada recorrer mi cuerpo, concentrando su atención sobre todo en mi cabello.

Separó los labios y sus mejillas se sonrojaron. Yo también me sonrojé gracias a su atención.

Dio un cuidadoso paso hacia delante y sonreí. Ese gesto pareció ser la única confirmación que necesitaba para acercarse a mí.

—Junie —dijo con voz áspera; esa palabra por si sola me llenó de emoción.

—Hola, Jesse —lo saludé, estirando la mano y tomando la suya. En cuanto nuestros dedos se tocaron, sentí que renacía, como si hubieran reiniciado mi cuerpo con un choque de electricidad.

—Tu cabello —comentó, exhalando profundamente—. Es tan hermoso. —Sabía que lo decía en serio. Siempre era honesto conmigo—. Eres tan hermosa. —Alzó la mano libre y acarició mi mejilla—. Te he extrañado tanto, Junie. —La voz le tembló con su confesión.

Me incliné hacia su mano.

—Yo a ti.

Jesse sonrió y mi corazón voló.

—Me da gusto que hayas venido hoy. —Se veía nervioso—. No sabía si lo harías.

—Quería venir —respondí con rapidez, e intenté decirle con la mirada lo mucho que lo había extrañado y lo bien que se sentía haberme rencontrado a mí misma y sentirme más fuerte. Me acerqué aún más, a unos centímetros de su pecho. —De verdad quería volver a verte.

—¿Sí? —Tragó saliva.

—Siempre —aseguré y su sonrisa se agrandó.

—Eh, ¿chicos? —interrumpió Chris—. Solo voy a decir que… esto es un poco raro para Ems y para mí.

Era tan parecido a algo que Chris hubiera dicho en el rancho, que me hizo soltar una carcajada.

Jesse también se rio. Chris y Emma nos miraron entretenidos.

—Está bien —dije—. Entremos.

Chris y Emma caminaron enfrente.

Intenté seguirlos y me di cuenta de que Jesse no había soltado mi mano.

—¿Esto está bien? —preguntó.

—Más que bien —respondí.

Capítulo veintitrés

JUNE

El final feliz de Jesse y June

—¡Mierda! —exclamó Chris cuando llamaron al equipo y entraron corriendo al estadio. Era impresionante verlo: cien mil personas vestidas de naranja gritando.

—Ahora entiendo —dijo Emma y volteó a verme—. Por qué era abrumador.

Cuando regresamos al dormitorio después de cenar, le conté todo. Necesité todas mis fuerzas para no dejarla ir a buscar a las chicas que habían hablado de mí y darles una lección. Pero, como la mejor amiga que era, entendió por qué había necesitado un descanso de todo.

Era demasiado.

—¡Ahí está mi chico! —gritó Chris cuando Jesse salió al campo.

Para la segunda mitad del juego, Chris estaba afónico de tanto gritar y a mí me dolían las mejillas de tanto sonreír. Jesse lo estaba haciendo increíble una vez más. Era como si no pudiera hacer un mal pase, cada movimiento era perfecto.

Cuando sonó un silbato, Emma me tomó del brazo.

—June. —De pronto fue como si se hubiera acordado de algo—. Tu historia —aclaró y se le llenaron los ojos de lágrimas—. Es hermosa. Brutal —soltó una risa—, pero hermosa.

—Ay, gracias —respondí, avergonzada.

—Sabes que eres viral, ¿verdad?

Lo sabía, pero nunca había hablado de eso con nadie. Además de mi familia, Jesse, Chris y Emma, nadie sabía que estaba escribiendo la historia que se había vuelto una de las publicaciones más leídas de la plataforma.

Mi cara se puso roja cuando Emma la mencionó. Era lo que amaba de escribir. Lo que hacía, los mundos que creaba, los personajes a los que les daba vida y que se sentían tan grandes y arrolladores; no obstante, detrás de escenas podía vivir una vida normal: una vida privada, bella y pacífica.

—Más o menos —respondí al fin.

Emma bromeó poniendo los ojos en blanco.

—¿Más o menos? June, esto podría ser enorme para ti. Podría cambiarte la vida.

Esa era otra cosa que había pasado en el último mes: mi historia con Jesse en el rancho, en la que no funcionaban nuestros tratamientos, había explotado. Para ser honesta, estaba intentando no pensar mucho en eso. Todo se volvía muy abrumador si lo hacía, y no quería quitarle la felicidad a la escritura. Escribía porque quería. No creía poder soportar la presión de tener que hacerlo.

Los gritos de la multitud desviaron nuestra atención y vi un lanzamiento de Jesse volar por el aire. Había lanzado el balón tan lejos que me quedé boquiabierta ante su habilidad... y luego cayó en la zona de anotación, en manos de Sheridan.

Las personas a nuestro alrededor se volvieron locas y nos pusimos de pie de un salto. La cara de Jesse apareció en la pantalla. Estaba cubriéndome la boca con las manos, pero, de pronto, entrecerré los ojos. El equipo brincaba y celebraba a su alrededor, pero mis ojos estaban fijos en Jesse.

Se me congeló cada parte del cuerpo. Algo andaba mal. Mi corazón se desplomó cuando, a través del espacio en su casco, vi que sus ojos se desenfocaban. Sabía que mis amigos también habían notado algo, porque Chris dejó de brincar y Emma me apretó el brazo.

—Jesse —susurré para mí misma, justo cuando ponía los ojos en blanco y se desplomaba en el campo. Un gritó escapó de mi boca y volteé a ver a Emma y Chris.

¿Cuál era el problema? ¿Qué estaba pasando?

Me consumió un terror puro e intenso, y vi en la gran pantalla cómo los médicos salían corriendo al campo y le quitaban el casco. Estaba inconsciente, eso era evidente. La multitud comenzó a silenciarse, dándose cuenta de que Jesse estaba en el suelo y no podía pararse.

—Levántate —le dije—. ¡Levántate! ¡Jesse, Levántate!

Mi voz era estridente y, en el silencio de las gradas, las personas voltearon a verme.

Escuché el timbre de mi celular y vi que era la madre de Jesse.

—Cynthia. —Fue mi forma de saludar.

—¿Qué está pasando, June? ¿Está bien?

El juego estaba en televisión, lo que significaba que cualquiera que lo estuviera viendo también estaba viendo a Jesse en sus pantallas, sin poder levantarse.

—No sé... No sé. —Me tembló el labio inferior—. Estoy asustada.

—Lo sé, corazón. Yo también. Pero... —Se quedó callada, y luego continuó—: June, me están llamando. Te llamo después.

Asentí como si pudiera verme.

Sacaron una camilla al campo y, sin poder hacer nada, vi cómo lo recostaban en ella y los médicos se iban corriendo con el amor de mi vida.

Alguien cerca tenía una transmisión a un volumen muy alto en su celular.

—No estamos seguros de qué está pasando, pero sabemos que Jesse Taylor es un sobreviviente de leucemia mieloide aguda. De hecho, el año pasado fue diagnosticado en fase cuatro, pero lo seleccionaron para un ensayo clínico que le salvó la vida. Luchó para mantener su beca y su lugar en los Cuernos Largos. De verdad espero que esté bien y no tenga nada que ver con sus problemas de salud pasados.

Palidecí. ¿Jesse estaba recayendo? ¿Era eso lo que estaba pasando? Mis amigos también debieron haber escuchado la transmisión, porque cuando voltearon a verme, estaban igual de pálidos.

Chris tomó la mano de Emma y ella la mía.

—Vámonos. Averigüemos dónde está. Nos necesita.

Nos fuimos corriendo de las gradas, recibiendo algunas miradas curiosas. Sonó un silbato y el partido siguió. Quería correr al campo y gritarles a todos por seguir cuando Jesse, mi Jesse, había colapsado. Pero Chris nos estaba jalando por las escaleras, intentando encontrar el camino a los vestidores.

El estadio era enorme y estaba lleno de seguridad, pero justo antes de llegar adonde estaban, sonó mi celular.

—Cynthia —murmuré.

—Lo llevan al hospital —me informó, indicándome a cuál—. Voy a intentar que me cubran en el trabajo para ir.

—Nosotros vamos para allá —respondí, corriendo hacia la salida más cercana.

Chris y Emma me siguieron. Me sentía abrumada y completamente nerviosa.

—Ya viene un Uber. Llegará en dos minutos —avisó Chris, guiándome hacia donde nos recogería. Escuché la ambulancia a la distancia y me pregunté si Jesse iba en ella.

—June, escúchame —dijo Cynthia—. Voy a llamar al hospital para decirles que vas en camino. No podré llegar hasta mañana y necesita que alguien esté con él. Te voy a conseguir un permiso para que te quedes. —Su voz se quebró y eso hizo que mi aturdimiento se rompiera y el miedo se apoderara de mí—. ¿Estás bien, corazón?

—Sí —respondí, justo cuando una camioneta blanca se detenía frente a nosotros—. Ya vamos en camino.

—Llámame en cuanto sepas algo —me pidió.

—Lo haré —susurré, colgando mientras Emma me empujaba hacia el auto. Emprendimos el camino y solo me tomó unos minutos darme cuenta de que en la radio estaban hablando del juego de los Cuernos Largos.

—Estamos esperando información de los Cuernos Largos sobre el estado de su mariscal de campo, Jesse Taylor...

Las lágrimas se acumularon en mis ojos y Chris se inclinó hacia el conductor.

—¿Podrías cambiar la estación, amigo? —pidió. El hombre accedió, pero nos miró con curiosidad—. Va a estar bien —declaró Chris, estirándose sobre Emma para tomar mi mano.

—Claro —confirmó Emma, enganchando su brazo con el mío—. Probablemente sea cansancio o que se esforzó de más.

Estaban intentando hacerme sentir mejor, pero ninguno de nosotros dijo lo que todos estábamos pensando: que su cáncer podría haber regresado.

El doctor Duncan había dicho que existía una probabilidad del cincuenta al ochenta por ciento de recaer.

El tráfico hacia el hospital hizo que el viaje se sintiera eterno y, para cuando llegamos, mis pensamientos más oscuros ya habían llenado mi cuerpo de miedo. Me aterraba la idea de entrar y que me dijeran que no había sobrevivido.

—¿June? —preguntó Chris, y me di cuenta de que me había quedado inmóvil en la entrada.

Sacudí la cabeza y las lágrimas cayeron de mis ojos.

—¿Y si no está bien? —Tenía los pies pegados al suelo. No podía moverme—. Es el amor de mi vida, Chris. Es mi todo.

—Miré a mis dos amigos—. ¿Y si no está bien? —Me tembló la voz—. ¿Y si el cáncer regresó, pero esta vez me lo quita?

—No podemos pensar así —atajó Emma, pero pude escuchar la preocupación en su voz.

—Tenemos que entrar a ver cómo está —agregó Chris, ofreciéndome su mano. Sentía que, si la tomaba, todo esto sería real. Y, si no lo hacía, esto solo sería un mal sueño del que podía despertar—. June —me llamó de nuevo, logrando separarme del miedo—, te necesita. Jesse te necesita.

Mis pies comenzaron a moverse en ese momento, y el sonido del hospital nos envolvió. Chris habló con la recepcionista y lo escuché mencionar mi nombre, pero yo solo me aferré a Emma, tratando de mantenerme entera.

—Necesitamos tomar asiento mientras averiguan qué está pasando —informó Chris, y nos llevó a un sillón cercano—. Voy a conseguir café. —Y caminó hacia una máquina expendedora.

—¿Estás bien? —preguntó Emma. Cuando negué con la cabeza, me rodeó con un brazo alrededor y miramos las puertas que parecían llevar a las profundidades del hospital.

Chris regresó con café, pero dejé que el mío se enfriara en mis manos. Se sintió como si esperáramos una eternidad antes de que un hombre con una bata blanca caminara hacia nosotros. Mis ojos se abrieron completamente cuando vi que era el doctor Duncan.

Fue directo a donde estábamos.

—Chris, Emma, June —nos saludó.

—¿Está bien? —susurré.

El doctor Duncan me miró en silencio antes de responder.

—Por favor, vengan conmigo.

El corazón me latía tan rápido que casi no podía respirar. Entonces lo entendí: el doctor Duncan estaba aquí. Había regresado. El cáncer de Jesse había regresado.

No me di cuenta de que me detuve hasta el doctor Duncan se dio la vuelta para llamarme.

—Por favor, venga conmigo, señorita Scott.

Me sudaban las manos mientras lo seguía por el pasillo. Tardamos tanto que se sintió como un maratón hasta que llegamos a una puerta. El doctor Duncan entró y un sollozo escapó de mi garganta cuando vi a Jesse en una cama, los ojos fijos en el techo. Ya no llevaba puesto su uniforme de futbol americano: estaba usando una bata de hospital y tenía una vía intravenosa de líquidos en el brazo.

Al escucharme, su mirada se disparó hacia mí; tenía los ojos llenos de dolor.

—Junie —jadeó, y corrí hacia donde estaba, lanzándome sobre él. Puse los brazos alrededor de su cuello y juré nunca dejarlo ir. Él me rodeó de vuelta con sus brazos. Sentí algo mojado en mi cuello y, cuando me alejé, vi que él también estaba llorando.

—¿Jesse? —Mi tono era, más bien, de pregunta. Él asintió y colapsé contra su pecho.

Había vuelto. Su cáncer había vuelto.

No podía respirar. No podía perderlo. Apenas estábamos empezando. Por Dios, le había pedido un descanso. Había desperdiciado tiempo valioso al no estar a su lado.

—June… —Jesse me frotó la espalda. Me quité de encima y lo vi hacer un gesto con la cabeza hacia el pie de la cama.

El doctor Duncan estaba parado ahí con un expediente en sus manos.

Jesse tomó mi mano y la apretó. Estaba nervioso. Claro que estaba nervioso.

—Señorita Scott —dijo. Tenía el corazón en la garganta mientras esperaba a que hablara—. Jesse y yo ya discutimos esto, pero, por desgracia, sus análisis de sangre y exámenes médicos muestran que la leucemia mieloide aguda volvió.

Las palabras del médico me dieron vueltas en la cabeza, en un bucle interminable, rompiéndome el corazón en diminutos fragmentos. Miré a Jesse. Asintió con la espalda rígida. Era tan fuerte. Tan perfecto y valiente.

Le besé la mano y el doctor Duncan continuó.

—La buena noticia es que creo que lo detectamos a tiempo.

—¿Y ahora qué, doc? —preguntó Jesse.

El doctor Duncan siguió estudiando el expediente.

—Te daremos el mismo tratamiento de antes. Funcionó la primera vez, así que las probabilidades de que vuelva a hacerlo son altas.

Dejé caer la cabeza y la recargué en el brazo de Jesse. Quimio. Quimio agresiva y la inmunoterapia de nuevo. Por varios meses. El futbol americano… no podría seguir jugando.

—Está bien. —La voz de Jesse era tranquila y firme. Nos miramos a los ojos—. Entonces solo tengo que ganarle otra vez. Pan comido. —Intentó ser gracioso, pero no funcionó. Mi labio inferior comenzó a temblar y Jesse se puso serio—. No voy a abandonarte, Junie. Nos queda mucha vida juntos. —Asentí, pero la tristeza me había robado el habla—. Te amo.

—Te amo —respondí cuando por fin recuperé la voz—, más de lo que jamás sabrás.

Jesse alzó un puño y una enorme sonrisa se apoderó de su rostro.

—Viva el grupo dos… otra vez.

Se me escapó una risa tensa, pero alcé mi puño y lo choqué contra el suyo.

—Viva el grupo dos otra vez.

Tenía que triunfar. No me permití considerar otro resultado. Jesse Taylor tenía que vivir.

Capítulo veinticuatro

JESSE

Respiré hondo y me senté en la oficina del doctor Duncan. Mamá aceptó la videollamada y me dirigió una sonrisa tensa. Había llegado el día. Otra larga y dura ronda de inmunoterapia había terminado y era momento de conocer mi destino.

El doc me miró y contuve la respiración mientras hablaba.

—Lamento decirte esto, Jesse, pero el tratamiento falló, y ahora estamos en una etapa donde tenemos que cambiar a cuidado paliativo.

El grito agonizante de mi madre llenó el cuarto desde mi teléfono, pero no lloré. Sabía que esto pasaría. Lo sentía. No era pesimismo, tampoco me había dado por vencido; simplemente mi cuerpo me lo dijo.

En las últimas semanas, me había cansado más que nunca. Siempre me dolían los huesos y me faltaba tanto el aire que había días en los que caminar se me dificultaba.

No eran los efectos secundarios de los anticuerpos monoclonales. Yo sabía, en lo más profundo de mi alma, que el tratamiento no había funcionado. Y lo peor era que, cuando veía a Junie desvanecerse frente a mis ojos todos los días, sabía que tampoco había funcionado para ella. No lo habíamos hablado en voz alta, no queríamos dejar esas palabras en el universo mientras aún tuviéramos una oportunidad, pero lo sabíamos.

—¿Cuánto tiempo? —pregunté, y me sentí como si estuviera fuera de mi cuerpo. Hablar sobre tu mortalidad, ahora limitada a días, era la cosa más surreal del planeta.

Mi mamá controló su llanto y el doctor Duncan respondió:

—A juzgar por tus resultados más recientes, estimo entre cuatro y seis semanas.

Era gracioso. Cuando era niño, cuatro a seis semanas se sentía como una vida entera. Las vacaciones de verano parecían durar una eternidad, largos y despreocupados días y noches. Ahora, cuatro a seis semanas se sentían como nada.

Granos en un reloj de arena.

—Jesse, iré al rancho. Encontraré la manera —decidió mi mamá, y no repliqué esta vez. Porque este era el final. No habría una cura milagrosa para mí. No había a dónde ir más que a las aventuras de la siguiente vida.

Susan estaba en el cuarto conmigo y, cuando la miré, había lágrimas en sus ojos.

—Te llevo de regreso a tu cuarto —murmuró.

Negué con la cabeza y volteé a ver a mi mamá en el teléfono.

—Te… te llamo después, mamá. Yo… —Sabía que, por mi expresión, podía ver que necesitaba… bueno, no sabía qué necesitaba. ¿Tiempo? ¿Espacio? ¿Un cuerpo nuevo?

No… solo necesitaba a June. Pero ella no había tenido su consulta con el doctor Duncan todavía. Recé por estar equivocado y que su tratamiento sí hubiera funcionado, pero con solo vernos era claro que nuestro tiempo estaba contado. Chris, Silas, Cherry, Toby y Kate eran más fuertes. Habían pasado por lo peor, pero había una luz en sus ojos que se había apagado para June y para mí.

Susan me puso una mano en la espalda mientras salía de la oficina. Se sentía bien. Durante las últimas semanas, nos habíamos convertido en algo así como un equipo. Susan había llenado el papel de madre para mí lo mejor que había podido. Las enfermeras eran superheroínas.

Caminé sin rumbo, recorriendo los pasillos sin sentir nada hasta que me encontré frente a la capilla. Nunca había entrado. Sabía que la señora Scott la visitaba muy seguido, pero yo nunca había sido muy religioso. Creía en algo más grande que podría llamarse Dios, pero ahora que estaba tan cerca de la muerte, supuse que mi alma necesitaba una guía, algunas respuestas.

Sonaba una suave música de piano cuando entré; reconocí las alabanzas y me senté en el banco del fondo, mirando el altar. Había una cruz en medio, junto a varias representaciones de Jesús en diferentes etapas de la crucifixión y, finalmente, la resurrección.

—¿Jesse? —preguntó el padre Noel, mientras entraba a la capilla—. Lo siento, no sabía que ibas a venir hoy.

Sonreí.

—Yo tampoco.

El pastor notó que algo andaba mal y se sentó a mi lado. No dijo nada, solo dejó que el silencio bailara a nuestro alrededor.

—Me estoy muriendo, padre —admití y, por primera vez desde que me lo dijeron, sentí una grieta de miedo abrirse a través de mi pecho. Mi voz era débil y estaba temblando.

—Lo siento mucho —respondió, y dejó que sus palabras se asentaran en el silencio. No me estaba exigiendo hablar y lo apreciaba.

Estudié la cruz y las detalladas pinturas de la resurrección.

—¿Qué cree que pase después de la muerte?

Sentado junto a mí, el padre Noel pareció relajarse.

—Yo creo en el cielo, pero muchas personas creen en otras cosas —comentó. Me limité a asentir—. Creo que lo que pasa después es hermoso, sereno y lleno de paz y felicidad. No hay dolor ni enfermedades que curar.

Se me formó un nudo en la garganta.

—Eso suena bien —susurré, frotándome las manos—. ¿Cree que duela? ¿Morir? —Miré al padre directo a los ojos. Necesitaba que fuera completamente honesto—. Puedo enfrentarme a la muerte, sé que puedo… —El pastor inclinó la cabeza, esperando a que terminara de hablar—. Lo pregunto por June. No quiero que sufra. No podría soportarlo.

Un profundo dolor brilló en sus ojos cafés. Le calculé poco más de treinta años. Parecía un buen hombre. Silas, Kate y Cherry iban a las misas de los domingos y hablaban con él a menudo. Casi deseaba haber hecho lo mismo antes de esto.

—He sido padre por diez años, Jesse. Y, durante cinco de ellos, trabajé con personas en hospicios y hospitales. La verdad es que lo que más hago es acompañar personas cuando mueren.

—Entonces, ¿ha visto morir a muchas personas?

—Cientos.

Sonreí.

—Es como una parca texana, ¿no?

El padre Noel se rio.

—Créeme que me han dicho cosas peores.

Me reí de nuevo, e incluso ese pequeño movimiento hizo que me doliera el pecho. Era extraño sentir cómo tu cuerpo empezaba a fallar día a día, derrotado por un oponente mucho más fuerte.

—Debe ser un trabajo muy raro, padre, ver a la gente morir. Sin ofender.

—No me ofende —aclaró—. De hecho, es muy hermoso. —Alcé una ceja con incredulidad y sonrió—. He descubierto que pasan cosas curiosas cuando la gente muere. Casi mágicas.

—¿Cómo qué?

—He visto cosas. La manera en la que algunas personas, cuando mueren, lo hacen con una sonrisa. En paz. Felices. Como si estuvieran bañadas en una luz sanadora.

Sentí una picazón en la nariz, señal de que estaba luchando contra las lágrimas.

—Lo más curioso para mí es que, cuando una persona muere, parecen ver en el cuarto algo o alguien acompañándolos. —El padre Noel me ofreció su mano para tranquilizarme—. No es algo malo, sino un rostro conocido. Es como si alguien que amaban viniera a encontrarse con ellos mientras cruzan al otro lado. Incluso podría ser un ángel guiando sus almas al siguiente capítulo. —Me miró a los ojos—. O dándoles la bienvenida a casa.

Una lágrima rodó por mi mejilla y cayó en mi mano. La limpié y vi el dibujo del corazón de June. Cada vez que se borraban, los volvía a dibujar. Si pudiera, me lo habría tatuado. Pero no creí que Neenee nos permitiera ir al centro de Austin para tatuarnos siendo menores de edad.

—Estoy aquí para ti, Jesse. Para lo que necesites —afirmó el pastor.

—Gracias —respondí con toda honestidad, y me quedé quieto y en silencio un rato más. Finalmente, me puse de pie.

June ya debía haber salido de su consulta. Me despedí del padre con la mano y busqué mi camino de regreso por el laberinto de pasillos, solo para encontrar a June frente a mi puerta, esperando en silencio junto sus padres.

Me escuchó acercarme, me miró a los ojos y supe al instante que, al igual que yo, solo tenía unas semanas más de vida.

Sentí romperse cada centímetro de mi corazón; abrí los brazos, dejando que lágrimas silenciosas me bañaran el rostro. June me abrazó y la apreté contra mi cuerpo, absorbiendo su calor y amor mientras todavía los tenía. Sus padres se sostenían el uno al otro mientras se desmoronaban frente a nosotros. El señor Scott me dirigió una sonrisa triste y cerré los ojos, aferrándome a mi chica.

El primer día que la vi supe que June cambiaría mi vida. Nunca me imaginé que terminaríamos de esta manera, pero me juré a mí mismo que, mientras respirara, amarla sería mi único propósito.

¿Y morir locamente enamorado de mi alma gemela? No se me ocurría un mejor final.

Capítulo veinticinco

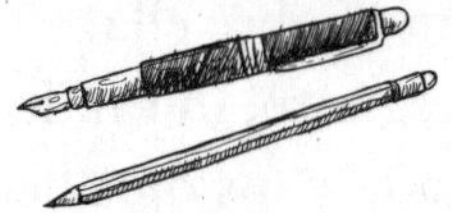

JESSE

La cabeza de June descansaba contra mi brazo mientras nos mecíamos en la silla en forma de huevo. Estábamos envueltos en una cobija, ya que hacía un poco de frío. Miré los millones de estrellas sobre nosotros.

—¿En qué estás pensando? —preguntó, alzando la vista hacia mí. Faltaba una chispa en sus ojos café oscuro. Sus padres se habían sentado con nosotros por horas. Era obvio que no habían querido irse, pero su madre decidió que debían hacerlo cuando notaron que June quería tiempo a solas conmigo.

Todos estábamos emocionalmente apaleados. Mamá llegaría al día siguiente y no se iría... bueno, hasta que ya no hubiera razón para quedarse aquí. Iba a traer a las pequeñas también y, solo de saber que estarían conmigo, me sentía un poco más fuerte.

—En las estrellas —respondí con voz rasposa. Había llorado más lágrimas de las que podía contar. No por mí, sino por el hecho de que mi chica, mi Junie, también se estaba desvaneciendo. Había rezado muchísimo para que se salvara.

Pero mis oraciones no habían recibido respuesta.

—Se ven muy bonitas desde aquí —comentó. Nos habían ofrecido la oportunidad de regresar a casa cuando se acercara el momento de morir. Ambos lo habíamos rechazado. Moriríamos aquí en el rancho, con los otros, donde nos habíamos conocido.

—¿Ves esa estrella de ahí? —Apunté al cielo.

—¿Ajá...? —Me acarició el estómago. Apenas podíamos soltarnos, aferrándonos al otro con una desesperación palpable.

—Silas me estaba hablando de ella hace unas semanas. Estaba afuera de su cuarto con un telescopio. Cuando le pregunté qué estaba haciendo, me contó sobre ella.

—¿Qué te dijo? —preguntó, mirando al cielo. Se veía hermosa, con la cabeza levantada y los ojos llenos de asombro.

—Que estaba a cuatro mil años luz de distancia. —June volteó a verme y sentí escalofríos en los brazos: tenía el amor de esta chica. Esta valiente y perfecta chica. Tenía mi corazón en su mano, y yo el suyo en la mía. Me estaba muriendo, solo me quedaban unas semanas, igual que a June. Sin embargo, se sentía como si estar sentado a su lado fuera todo lo que importaba. Había nacido para conocerla, pasar este complicado trecho tomados de la mano y caminar juntos hasta el final. Me había dado cuenta semanas atrás de que la UT y el futbol ya no estaban en mi futuro. El peso sobre mis hombros había desaparecido y, aunque el cuerpo me estaba fallando, mi alma estaba más en paz que nunca.

Se me formó un nudo en la garganta. Intenté aclararla antes de continuar.

—Silas dijo que le había tomado cuatro mil años luz llegar a nuestros ojos desde su hogar. —Una pequeña sonrisa apareció en sus labios. Tomé su mano y besé mi corazón en su palma—. Dijo que era seguro que esa estrella hubiera muerto, pero su brillo se queda con nosotros en el otro lado del universo: hermoso e iluminando nuestro cielo.

—Jesse —musitó June sin aliento, comprendiendo lo que estaba intentando decir.

Besé sus dedos, luego el dorso de su mano.

—Puede que no tengamos una larga vida por delante, pero tal vez nuestra historia de amor dure tanto como la estrella y sea reconfortante para alguien que necesite escucharla, incluso cuando ya no estemos. —Las lágrimas le rodaban por la cara—. Te amo, Junie.

—Yo también te amo, Jesse. —Se enderezó en su lugar y me besó profundamente. Me acarició el rostro con la mano y, al separarse, me miró a los ojos—. Cada vez estoy más débil —confesó, y me envolvió una ola de miedo. Asentí, sin poder hablar—. Sé que tú también. —Cerró los ojos y sostuve su rostro. Una sonrisa apareció en sus labios. Cuando volvió a abrir los ojos, continuó—: Quiero estar contigo, mientras aún tenemos tiempo.

Se me aceleró el corazón.

—Junie…

—Me amas y yo te amo. Y en poco tiempo vamos a perder la fuerza para mostrarnos cuánto.

Puse mi mano sobre la suya en mi mejilla. Junté nuestras frentes y asentí.

Quería a esta chica de todas las maneras posibles.

Me levanté de la silla y ayudé a June a ponerse de pie; la guie al interior de la habitación y cerré la puerta con llave.

—Por si acaso —dije, con una sonrisa, y June se rio. Mi corazón se hinchó. Nunca me cansaría de escuchar ese sonido.

Cerró las cortinas de las puertas que daban al porche y, bajo la tenue luz de la lámpara, June comenzó a deshacer los botones de su pijama; no llevaba un pañuelo, su piel se veía pálida, y yo no podía recordar la última vez que había visto a alguien o algo tan hermoso. Lo más impresionante era que no había ni una pizca de inseguridad en ella.

Le ofrecí mi mano y la llevé hacia la cama. Nos acostamos y la besé. La besé y la besé, diciéndole lo mucho que la amaba hasta que nos convertimos en uno.

Un rato después, June estaba en mis brazos, y yo nunca me había sentido tan tranquilo en mi vida. Le di un beso en la cabeza y le pedí un deseo a la estrella a cuatro mil años luz de aquí: que pudiéramos morir así. En los brazos del otro, sin dolor, sintiendo nada más que felicidad y luz hasta que nos desvaneciéramos.

—Nunca nos vamos a hacer viejos —murmuró y me quedé inmóvil. June alzó la cabeza y me miró con ojos llenos de lágrimas—. Nunca vamos a tener arrugas.

—La gente gasta mucho dinero para evitarlas —bromeé.

—Yo no lo haría —respondió, y luego hizo pedazos mi corazón cuando continuó—. Desearía poder ver una arruga formarse en mi frente, una prueba de que me estoy haciendo vieja y viviendo mi vida. Sonreiría de pura felicidad al ver una cana en mi cabeza porque eso significaría que me dieron tiempo.

Suspiró, y me esforcé por no romper a llorar.

—Y líneas de expresión —añadió, sonriendo—. Vería esas líneas volverse más profundas cada año, celebrando tener la energía para reír. —Se movió sobre mi pecho y recargó la barbilla en su mano—. Porque eso es lo que más me gusta hacer contigo: reír. A través de todo el dolor y la tristeza, tú me has ayudado a tener alegría en mi corazón todo este tiempo, Jesse. —Los ojos le brillaron—. No creo que sepas el gran regalo que has sido para mí.

—Lo sé, June. Porque tú lo has sido para mí.

Mi chica volvió a recargarse en mi pecho; cuando volvió a hablar, tenía la respiración entrecortada.

—Sé que este es nuestro destino y que la muerte anda cerca, pero me hubiera encantado una vida contigo, Jesse. Ni siquiera una vida grande u ostentosa, hubiera sido feliz con una pequeña, sencilla. Me hubiera encantado ser tu esposa y tener hijos contigo. Año con año los veríamos crecer en nuestro hogar en el campo, hasta que se fueran; después también veríamos crecer a nuestros nietos. —Me sonrió—. Y nos sentaríamos en el columpio de nuestro porche, con ochenta años y todavía con el corazón del otro en la palma de la mano, con un mapa de arrugas en la cara y canas en la cabeza. Nuestras líneas de expresión serían profundas y contarían la historia de una vida llena de risa, gratitud y amor. —Me acarició la mejilla—. Porque habríamos vivido, Jesse. Habríamos vivido una hermosa vida.

—Eso suena muy bien, Junie —susurré, porque apenas podía hablar. Esa vida sonaba perfecta.

June deslizó la mano de mi cara hasta mi corazón. Puso su cabeza ahí también y la oí respirar mientras ella escuchaba el latido de mi corazón. Su respiración me pareció el sonido más dulce, porque significaba que seguía a mi lado.

Poco a poco, su respiración se calmó y me estiré hasta tomar mi cuaderno de dibujo y lápiz para hacer planes. No podía cumplir todos sus sueños. Nunca seríamos esas personas sentadas en su porche viendo jugar a sus nietos. Pero sí podía hacer una cosa, algo muy especial.

Tenía el tiempo. Un poco más de tiempo para hacerlo realidad.

Pero sería suficiente.

Capítulo veintiséis

JUNE

El final feliz de Jesse y June

Entré al cuarto de hospital; Jesse veía el partido de los Cuernos Largos de la semana anterior en la televisión que estaba frente a su cama. Aunque no pudo seguir jugando, estaba decidido a regresar para la siguiente temporada. Conociendo a Jesse Taylor, lo lograría. Ya no tenía cabello y sonreí al ver la conocida y vieja gorra de su equipo en su cabeza. Se veía igual que cuando lo conocí.

Llevaba varias semanas en el intenso tratamiento. Se sentía extraño no hacerlo con él, y me aterraba. Pero él estaba viviendo un día a la vez, y nunca me había sentido tan útil como lo hacía sentada a su lado y haciéndole compañía.

Cuando entré, volteó a verme, sonrió e inmediatamente me ofreció su mano. Fui directo hacia él y lo besé. Cada vez que nos besábamos, mi corazón cantaba de alivio.

Estaba funcionado. Gracias a Dios, estaba funcionando.

Durante el primer mes del tratamiento de Jesse, no supe existir. No pude comer ni dormir, preocupada de que no funcionara esta vez, como en el libro que ya casi terminaba de escribir, donde Jesse y yo no habíamos respondido al ensayo clínico y perdíamos la vida a los diecisiete.

Sin embargo, el tratamiento estaba funcionando y, aunque el camino que había recorrido también había sido de terreno difícil, lo estaba haciendo muy bien. Cada vez que veía su nivel de fuerza y valentía, lo amaba más. Jesse Taylor estaba decidido a caminar esta vida a mi lado, estaba luchando por mí. No había un acto de amor más grande que ese en el mundo.

Habíamos hablado a profundidad de lo que queríamos en la vida. Acordamos que aquello era hacernos viejos, tener una familia y verla crecer desde un columpio en nuestro porche. Y a eso nos estábamos aferrando. Ese era el sueño que estábamos decididos a hacer realidad.

Sonó un golpe en la puerta y Chris asomó la cabeza. Emma lo siguió.

—¡Club de la quimio, unidos! —gritó Chris, y Jesse se puso de pie, riendo. Todos nos abrazamos a modo de saludo.

—¿Cuánto tiempo están de visita? —preguntó Jesse, mientras nuestros amigos se sentaban en unas sillas. Él se sentó en la cama y me jaló a su lado. Puso un brazo alrededor de mi cuerpo y me hundí en su abrazo. Cuando no estaba en la escuela, estaba aquí, con el amor de mi vida.

—Todo el fin de semana —respondió Chris.

—Iré al partido mañana —le informó Jesse, sonriendo—. ¿Vienes?

Chris estiró los brazos hacia los lados.

—¿Por qué crees que estoy aquí, hermano? No me voy a perder la bienvenida de héroe que te van a dar cuando te pares en ese campo.

Los Cuernos Largos habían llegado a las eliminatorias y, en gran parte, se lo debían al inicio que Jesse les había dado en la temporada.

—¡Al fin! —declaró—. ¡Al fin me van a dar el reconocimiento que merezco!

La arrogancia juguetona estaba de vuelta en su voz. Había estado muy cansado, física y emocionalmente, y aún le faltaba mucho por recorrer, pero el saber que estaba derrotando al cáncer era suficiente para ayudarlo a superar los días malos.

Todos nos reímos y, luego, Emma volteó a verme.

—¿Y tú, June? ¿Ya le dijiste que sí a la librería?

Abrí los ojos con sorpresa y me giré a mirar a Jesse. Emma sonrió, consciente de que no le había hablado de la invitación.

—¿Junie? —preguntó, víctima de la confusión—. ¿Qué librería?

Le hice una mueca a mi amiga, que solo se encogió de hombros con despreocupación. Me enderecé en mi lugar para mirar a mi novio.

—Nuestra historia de amor alternativa, a la que le ha ido bien en línea…

—Más que bien, Junie —me interrumpió Jesse—. Es una sensación.

Apoyaba mi escritura al cien por ciento. Cuando recayó, hice una pausa por un rato. En la historia, a Jesse y a June les acababan de decir que el tratamiento no estaba funcionando y que no había nada más que pudieran hacer. Había dejado de escribir los siguientes capítulos porque ni siquiera quería considerar la idea de que Jesse no sobreviviera. No podía escribir sobre su muerte en mi libro cuando no sabíamos cuál sería el resultado en esta vida.

Pero Jesse, siendo como era, me había hecho prometerle que continuaría, asegurándome que la historia solo le daría más ganas de sanar. Y repitió lo que la June de mi historia había dicho: que quería arrugas, canas y líneas de expresión.

Me dijo que la historia le daba ganas de vivir.

Pero aún no lo había considerado. Me parecía de mal gusto hacerlo cuando Jesse estaba en el hospital luchando por su vida.

—¿Junie? —insistió Jesse—. ¿Qué hay con la invitación?

Suspiré derrotada.

—La librería quiere que haga un evento para conocer a los lectores de nuestro libro. —Los ojos de Jesse se encendieron emocionados—. Hay un agente literario que quiere verme ahí. Para hablar de mi futuro en el mundo editorial.

—¿Estás bromeando? ¡Eso es épico, amor! —Sonreí al ver su emoción, pero ladeó la cabeza, estudiándome— ¿Por qué no me dijiste?

—Quería que te concentraras en sanar.

Jesse puso su mano en mi mejilla.

—Ver al amor de mi vida recibir el reconocimiento que se merece me ayudará a mejorar. June... —Sacudió la cabeza—. Es nuestra historia. De todo lo que pasamos, lo que seguimos viviendo, para conseguir nuestro final feliz. —Asintió decidido—. Iremos a ese evento.

—¿Iremos? —repetí, con los ojos se me llenaron de lágrimas. Jesse me besó y recargó su frente contra la mía.

—Iremos. ¿Crees que me perdería que le digan a mi Junie todo lo que ya sé: que eres perfecta y te mereces todo el reconocimiento que viene en camino?

Escuchamos una arcada a nuestro lado. Volteamos a ver a Chris fingiendo vomitar.

—Chicos, por favor —rogó—. Acabo de pasar por una ruptura. ¿Podemos evitar esta mierda sentimental?

Me reí y Emma le dio un empujoncito en el hombro.

—Solo está celoso porque nadie en el planeta cree que es perfecto. —Puso los ojos en blanco y me miró—. Entonces ¿eso es un sí a la librería?

—¿Qué? —la interrumpió Chris—. ¿Ahora eres su representante o algo?

—Tal vez algún día lo sea —respondió ella, encogiéndose de hombros. Habíamos bromeado al respecto, pero, hablando en serio, no confiaría en nadie más que mi mejor amiga para hacer esto conmigo.

Miré a Jesse de nuevo.

—¿Tendrás suficientes fuerzas para ir? —Me mordí el labio—. Tu inmunidad está baja y no quiero que te enfermes. Yo... —El miedo me invadió—. Nunca me perdonaría a mí misma si algo te pasara.

—Entonces pide que el evento sea cuando Jesse termine el tratamiento y se sienta más fuerte. No hay prisa. La librería te quiere cuando tengas tiempo —propuso Emma. Cuando le conté sobre la invitación y el agente interesado, ella se hizo cargo de toda la correspondencia. Era una directora comercial en construcción.

—Listo. —Jesse zanjó la discusión y me envolvió en sus brazos—. Está decidido. Vas a hacerlo. —Los nervios se apoderaron de mí, pero se fueron cuando Jesse continuó—. Estoy muy orgulloso de ti, Junie. Muy orgulloso.

—Gracias —susurré, sonrojándome. La verdad era que sin Jesse no habría historia. Enamorarme de él en el rancho Armonía me mostró lo que era el amor, y eso me había dado la habilidad de trasladarnos a la página.

Desde el día que nos conocimos, habíamos sido Jesse y June contra el mundo. Todavía era así. Sus triunfos eran míos, y los míos eran suyos.

—Perfecto. —Chris sacó su celular—. ¿Todos quieren pizza?

—Todos queremos pizza —confirmó Jesse, dándome otro beso en la cabeza.

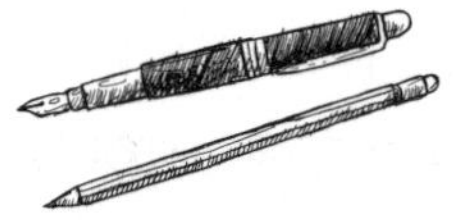

JESSE

El final feliz de Jesse y June

Mi mano se aferraba a la de June mientras entrábamos al estadio. Me arreglé la gorra que llevaba en la cabeza. El equipo había ido a visitarme al hospital, pero esto se sentía extraño. No había pisado el estadio desde que recaí unos meses atrás. La última vez que mis pies habían tocado ese suelo fue cuando colapsé frente a una multitud de cien mil personas.

Esa era una manera de asegurarme de que recordaran mi nombre.

—¿Estás bien, amor? —preguntó June mientras caminábamos por el pasillo que llevaba al campo.

Asentí y besé el dorso de su mano.

—Hermano, ¿lo único que tenías que hacer para conseguirme un pase a camerinos era recaer? —bromeó Chris, y en ese momento no pude haberlo apreciado más. Me puso el brazo alrededor del cuello—. Aprecio la dedicación a nuestra amistad.

—Es una oferta única —afirmé y miré a June—. Es la última vez que hago esta mierda de la quimio y los anticuerpos. De aquí en adelante todo va a funcionar.

—Amén —dijo June a mi lado, haciéndome reír más.

—Reconozco esa risa —dijo el entrenador, saliendo de los vestidores—. Jesse —me saludó, y solté a June para darle un abrazo—, te ves bien, hijo. —Volteó hacia mi novia—. June, es bueno verte de nuevo.

—Hola, señor —respondió ella con sus impecables modales sureños. Se habían conocido en el hospital cuando el equipo me visitó. El entrenador la adoraba.

Presenté a Chris y Emma, y el entrenador hizo un gesto con la cabeza hacia los vestidores.

—El equipo está emocionado por verte. —Una chispa de nervios se encendió en mi estómago. June debió haber sentido mi duda, porque tomó mi mano en la suya.

—Te aman —murmuró, dándome un beso en la mejilla. Sabía que era verdad. Pero se sentía extraño volver a entrar a los vestidores. Mi vida había dado otro giro de ciento ochenta grados desde mi primer día en la universidad hasta ahora, igual que en la preparatoria.

Respiré hondo y entré a los vestidores. Había mucho ruido y mis compañeros de equipo estaban regados por todos lados. Me tomó un momento absorberlo todo. Se sentía como mi casa, un sentimiento que solo se intensificó gracias a que June estaba a mi lado.

Sheridan fue el primero en verme.

—¡Taylor! —gritó, con una enorme sonrisa. Corrió hacia mí y me levantó del suelo. Solté un quejido por el contacto, y se alejó de un salto, soltándome—. ¡Mierda! —exclamó, y el cuarto se quedó en silencio. Todos me estaban mirando horrorizados, como si me fuera a romper.

—Tranquilo, hermano. Si el cáncer no me mata, la emoción de tu saludo lo hará.

Unas risas incómodas llenaron los vestidores, mis compañeros no sabían si reír o no.

Sonreí y Sheridan me dio un golpe juguetón en el estómago.

—¡No me hagas eso! Te necesitamos de regreso. Pensé que estábamos ganándole al gran C.

—Voy a regresar —afirmé, creyendo cada palabra—. Vamos a ganar y voy a estar de regreso la siguiente temporada.

—¡Eso es lo que quería escuchar! —exclamó Sheridan, y tuvo que controlarse para no levantarme de nuevo. Sacudió la cabeza, decepcionado de sí mismo—. No sé qué me pasa.

Mis compañeros se acercaron a saludar de uno en uno. La mayoría ya conocía a June, así que les presenté a Chris y Emma como mis amigos de A&M, por lo que los abuchearon. Mientras salíamos para dejar que el equipo se preparara, el entrenador nos siguió al pasillo.

—¿Te parece bien salir al campo antes de que empecemos? Los fanáticos han estado muy preocupados por ti. Les hará bien mostrarte su amor y ver que estás bien

—Claro —acepté, pero mi corazón estaba latiendo a mil por hora. Mi colapso en el campo, transmitido en vivo, había sido un momento viral. Sería bueno mostrarles que estaba vivo y bien. El entrenador ya había hecho dos declaraciones diferentes debido a que algunas personas empezaban a publicar que había fallecido. A veces la gente no era muy razonable.

El entrenador regresó con el equipo y, con la mano de June en la mía, seguimos a Chris por el túnel del equipo. Las porristas y la banda ya estaban haciendo lo suyo, emocionando al público. Los gritos de los fanáticos eran ensordecedores, y los nervios se dispararon por mis venas.

—¿Estás listo para esto? —preguntó June.

—Claro —afirmé, sonriendo.

June me miró con sospecha y me solté a reír. Entonces, ella sonrió solo para mí.

—Estoy muy orgullosa de ti. Sé que lo digo todo el tiempo, pero si yo hubiera recaído… —Sus ojos brillaron—. No sé si habría sido igual de valiente la segunda vez.

—Lo habrías sido —repliqué, y cada palabra era verdad—. Porque quieres cumplir nuestro sueño del porche, Junie, por el que vamos a luchar contra viento y marea.

—¿Cómo es que tienen dieciocho y actúan como una vieja pareja casada? —bromeó Chris. June puso los ojos en blanco, pero no pude escuchar nada más que el rugido de la multitud.

Pareja casada. Algo se removió en mi interior cuando Chris dijo esas palabras y se sentía… correcto.

June me miró, con los ojos brillantes y una expresión que irradiaba felicidad. Su nuevo corte de cabello resaltaba su hermosa cara a la perfección, y pude verlo, un futuro entero frente a nosotros. La necesidad me quemaba el cuerpo: una necesidad de hacerla mía. Completa y legalmente mía.

Una mano en mi hombro quebró mi trance, y volteé para ver al entrenador.

—¿Listo, hijo?

Asentí justo cuando anunciaban:

—Por favor, denle la bienvenida al campo al número nueve, ¡Jesse Taylor!

La gente en las gradas se volvió loca. June apretó mi mano dos veces y comenzó a soltarla, pero no iba a dejar que eso pasara. Me había dicho que el libro que estaba escribiendo, nuestra historia alterna, no habría sido posible sin mí. Bueno, a mí me pasaba lo mismo con el futbol americano.

El dolor me atravesó al pensar en las chicas que la habían hecho sentir inferior e insegura. Lo que no sabían era que June era mi fuerza, mi corazón, la razón por la que estaba vivo, ahora por segunda vez.

Era momento de mostrarle al mundo que, sin ella, yo no existiría.

Di un paso hacia delante y jalé a June conmigo.

—¡Jesse! ¿Qué estás haciendo? —reclamó, pero la miré y sonreí.

—Viva el grupo dos. —Alcé mi puño y su mirada sorprendida se suavizó. Agachó la cabeza para poder ver a través del túnel a las cien mil personas que ocupaban el estadio. Después, respiró hondo y alzó su puño.

—Viva el grupo dos —susurró y, tomados de las manos, como siempre deberíamos estar, caminamos hacia el campo.

El estadio explotó al vernos, y podía escuchar a Chris y Emma gritar a nuestras espaldas. Miré a June mientras pisábamos el pasto y sus ojos estaban bien abiertos. Alcé la mano y saludé al estadio en agradecimiento.

Estábamos a la vista de todos en la pantalla grande. Si creyera que sería algo que le gustaría a June, me habría puesto de rodillas en ese momento para pedirle que fuera mi esposa. Sin embargo, sabía que ese no era su estilo. Quería una vida más simple, más tranquila. No deseaba toda esta atención. Pero, con su mano en la mía, en este campo, le estaba diciendo al mundo que June Scott era mi vida, mi corazón y mi para siempre. Si alguien creía que ella no se merecía un lugar en mi vida, la verdad es que podía irse a la mierda.

—Jesse… —susurró June mientras soltaba mi mano y se aferró a mi brazo. Le di un beso en la cabeza y seguí saludando. Había soñado con este momento de niño, el estar en medio de un campo de futbol americano en medio de un estridente aplauso. Ahora todo palidecía frente a la importancia de tener al amor de mi vida agarrada a mi brazo como si fuera su razón para respirar.

Con un último saludo a la multitud, regresamos al túnel mientras el equipo salía, chocando mi mano conforme pasaban a mi lado.

—Bueno, eso fue como de película. —Chris me dio una palmada en la espalda.

—¿Estás bien, June? —se rio Emma.

June sacudió la cabeza, en shock, y me miró.

—¡No sé cómo haces eso cada semana! ¡Es aterrador!

Le di un beso en la cabeza y fuimos a nuestros asientos para ver el partido, pero eso no fue lo que llamó mi atención. Seguía mirando a June, con el celular ardiendo en el bolsillo trasero de mis pantalones. Tenía una llamada que hacer, un permiso que conseguir.

Después le haría a mi chica la pregunta más importante de toda mi vida.

Capítulo veintisiete

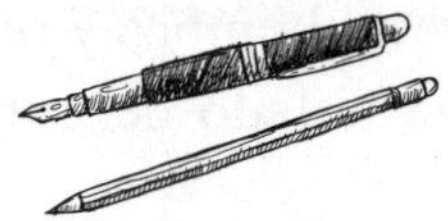

JESSE

—¿Sigue en los establos? —le pregunté a la señora Scott mientras colgaba luces en el cuarto de juegos. Ella solo se rio.

—Por milésima vez: sí. Tenemos todo bajo control aquí, Jesse.

Asentí y dejé salir todo el aire, con las manos en la cadera.

—No te había visto así de nervioso desde… —dijo mamá, intentando pensar—. Nunca.

—Es un día importante, mamá —afirmé, y sus ojos brillaron con lágrimas sin derramar.

—Sé que lo es, corazón. —Me dio un beso y fue a ayudar a la señora Scott a terminar de colgar las luces antes de que rompiera algo.

Me pasé la mano por el cuello y levanté la cabeza para ver al señor Scott entrar con Chris. Iban cargando más decoraciones. Este último me dio una palmada en la espalda al pasar, y el estómago se me tensó al ver a mi mejor amigo.

Cuando June y yo le dijimos que habíamos pasado a cuidados paliativos, quedó destrozado. Odié verlo tan devastado, así que, para romper la tensión, lo regañé:

—Maldita sea, Chris, elegiste al grupo equivocado. De todos nosotros, tú eres el único que va a salir con vida. ¡Club de la quimio de una sola persona!

No pudo evitar reírse, pero había sido lo que necesitábamos para romper con la profunda tristeza.

El señor Scott se paró frente a mí.

—¿Estás listo, hijo?

—Sí, señor —dije, convencido al cien por ciento. El señor Scott puso una mano en mi hombro y recordé el momento en el que había cruzado hacia el lado del rancho donde estaban los padres unos días antes.

—¿Jesse? —preguntó el señor Scott cuando me vio en su puerta—. ¿June está bien? —Su rostro palideció.

—Sí, señor —murmuré, luchando contra mis nervios—. Vine a preguntarle algo.

Sabía que lo había sorprendido, porque parpadeó atónito. Había llegado a conocer muy bien al señor Scott durante nuestro tiempo viendo partidos de futbol americano. Era un buen hombre y un gran padre. Se había convertido en alguien en quien yo también me podía apoyar y, al no tener a mi padre, eso significaba todo para mí. Estaba muy seguro de que todo saldría bien en la visita, pero, estando ahí parado, no importaba que solo tuviera unas semanas de vida: era igual a cualquier otro hombre pidiendo la mano de su hija en matrimonio.

Entré a su cuarto y me senté. Me dolían las piernas solo de haber caminado del rancho hasta las residencias. Me faltaba el aire y sudaba mucho. El señor Scott me puso un vaso de agua enfrente.

—Tómate tu tiempo, hijo —dijo, sentándose a mi lado.

Le di varios tragos al agua y, mirando al señor Scott, solté:

—¿Podría darme permiso para casarme con June?

Las cejas del señor Scott se alzaron en señal de sorpresa, y luego miró a un lado. Mi corazón chocó contra mis costillas. No pude descifrar lo que estaba pensando. Me miró de nuevo.

—No creí que fuera a tener la oportunidad de llevar a mi hija al altar. —Su respuesta hizo que me doliera el corazón. Se inclinó hacia mí—. *Jesse, tienes mi permiso. Claro que sí, hijo. Has hecho a mi hija más feliz de lo que pensé que sería jamás.* —Intenté tragarme el nudo que tenía en la garganta—. *Me encantaría que la situación fuera diferente para ustedes. Me gustaría que me preguntaras y estuvieran juntos para siempre.*

—Lo estaremos—respondí, recordando mi conversación con el padre Noel—. Nuestro para siempre está ahí; solo es un poco diferente al de otras personas.

El señor Scott miró a otro lado mientras contenía un sollozo, y respiró con profundidad por un momento.

—Sería un honor que fueras mi yerno, Jesse —aseguró, mirándome de nuevo—. Y gracias por el regalo que me estás dando de caminar con mi niña hacia el altar. He soñado con este momento desde que nació.

Me reí nervioso.

—Primero tiene que decir que sí, señor.

—Va a decir que sí, hijo. Mi niña te ama más de lo que la he visto amar a alguien antes.

—Te ves muy elegante —dijo el señor Scott justo cuando mi mamá y la señora Scott encendían las series de luces. Estaba atardeciendo y el brillo dorado del sol texano entraba por las ventanas del cuarto de juegos. Con las luces adentro, se veía increíble.

—June ya viene de regreso —avisó Neenee, entrando al cuarto.

Respiré hondo. El señor Scott me dio un abrazo, y la señora Scott otro después de él. Mamá me abrazó al final.

—Estoy muy feliz por ti, amor. Se merecen esto y mucho más.

Mamá había pedido días de descanso en el trabajo para venir a mis últimas semanas. Y, como suele pasar en un pueblo pequeño, la unida comunidad había logrado juntar suficiente dinero para que estuviera aquí, para que no tuviera problemas económicos al quedarse y pudiera tener tiempo de descanso… después de que todo ocurriera.

Nunca había amado más a mi pueblo. Las personas solían tener prisa por irse de sus pueblos rurales y mudarse a las grandes ciudades. Pero June y yo estábamos de acuerdo en que, si hubiéramos tenido nuestro felices por siempre, nos hubiéramos quedado en un pueblo lleno de personas que se supieran nuestros nombres, que nos saludaran todos los días con alegría.

Me moví al centro del cuarto. Llevaba puesta una camisa de lino y *shorts*. Había perdido tanto peso que me quedaban grandes, pero a June no le importaría. Me amaba a mí, no cómo me veía. Y, obviamente, llevaba mi gorra de beisbol. Era de la suerte.

Sonó el clic de la puerta que llevaba al exterior y escuché a mis hermanas corriendo. Habíamos distraído a June pidiéndole que las llevara con Jengibre y los otros caballos. Bailey había ido con ella, pues el trecho era demasiado largo como para hacerlo sola y necesitaba apoyo.

Entonces, June entró por la puerta y me quedé sin aire. Llevaba puesto su vestido verde salvia, el que me encantaba. Su pañuelo a juego resaltaba sus ojos café oscuro y tenía la cara roja por haber estado en el aire fresco.

—¿Jesse? —dijo, mirando confundida a su alrededor. Ya no parecía el cuarto de juegos, sino algo sacado de una película, con luces brillando en cada esquina y una alfombra de pétalos de rosa en el suelo.

Se congeló, con los ojos bien abiertos.

—¿Jesse? —preguntó de nuevo, pero la vi tragar saliva, completamente nerviosa.

Caminé hacia ella y la tomé de las manos.

—Junie. —Su respiración se detuvo y le di un apretón. Mirándola a los ojos, continué—. June Scott, te amo más de lo que creí que podía amar a alguien. —Tenía la esperanza de que mi voz se mantuviera firme, pero se quebró en cuanto la sujeté y ella se enfocó en mí—. Conocerte ha sido lo más increíble que me ha pasado. —Las lágrimas comenzaron a rodar por sus mejillas—. Esperaba que tuviéramos más tiempo. Le recé a quien me escuchara para que pudiéramos continuar esta historia de amor en el mundo exterior—. Me aclaré la garganta para poder continuar—. Pero, al final, esto es todo lo que tenemos. Y no podía esperar un minuto más para hacerte una pregunta muy importante.

June contuvo el aliento mientras me arrodillaba. Mis articulaciones gritaron mientras lo hacía, y no fue un descenso ágil; el dolor era demasiado. Pero cuando alcé la vista hacia June y vi que estaba tan feliz que se cubría la boca con la mano, todo el sufrimiento desapareció.

—June Scott, mi Junie, ¿por favor, me harías el honor más grande de mi vida y aceptarías ser mi esposa?

Un sollozo escapó de su boca.

—Sí —susurró—. Siempre será un sí, Jesse.

Saqué el anillo de mi bolsillo. El señor Scott me lo había dado, había sido de la abuela de June. Era una delgada banda de oro con un pequeño diamante en el centro. Era sencillo pero hermoso, exactamente igual a la chica que lo llevaría puesto de ahora en adelante.

Deslicé el anillo sobre su dedo. Le quedaba un poco grande, pero June lo observaba como si le hubiera regalado una estrella del cielo. Intenté ponerme de pie, pero mi pierna gritó de agonía.

June me miró con adoración, y le confesé:

—Debería estar besándote en este momento, Junie, pero creo que necesito ayuda para ponerme de pie.

Sus labios temblaron y llenó el cuarto con su hermosa risa, haciendo que el brillante ambiente se sintiera aún más mágico.

El señor Scott apareció a mi lado y me ayudó a pararme. Puse los ojos en blanco, consciente de que él —y nuestras familias enteras— habían estado escuchándonos afuera del cuarto. Una vez que estuve de pie, nos dejó solos, y June me miró como si fuera su todo.

—Listo —dije, con mi corazón derritiéndose ante su deslumbrante expresión—. No me quedé en el suelo.

Acuné su rostro entre mis manos y me incliné a besarla. Sus labios eran suaves y sentí el sabor de sus lágrimas mientras rodaban por sus mejillas. Se mezclaron con las mías, pero ninguna era de tristeza. Estaba tan lleno de felicidad que sentía que iba a explotar.

Cuando nos separamos, puse mi frente contra la suya.

—Vas a ser mi esposa.

Esposa. Ninguna palabra había sonado tan perfecta jamás.

—Te amo —dijo June, y estudié cada detalle de su expresión.

—¿Cómo te suena casarnos dentro de tres días? —June me miró con ojos llenos de preguntas—. El padre Noel aceptó oficiar la boda.

—¿En tres días? —preguntó con los ojos bien abiertos.

—Me pareció bien movernos rápido, tomando en cuanto que no tenemos el lujo del tiempo —bromeé, y ella luchó por no sonreír—. Eso o que nuestra boda se convierta en un funeral.

—¡Jesse! —exclamó June, meneando la cabeza a modo de regaño. Pero el brillo en sus ojos me dijo que estaba disfrutando mi humor negro, aunque tal vez estaba demasiado cerca de un tema sensible.

—Tres días suena perfecto —afirmó.

Quería ir a la capilla y hacerlo en ese momento. Pero también sabía que June llevaba toda la vida soñando con su boda y, si había algo con lo que no era egoísta, era su felicidad.

—¿Ya podemos entrar? —gritó Chris desde la puerta—. Si no dicen que sí, sus padres van a entrar de todas maneras.

Volteamos y nos reímos de nuestros amigos y familiares esperando en la entrada.

—¡Sí! —exclamó June, extendiendo su mano izquierda hacia sus padres—. ¡Me voy a casar! —El señor Scott tomó a June en sus brazos—. ¡Vas poder caminar conmigo al altar, papá! —dijo, y el señor Scott cerró los ojos.

—Lo sé, cariño. No puedo esperar —susurró, abriéndolos de nuevo y mirando a su hija con adoración.

Mamá me abrazó, pero Lucy y Emily corrieron hacia June, olvidándose de mí por completo.

—¿Puedo ser tu dama de honor? —le preguntó Lucy a mi prometida.

Mi prometida.

Emily le dio un golpe a Lucy en el brazo.

—¡Tienes que preguntarlo amablemente! ¡Ya hablamos de esto!

Me reí y June volteó a verme. En sus ojos ya no había miedo, ni dolor, solo veía felicidad reflejándose hacia todos nosotros.

—Claro que sí —les dijo June a los pequeños monstruos—. ¿Quién más lo sería? Van a ser mis hermanas.

Esas palabras fueron una flecha a mi corazón. Lucy y Emily brincaron sobre June, gritando de emoción.

Por primera vez desde que me dijeron que estaría en cuidado paliativo, deseé que el tiempo pasara más rápido. No podía esperar a que pasaran tres días.

No podía esperar a poder decir que Junie era mi esposa.

Capítulo veintiocho

JUNE

—June... —dijo mi mamá mientras terminaba de abotonarme y daba un paso atrás.

Observé mi reflejo en el espejo. Tenía puesto un vestido blanco entallado. Estaba decorado con encaje, con el cuello alto y mangas largas. Tenía un diseño de plumas en el encaje. La tienda de novias incluso había hecho un pañuelo del mismo material, con cristales bordados para darle un poco de brillo.

Era un sueño *vintage*.

Una maquillista había escuchado nuestra historia gracias a Neenee; vino al rancho a maquillarme, haciéndome unos ojos ahumados y labios naturales.

Nunca me había percibido como bonita, pero cuando vi mi reflejo... lo pensé al fin. No podía esperar a que Jesse me viera. Levanté la mano izquierda y acaricié mi anillo, el anillo de mi abuela.

La boda había tomado forma en tres cortos días. Neenee se había encargado de casi todo, avisándole a la comunidad alrededor del rancho sobre nuestro casamiento, y muchos se ofrecieron para ayudar. La tienda de novias donó el vestido y una compañía de *catering* se estaba instalando en el comedor formal, donde comeríamos después. Una compañía que se dedicaba a organizar eventos estaba creando una pista de baile en el gran salón. Me gustaba la idea de pensar que el señor Owens hubiera estado de acuerdo con nuestro matrimonio. Nunca logró ver a su hija casarse, había muerto demasiado joven.

Escuché que alguien se aclaraba la garganta detrás de mí. Me di la vuelta y vi a papá parado ahí, vestido de traje. Me temblaron los labios cuando sus ojos se suavizaron al verme en mi vestido.

—¿Te gusta? —le pregunté, pasando mi mano por el delicado encaje.

—June —susurró papá, y tuvo que limpiarse la cara recién rasurada.

Se acercó y me tomó de la mano. Mi respiración estaba temblando mientras me decía:

—Nunca he visto a nadie más hermosa en mi vida.

—Te ves muy guapo, papi —comenté, y acomodé la rosa amarilla en la solapa de su traje—. ¿Ya viste a Jesse?

Una bola de nervios se formó dentro de mí. No estaba nerviosa de manera negativa. Si hubiera podido, hubiera corrido por el altar hacia sus brazos para convertirme en su esposa en ese momento. Deseaba mucho esto.

—Está bien —me aseguró mi papá—. Ya está en la capilla. —Puso los ojos en blanco—. Estoy muy seguro de que se arregló ayer y ha estado esperándote en el altar desde entonces.

Mi sonrisa era tan grande que me dolía la mandíbula. Alcé una ceja.

—¿Está usando la gorra de los Cuernos Largos?

Papá se rio.

—Corazón, si se hubiera puesto esa gorra vieja, se la habría quitado de la cabeza y quemado hasta que solo quedaran cenizas. —Al parecer, todavía no superaba el hecho de que se la hubiera puesto para pedirme matrimonio. Me reí y papá continuó, esta vez un poco más serio—. Se ve muy bien, corazón. Solo está esperando que llegue su hermosa prometida.

—Vamos, entonces —lo apuré, y me colgué de su brazo.

Mamá me dio un beso en la mejilla.

—Eres la novia más hermosa que jamás he visto —afirmó y se enderezó—. Voy a la capilla y los veo ahí. —Le dio un beso a mi papá y nos dejó solos.

—¿Vamos? —le pregunté a papá.

Empecé a moverme, pero me cortó el paso. Me miró a los ojos y fue como si una roca se me atorara en la garganta al ver todas las emociones que había en ellos.

—June, nunca he estado más orgulloso. —La voz se le quebró en la última palabra.

—No me hagas llorar, papá —dije débilmente.

Me quitó una lágrima de la mejilla con su pulgar.

—Déjame decirlo, amor, por favor.

Asentí. Tenía que darle este momento.

—Tu mamá y yo esperamos mucho tiempo para traerte al mundo. Los hijos no estaban en los planes de Dios para nosotros, o eso creímos. Entonces, cuando nos enteramos de que tu mamá estaba embarazada de ti, fuiste todos nuestros sueños hechos realidad.

Respiré hondo lentamente, intentando no desmoronarme.

—Nunca pudimos darte un hermano, así que intentamos darte el mundo. Te amamos lo mejor que pudimos, corazón. Eres la persona más valiente y dulce del mundo, y ha sido un enorme privilegio ser tu padre.

—Papá… —musité, sin poder detener las lágrimas.

—Hoy, caminar contigo hacia el altar donde te espera el chico que estoy muy seguro Dios diseñó para ti… bueno, amor, es el mayor honor que podría tener. Lo voy a valorar por el resto de mi vida. Siempre voy a agradecerte el que me hayas enseñado lo que es el amor incondicional y hayas hecho todos mis sueños realidad.

Puse mis brazos alrededor de su cuello y lo abracé fuerte. No podía imaginar lo difícil que era este momento para él y para mamá.

Alejándome, solté una risa suave al vernos.

—Somos un desastre.

Mi papá negó con la cabeza.

—Eres perfecta, corazón.

Respiré hondo y revisé mi cara en el espejo. Estaba bien. La maquillista había hecho un gran trabajo al hacerlo a prueba de agua. Volteé a ver a mi papá de nuevo.

—En caso de que nunca pueda decírtelo, tú y mamá son las personas más preciadas en mi vida. He amado cada segundo de crecer con ustedes. Y... —Tenía la respiración entrecortada, pero logré continuar—. Y los voy a extrañar, incluso desde el cielo. Muchísimo.

Papá me abrazó y disfruté cada momento. Finalmente, me soltó.

—Es hora de que te cases, corazón —dijo con voz áspera.

Enganché mi brazo con el de papá y caminamos por el pasillo hacia la capilla. Neenee nos estaba esperando en la entrada y se quedó sin aliento cuando me vio. Lucy y Emily llegaron corriendo detrás de ella, y me derretí al verlas en sus pequeños vestidos blancos. Ambas tenían canastas llenas de pétalos de rosa amarillos. Susan las estaba cuidando para que Cynthia pudiera ayudar a Jesse dentro de la capilla.

Emily y Lucy se pararon frente a mí.

—Se ven adorables —les dije, y su expresión fue de orgullo. Mi corazón dio un salto cuando, en sus ojos, vi a Jesse. Su cabello rubio estaba rizado y adornado con pequeñas mariposas.

—Te ves muy bonita, Junie —dijo Lucy, lo cual alegró mi corazón.

—Gracias —respondí mientras Susan se acercaba y las tomaba de las manos.

—Estás preciosa, querida —confirmó y me dio un beso en la mejilla—. Ese chico va a quedar en shock cuando te vea.

Neenee le hizo un gesto con la cabeza al pianista al frente de la capilla, y mi pieza de música clásica favorita, «River Flows

In You» de Yiruma, comenzó a sonar. Susan guio a las niñas al atar y Neenee me tomó de la mano.

—Te ves hermosa, June. —Me besó la mejilla—. Cuenta hasta veinte y entra.

Neenee entró a la capilla y comencé a contar. Cuando papá me miró y gesticuló «veinte», dimos un paso adelante y doblamos la esquina. La pequeña capilla estaba llena de nuestros amigos del ensayo clínico y sus familiares que se estaban quedando en las residencias.

Había arreglos de rosas amarillas en ambos lados del pasillo. Una alfombra blanca llevaba al altar y, al final, sabía que Jesse estaba parado con Chris a su lado. No levanté la vista, no quería ver a Jesse hasta que llegara junto a él.

Pasé al lado de Silas, Toby, Kate y Cherry. Todos me estaban mirando con sonrisas en sus caras. Sus padres y hermanos estaban ahí. Los enfermeros también asistieron, sin sus uniformes y con atuendos muy elegantes. Incluso el doctor Duncan me hizo un gesto con la cabeza al pasar.

Mis ojos se clavaron en Cynthia, que estaba en la banca del frente, y luché contra las lágrimas cuando vi que sus mejillas estaban mojadas, pero su sonrisa era enorme y estaba llena de adoración. No la conocía desde hace mucho, pero amaba a la madre de Jesse. Había criado a su hijo para ser el hombre que era ahora. Incluso aunque nunca la hubiera conocido, sabría que era una buena persona al haber creado un alma tan hermosa. La hubiera amado por haberme dado a mi alma gemela.

Mamá tomó mi mano mientras pasaba y le dio un apretón. De repente, dejé de caminar. En una silla toda para ella, el rostro de Emma me estaba sonriendo desde una enorme fotografía. Había una sola rosa amarilla frente a ella.

Agachándome, besé las puntas de mis dedos y acaricié su mejilla, con un dolor en el pecho de lo mucho que la extrañaba. Sabía que había sido Chris quien puso a mi mejor amiga al frente y en el centro en mi vida. A Emma le habría encantado esto.

Habría sido mi dama de honor. Esperaba que, donde sea que se encontrara, nos estuviera viendo y celebrando.

Me enderecé e intenté calmarme. Después, llegué al final del camino. Cerré los ojos, conté hasta cinco, los abrí y alcé la vista.

Mi corazón se detuvo y frente a mí encontré al chico más guapo que jamás ha existido. Papá me dio la vuelta y besó mi mejilla. Extendiendo el brazo hacia Jesse, apretó su mano y luego se colocó al lado de mamá.

El padre Noel estaba parado al frente, esperando pacientemente mientras Jesse me ofrecía su mano y, en cuanto la tomé, con nuestros corazones encontrándose, me llené de una paz total, una sensación de que todo estaba bien. No entendía por qué mi vida estaba siendo interrumpida, nunca entendería cómo el espíritu de alguien como Jesse estaba siendo privado de una vida larga. Pero, en ese momento, sabía que estábamos destinados a ser marido y mujer.

Dejé que mis ojos recorrieran cada parte de su cuerpo. Estaba usando un traje negro que le quedaba a la perfección. Me reí cuando vi su cabeza libre de la gorra.

Jesse notó que algo me divertía y se inclinó hacia mí.

—Supuse que tu papá me mataría si me la ponía, así que no me atreví. No quise sacrificar las pocas semanas que me quedan —susurró.

Apreté su mano, conservando su chiste solo para mí. Pero el humor se desvaneció de su voz mientras daba un paso hacia mí y decía:

—Vaya… eres hermosa.

Dejé caer mi cabeza hacia atrás y me reí hasta que la alegría me consumió.

Eso fue lo primero que Jesse me dijo cuando nos conocimos. Parecía apropiado, ahora que dábamos el primer paso a nuestra vida como marido y mujer, que empezara igual.

—Tú también te ves muy guapo, amor —le respondí, y Jesse se inclinó para darme un beso.

Escuchamos a alguien aclararse la garganta y nos separamos.

—Eso pasa hasta el final, hijo. Pero lo voy a dejar pasar esta vez —mencionó el padre Noel, y todos nuestros amigos y familiares se rieron.

—No pude evitarlo —respondió Jesse, acariciando mi mejilla—. ¿Ya vio a mi chica?

Sentí que me sonrojaba y Jesse me guiñó el ojo de manera juguetona.

Cuando las risas se apagaron, Jesse tomó mis manos y el padre Noel comenzó la ceremonia. Era un sermón lleno de alegría y esperanza sobre las almas gemelas encontrándose.

Llegó el momento de los votos, que Jesse y yo habíamos escrito por nuestra cuenta.

Él habló primero.

—Junie —comenzó, y noté el tono áspero en su voz—. Si alguien me hubiera dicho hace meses que estaría aquí, casándome con la chica de mis sueños, nunca le habría creído. —Me dio una media sonrisa y continuó—. Pero has sido dueña de mi corazón desde el día que chocamos en el pasillo.

Repetí el día en mi cabeza con toda claridad, porque había sentido lo mismo. Nos conocimos y las mariposas me invadieron el pecho.

—No sabíamos cómo resultaría el ensayo clínico, ni siquiera sabíamos si tendríamos oportunidad de vivir. —La capilla se quedó en silencio ante la seriedad con la que hablaba—. Y aunque no resultó de la manera que esperábamos, hoy eres la culminación de un sueño que no sabía que tenía. Y no cambiaría nuestra historia por nada del mundo. Si solo tenemos las siguientes semanas como marido y mujer, entonces diría que nuestro matrimonio es un éxito rotundo.

Contuve la emoción lo mejor que pude, pero mis manos y labios estaban temblando.

—Eres el amor de mi vida y voy a estar a tu lado por el tiempo que tengamos en esta tierra y a donde sea que vayamos después.

—Asentí, porque estaba de acuerdo—. Te amo, Junie. —Jesse levantó su mano y formó un puño. Me reí a través de las lágrimas mientras hablaba—. Viva el grupo dos.

Le di un golpe a su puño y el padre Noel volteó a verme.

—June, ahora tus votos, por favor.

Haciendo a un lado mis niervos, puse toda mi atención en Jesse y el resto de la capilla pareció desaparecer. Acercó mis manos a sus labios y le dio un beso a cada una, con sus ojos verde bosque enfocados en mí.

—Jesse —comencé, asegurándome de hablar con claridad y firmeza—. Mi sueño siempre ha sido ser escritora. Quería escribir una historia de amor, la mejor historia de amor que jamás se ha conocido—. Sonreí y miré a mis padres—. Mis papás tienen el mejor matrimonio que jamás he visto. Se han amado desde que eran adolescentes, y siempre me pregunté si yo tendría un amor así. —Tragué saliva—. Cuando me dijeron que tenía cáncer terminal y que el tratamiento no estaba funcionando, no estaba segura de que fuera a conseguirlo.

—June... —Jesse susurró como si sintiera mi dolor.

Di un paso hacia él y puse mi mano en su mejilla. Él se inclinó hacia el contacto.

—Luego llegué aquí en busca de una segunda oportunidad de vivir. Vine a sanar y recuperarme, para poder salir al mundo y encontrar ese amor. —Sacudí la cabeza—. No sabía que iba a encontrar a mi gran amor en un rancho en las afueras de Austin. No sabía que mi alma gemela sería el travieso jugador de futbol americano del cuarto de al lado.

Jesse sonrió al escucharme.

—La verdad es que quería un gran amor y quería escribir sobre él. Y lo he hecho. Pero lo que no sabía era que la historia de amor más grande que conocería es la que iba a vivir. A pesar de los altibajos, de lo duro y... bueno, lo más rudo.

Todos se rieron con eso.

—Jesse Taylor, me tomaste por sorpresa. Aunque no vamos a pasar mucho tiempo juntos, como la estrella que se apagó a cuatro mil años luz de distancia, nuestro amor va a brillar incluso cuando no estemos. Porque tú y yo estamos destinados. Jesse y su June. Para siempre.

Una lágrima rodó por su mejilla. Cayó en el pétalo de la rosa que estaba en la solapa de su traje.

—Tienes mi corazón en tu mano, y yo el tuyo en la mía. Por toda la eternidad. —Siguiendo su ejemplo, alcé mi puño—. Viva el grupo dos.

Jesse se rio y le dio un golpe a mi puño con el suyo.

—Ahora haremos el intercambio de anillos —anunció el padre Noel, y pusimos el anillo en el dedo del otro, sin desviar la mirada—. Es un enorme placer declararlos marido y mujer —dijo el pastor—. Pueden besarse.

Jesse se movió hacia mí como si no pudiera esperar un minuto más para sellar nuestro matrimonio con un beso, pero hizo una pausa de último momento y volteó a ver a mi papá.

—Tal vez quiera desviar la vista, señor.

Chris soltó un grito de emoción mientras la multitud aplaudía. Y después, los labios de Jesse sobre los míos me consumieron por completo, haciéndonos uno frente a nuestra familia, amigos y Dios.

Estábamos casados.

Oficialmente había atado su alma a la mía.

Era la señora June Taylor.

Nada se había sentido así de bien antes.

Capítulo veintinueve

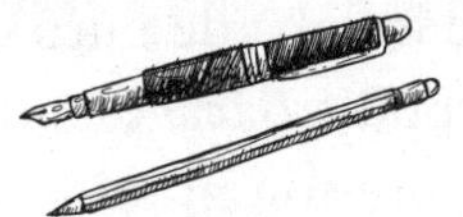

JESSE

Salimos de la capilla y nos recibieron con gritos y aplausos. No había espacio para la tristeza. Era un día de celebración y amor. Porque... maldita sea, acababa de casarme con mi Junie.

Era mi esposa.

Los invitados iban en camino al comedor. Podía oler la deliciosa comida desde donde estábamos, pero June y yo íbamos al final de la fila, y la jalé a un armario en el pasillo para tener un momento a solas. La empujé hasta que su espalda tocó la pared. June me sonrió como si yo fuera su mundo entero.

Era mía, así que entendía el sentimiento.

Di un paso atrás y solo la observé. Sacudí la cabeza.

—Junie —dije—. Te ves increíble.

Cada centímetro de su vestido de encaje estaba pegado a su delicado cuerpo. Y su pañuelo era perfecto, todo era perfecto. Era la belleza personificada. Sus mejillas seguían sonrojadas y sus labios rosados estaban rogando que los besara.

Así que lo hice. La besé y la besé hasta que nos quedamos sin aliento, lo cual no era muy difícil estos días.

Me alejé y June tomó mi mano izquierda, estudiando el sencillo anillo de oro en mi dedo anular.

Alzó la vista hacia mí y solo vi amor en sus ojos cafés.

—Eres mi esposo —susurró asombrada, y esas palabras sonaban al paraíso.

Tomé su mano izquierda y pasé mi pulgar sobre el anillo de oro a juego y el de su abuela.

—Señora Taylor —dije—. ¿Por qué amo tanto cómo suena eso?

—Estamos casados, amor —declaró y, con solo ver el brillo en su cara, sentí que me inflaba de puro orgullo. Este era uno de los sueños de June. No podía darle tiempo, arrugas ni canas. No podía darle líneas de expresión ni hijos. Pero podía hacerla mía de todas las maneras que importaban y, al final, eso sería más que suficiente para ambos.

La besé una última vez, profundamente y con todo mi corazón, antes de decir:

—¿Deberíamos ir a nuestra recepción?

Le ofrecí mi mano y June la tomó gentilmente.

Mientras caminábamos por el pasillo, ignoré lo mucho que mis músculos estaban sufriendo y que mis articulaciones temblaban de dolor. Ignoré el hecho de que a ambos nos costaba respirar y que la cojera de June era más pronunciada. La muerte no estaba invitada a la celebración de nuestro matrimonio.

Dimos la vuelta en una esquina y entramos al comedor, donde el señor Scott alzó una copa de champaña y exclamó:

—¡Les presento al señor y la señora Taylor!

Nuestros invitados aplaudieron.

Nos sentamos a comer en una atmosfera relajada y feliz. Incluso los pocos discursos que hubo fueron ligeros y positivos. Habíamos pedido que la noche fuera solo de celebración, y nuestra familia y amigos nos ayudaron a hacerlo realidad.

Cuando llegó el momento de la noche de movernos al gran salón, ya estábamos exhaustos. June y yo nos sentamos, agarrados de la mano, y recargó la cabeza en mi hombro mientras veíamos bailar a nuestros invitados. Se rio mientras Emily y Lucy corrían en círculos alrededor de Chris, que estaba agotado para cuando terminaron.

Sonreí mientras mamá bailaba con el padre Noel y olvidaba su tristeza por un instante. Los padres de June casi nunca dejaron la pista de baile, mejilla con mejilla, y entendí por qué ella había crecido como una fiel creyente del amor al tenerlos como ejemplo. Lo absorbimos todo.

El día había sido perfecto, pero, a decir verdad, estábamos muy cansados. Era claro que Neenee lo había notado, así que se acercó y dijo:

—¿Primer baile y nos despedimos?

—Sí, por favor —dijo June, volteando a verme—. ¿Qué canción elegiste para nuestro primer baile?

—Ya verás —respondí, y soltó un quejido nervioso.

—Eso no me inspira mucha confianza, Jesse.

—¡Señora Taylor! —exclamé, y vi cómo June brillaba con el nuevo nombre—. ¿No confías en mí? ¿Tu esposo?

Suspiró y la tomé de la mano. La ayudé a ponerse de pie y nos tomó más tiempo de lo que esperaba llegar al centro de la pista de baile. Asentí en dirección a Neenee y las primeras notas de «Forever Young» de Alphaville comenzaron a sonar.

Con la mano de June en la mía y su brazo alrededor de mi espalda, dejó caer su cabeza en mi pecho.

—Un poco obvio, ¿no crees, Jesse?

Me encogí de hombros, pero sabía que le había parecido tan gracioso como a mí por el movimiento de sus hombros.

—Me pareció apropiada. —Besé su cabeza—. Diecisiete para siempre —murmuré y puse mi mejilla contra su cabeza—. Tuyo para siempre —agregué, y supe que eso le había gustado más, porque me apretó la mano.

Nos mecimos, sin poder hacer mucho más. Quería disfrutar cada minuto de la noche. No sabía que nos pasaría después, no sabía cuánto tiempo nos quedaba juntos. Pero siempre tendríamos esa noche. Siempre seríamos uno.

Mientras la canción terminaba, mi mamá y los padres de June se acercaron. Emily y Lucy estaban dormidas en las bancas a los lados del salón. Mamá me dio un beso en la mejilla y abrazó a June.

—Estoy increíblemente feliz por ustedes. Nos vemos mañana. Tengo que llevar a esas dos a dormir. —Señaló a mis hermanas.

El señor y la señora Scott hicieron un gesto para que los siguiéramos al pasillo. Puse mi mano alrededor de la espalda de June y la ayudé a caminar. Mi corazón se hundió un poco al ver lo difícil que parecía ser para ella. No faltaba mucho para que necesitara una silla de ruedas para moverse. Sin embargo, sabía que estaba decidida a terminar el día sin ayuda.

Un destello de pánico me recorrió. Era egoísta, pero no quería vivir un solo día sin ella. Incluso si me tomaba unos días seguir el mismo camino, cada minuto sin ella se sentiría como una vida de soledad.

—¿Jesse? —preguntó, moviendo su mano frente a mi cara. Estaba exhausta. Miré al señor Scott y supe que él también lo veía, a juzgar por las líneas preocupadas de su cara.

—Estoy bien, amor. Vamos a dormir. —No quería que supiera que estaba preocupado por ella.

—Ahora que lo mencionas... —La señora Scott se detuvo frente a un cuarto más grande, a unas puertas de distancia de nuestras habitaciones. June y yo la miramos confundidos.

La mujer abrió la puerta y vimos que nuestras cosas ya estaban ahí. Una cama enorme estaba en el centro, con la libreta de June que contenía nuestra historia casi terminada en una mesa de noche y mi cuaderno de dibujo y lápices en la otra.

—¿Mamá? —susurró, observando la pared de dibujos que antes habían estado pegados en su *suite*.

—Ya están casados —explicó el señor Scott—. Este es su nuevo hogar. Juntos.

Me rasqué la nariz para ahuyentar la comezón de emociones que sentía en ella.

—Gracias, señor —murmuré y estreché su mano.

—Vayan adentro. —Era obvio que podía ver nuestro cansancio. Nos habíamos exigido mucho hoy, pero había valido la pena.

—Los vemos mañana —dijeron ambos mientras cerraban la puerta detrás de nosotros.

Ayudé a June a sentarse en la cama mientras observaba el cuarto. Era hermoso.

—¿Necesitas ayuda con tu vestido? —le pregunté y June asintió.

Se dio la vuelta y me puse a trabajar en la larga fila de botones que llegaba a la base de su columna. Se quitó el vestido hasta que solo quedó un camisón de seda.

Sus mejillas se encendieron ante mi atención. Me quité el traje hasta que quedé en mi bóxer. Ya habíamos hecho el amor y dormíamos abrazados casi todas las noches, pero esto se sentía más íntimo. De cierta manera, se sentía más importante.

June bostezó y me reí.

—No fue por ti —bromeó.

Hice a un lado el cobertor de la cama.

—A dormir, Junie.

—¿Estás intentando seducirme? —Hizo un terrible intento de guiñar el ojo.

—Junie —apunté—, estamos tan medicados en este momento que no podríamos hacer nada aunque lo intentáramos.

Su pequeño ataque de risa resonó en el cuarto. Me metí a la cama a su lado, quitándole el pañuelo y apagando la luz principal. Solo quedó el brillo de la lámpara en la mesa de noche.

Nos pusimos cara a cara y nos tomamos de la mano, felices de solo mirarnos.

El señor y la señora Taylor. Apenas podía creerlo.

—Te amo —susurró, e incluso esas dos palabras sonaron más importantes.

—Yo también te amo. —La besé. Recorrí el costado de su cuerpo con la mano, sobre el camisón de seda—. Solo para que sepas, si estuviera completamente sano, te estaría devorando en este momento.

—Ay, sí te creo —admitió y soltó una risita. Yo también me reí—. Me encantan tus hoyuelos. —Los acarició con los dedos y volvió a bostezar—. No quiero que esta noche termine, pero no creo poder quedarme despierta mucho más tiempo.

—Antes de que te vayas a dormir —comencé, y extendí la mano hacia el cajón de mi mesa. Recé por que los papás de June hubieran puesto mi regalo de bodas en el mismo lugar en el que lo tenía en mi cuarto. June se esforzó por sentarse y, cuando por fin lo logró, le di el dibujo.

—No tengo nada para ti —dijo, mordiéndose el labio.

—Te tengo a ti, Junie. Eso es más que suficiente. —Le di un golpecito al cuadro con el dedo—. Ábrelo.

June abrió el regalo del dibujo que había hecho para ella. Se quedó sin aliento cuando lo vio y sus ojos se llenaron de lágrimas.

—Jesse… —dijo, y acarició el cristal con los dedos. Me miró con una sonrisa triste—. Nuestro sueño.

Me tragué el nudo que tenía en la garganta.

—No pude dártelo en esta vida. Tal vez esté en nuestro final feliz, no lo sé. Pero quería que lo tuvieras de alguna manera, incluso si solo es un dibujo de mi imaginación.

June sostuvo el cuadro contra su pecho y cerró los ojos. Cuando los abrió de nuevo, me miró y afirmó:

—Yo lo veo exactamente igual.

Mi corazón se sentía como si fuera a explotar mientras se inclinaba y me besaba, apretando el boceto contra su pecho.

June tomó mi mano.

—Lo tendremos de alguna manera, amor. En el cielo nos espera este sueño.

—Lo sé — respondí en voz áspera, y besé sus dedos mientras se quedaba dormida. Una vez que supe que no despertaría, tomé el cuadro de sus manos, para que no se rompiera. Mirando la imagen, cerré los ojos y la vi en mi mente: nosotros, sentados en el columpio del porche, la vista desde la puerta trasera de nuestro hogar. Nuestras cabezas estaban juntas y éramos más viejos. Frente a nosotros estaban nuestros hijos y nietos, jugando en el patio mientras nosotros solo observábamos.

Era el sueño más grande de June.

Tenía que darle esto también. Tenía que darle un sueño más, incluso si solo era hecho a lápiz.

Le daría el mundo si pudiera.

Pero tuve que conformarme con mi apellido, y eso era un sueño hecho realidad.

Capítulo treinta

JUNE

El final feliz de Jesse y June

—¿Cómo te sientes? —le pregunté a June mientras su mirada estaba fija en la ventana del carro. La librería había mandado un vehículo para recogernos: muy elegante de su parte. El clima era brillante y cálido, y el sol resplandecía en el cielo azul.

June llevaba puesto un vestido verde que llegaba al suelo, entallado y sin mangas, que hacía que sus ojos se vieran como dos remolinos de chocolate. Yo seguía en el hospital, pero la semana anterior mis resultados habían dicho que «no había evidencia de enfermedad». Solo me quedaban unas semanas de tratamiento y, pronto, saldría y estaría considerado completamente en remisión.

No podía creerlo. Después de meses y meses de quimio e inmunoterapia, enfermedades y June siempre a mi lado, lo habíamos logrado.

Estaba exhausto, un poco débil y adolorido, pero no me iba a perder ese evento por nada del mundo. Ella volteó a verme y respiró hondo. Su cabello oscuro seguía estando corto y se veía hermosa. Siempre se veía hermosa para mí.

—Estoy empezando a arrepentirme de mi decisión —admitió, con los labios temblando de nervios. Besé el dorso de su mano. Su piel estaba un poco más pálida debido a la ansiedad—. ¿Y si nadie llega? ¿Y si el evento es un desastre? —Comenzó a entrar en pánico.

—Junie —la interrumpí, moviéndome más cerca en el asiento trasero del auto—. Mírame. —Lo hizo y puse mi mano en su mejilla. Cerró los ojos y respiró hondo al sentirme—. Nuestra historia tiene millones de visitas en línea. Estoy muy seguro de que no tienes idea de lo que va a pasar.

Sus ojos se abrieron sorprendidos.

—No de mala manera, amor. Va a ser bueno. —Le besé la frente, su fleco corto me hizo cosquillas—. He leído los comentarios en cada capítulo que publicas.

—¿De verdad? —preguntó. Ella había dejado de leerlos hace mucho, cuando el número de personas que leían sus palabras se volvió aterrador. Estaba escribiendo nuestra historia. La historia de versiones de nosotros que no habían logrado salir del rancho Armonía. Era especial para nosotros y hacía que June se sintiera vulnerable. Estaba decidida a proteger a esos Jesse y June con todas sus fuerzas. Los adoraba. Los dos los adorábamos, éramos ellos. Los teníamos cerca de nuestros corazones. No quería que ningún comentario los lastimara.

Asentí.

—Los aman —aseguré—. Tus palabras han ayudado a mucha gente, Junie. No tienes idea. Le diste a esa versión de Jesse y June con una enfermedad terminal la oportunidad de vivir en los corazones de millones de personas. Les hiciste justicia.

—Ya casi llegamos —avisó el conductor, interrumpiéndonos.

Miré por la ventana y tuve que frotarme los ojos para asegurarme de estar viendo bien.

—June —susurré, sorprendido. Un orgullo denso y fuerte corrió por mis venas, y con un brazo alrededor de sus hombros, tiré de ella para que también se asomara.

—Dios mío. —No podía creérselo. La fila para entrar a la librería le daba la vuelta a la cuadra. Era tan larga que no se veía el final—. No están... —intentó decir—. ¿Están aquí por mí?

Mientras nos acercábamos, vimos las caras emocionadas de cientos de personas, en su mayoría adolescentes, formados pacientemente.

Estaban ahí para ver a mi Junie. Estaban ahí por nuestra historia.

El coche se detuvo donde Emma y Chris estaban esperando, en la entrada trasera. Como lo habían hecho en mis partidos con los Cuernos Largos, también querían apoyar a June. ¡El club de la quimio por siempre! Además, Emma había trabajado con June para hacer el evento realidad, y no iba a perdérselo por nada del mundo.

Habíamos ido a la A&M varias veces para visitar a nuestros amigos, y teníamos la intención de ver a Chris jugar beisbol a finales de año. Emma había dado un paso atrás del mundo de la música en el que se había interesado en la preparatoria y se concentró en las matemáticas. Eran nuestros mejores amigos para toda la vida. Y, gracias a lo que habíamos pasado juntos, nunca íbamos a dar esa amistad por sentado. Cualquiera de nosotros pudo no haber sobrevivido, como en la historia de June. No podía imaginar un mundo donde eso pasara. Los cuatro teníamos una conexión que nada podría romper.

Salí del carro primero y abracé a Chris y Emma. Cuando me di la vuelta, June seguía en el asiento trasero, inmóvil, mirando al frente y perdida en su pánico.

—¿Junie? —dije suavemente.

—Estoy nerviosa —admitió, y se me derritió el corazón.

—Te adoran, amor. Igual que nosotros. No hay nada que temer. —Nos señalé a Emma, Chris y a mí—. Es comprensible que estés nerviosa, pero solo quieren conocerte y agradecerte por tus palabras.

Le ofrecí mi mano. June se apresuró a tomarla y se aferró a ella como si nunca fuera a soltarme.

—Quédate conmigo —pidió. Besé su mano.

—Siempre.

Ayudé a June a salir del carro y Emma la abrazó.

—Lo vas a hacer increíble —dijo emocionada, justo cuando la puerta de la librería se abría detrás de nosotros.

—Hola. ¿Tú debes ser J. Taylor? —preguntó la gerente de la librería, y mi corazón se detuvo por un momento. Siempre lo hacía cuando usaban el pseudónimo de June. Se repetía en mi cabeza, y rogaba que, pronto, no fuera solo un pseudónimo, sino su nombre legal.

—Sí, señora —respondió June, y en ese momento me pareció muy joven. Éramos demasiado jóvenes para muchas de las cosas que nos estaban pasando. Pero el éxito de June... tenía dieciocho años y era mucho más exitosa que personas que le doblaban la edad.

Entramos a la librería tomados de la mano.

—Primero tendremos la sesión de preguntas —le informó la gerente—. ¿Está bien?

—Sí, señora —repitió. Nos llevaron a un cuarto en la parte de atrás donde sería la sesión de preguntas.

—Esto es épico —declaró Chris—. ¿Creen que pregunten por mí? Con eso de que soy uno de los personajes principales de la historia.

Nos reímos, y puse los ojos en blanco, pero, al ver lo nerviosa que estaba mi chica, puse mis brazos alrededor de ella.

—Solo se tú misma. Te van a adorar.

June asintió y la gerente entró a la habitación.

—¿Está lista, señorita Taylor?

El nombre hizo que mi estómago diera otro vuelco. Cuando decidió cuál sería su pseudónimo, quiso incorporarnos a los dos, pues era nuestra historia. Así que decidió usar el apellido Taylor. Era el honor más grande de mi vida. Solo podía pensar en uno que podría superarlo.

June asintió y la siguió hacia la tienda. En cuanto apareció, la gente, que ahora estaba sentada y esperando pacientemente, comenzó a aplaudir. June se detuvo por un segundo, pero la ayudé a subir al escenario.

Me miró con ojos incrédulos y le di un beso en la mano, dándole la vuelta para besar el corazón que tenía dibujado en la palma.

—Voy a estar en primera fila —susurré, señalando los asientos que Emma había reservado para nosotros.

June respiró hondo, se plantó en el escenario y miró a su público. No había un solo lugar vacío en la librería, algunos lectores estaban incluso de pie.

June los saludó y sus mejillas se sonrojaron. Mientras me sentaba, me quedé sin aliento, no por el trato que le estaban dando, sino por ver a mi chica ahí parada, recibiendo toda la atención que merecía (y a la que le temía). Desde el momento que la conocí, supe que era especial. Verla ahí arriba solo lo confirmaba.

June se sentó y el público se apaciguó. La audiencia estaba en completo silencio mientras respondía las preguntas sobre su proceso de escritura y sus razones para ser escritora.

Cuando llegó el momento de las preguntas del público, una chica se puso de pie.

—Amo la historia de Jesse y June. Es tan hermosa y trágica al mismo tiempo. Hay rumores de que está basada en una historia real. ¿Podrías decirnos si es cierto?

Los ojos de June encontraron los míos. Podía sentir cómo la gente seguía su mirada y comenzaron a murmurar. Sabía lo que estaban viendo. A mí en una gorra de los Cuernos Largos con una cabeza calva.

—Algunas partes —respondió, y me hizo una pregunta con la mirada. ¿Podía mencionarnos? ¿Nuestra historia? ¿Podía hacerla pública? Asentí con firmeza. Nuestra historia, en ambos mundos, era hermosa. Quería gritársela al mundo.

June extendió una mano hacia mí. Me puse de pie y escuché mucho gritos ahogados y murmullos emocionados. Subí al escenario con ella y supe que el público estaba viendo a sus personajes favoritos en persona.

Un trabajador de la librería puso una silla para mí. Me senté al lado de mi novia y tomé su mano.

—Él es Jesse —me presentó, y la reacción del público se hizo más ruidosa—. Y yo soy June —continuó. Sus ojos brillaron mientras me miraba—. Nos conocimos en el rancho Armonía durante un ensayo clínico para adolescentes en fase cuatro de leucemia mieloide aguda. Y ahí nos enamoramos.

June relató nuestra historia, y cuando terminó, no había una sola persona que no estuviera llorando.

Otro lector se puso de pie.

—Se siente como si estuvieras llegando al final de *Escríbeme para ti*. Yo... —Al lector le falló la voz—. No sé si estoy listo para que termine.

June asintió. Sabía que ella se sentía igual.

—En *Escríbeme para ti*, June está escribiendo *El final feliz de Jesse y June*; y, en la vida real, tú estás escribiendo *Escríbeme para ti*. —La lectora ladeó la cabeza—. ¿Qué historia se siente más real para ti?

June pensó en la pregunta y respondió:

—Ambas. —Me miró—. Hace mucho tiempo, Jesse me habló de universos paralelos, de que tal vez las historias que escribimos en esta vida suceden en otra. Por eso decidí escribir el libro, para explorar lo que habría pasado si nuestras enfermedades no hubieran sido receptivas al tratamiento del ensayo clínico.

—¿Jesse? —preguntó la lectora, incluyéndome—. ¿Tú qué piensas?

—Creo que, como lectora, tú puedes decidir qué versión de la historia es real. La historia de amor de Jesse y June en

Escríbeme para ti es poderosa y tal vez más hermosa porque no tienen tiempo. Todo es más grande y brillante porque su tiempo juntos es más condesado, finito, limitado. —Me moví más cerca de June; mi pecho sufría al hablar sobre la posibilidad de que no tuviéramos este tiempo juntos—. En *El final feliz de Jesse y June,* su amor es más dulce porque tienen tiempo de vivir y compartir experiencias. —Sonreí y luché contra las fuertes emociones que se juntaban en mi garganta—. Van a conseguir las arrugas, las canas, y se convertirán en una vieja pareja en su porche. —Me incliné para besar la mejilla de June. Me miró a los ojos y le hablé directamente—. Nos veo viviendo ambas vidas de manera simultánea. —Le guiñé un ojo al público—. Lo que pasé al final... bueno, eso ya es decisión tuya.

Los aplausos eran atronadores y June puso su frente contra la mía.

—Estoy obsesionada contigo —dijo, y me reí.

—Lo mismo digo.

June permaneció ahí por horas, firmando su nombre y hablando con sus amados lectores. Cuando terminó, el agente con quien llevaba meses hablando por correo platicó con ella por una hora más, discutiendo sobre su futuro en el mundo editorial. Me senté y lo observé todo, sintiéndome como el hombre más afortunado del planeta.

Cuando la librería comenzó a prepararse para cerrar, me puse de pie y caminé hacia mi chica. Sus ojos brillaban de emoción, pero podía ver que estaba cansada.

—Los dejamos por hoy, pero ¿nos vemos mañana? —preguntó Emma.

—Parece un buen plan —le respondió June.

—Estoy muy, muy orgullosa de ti, June —dijo, abrazándola.

—Gracias por toda tu ayuda.

Tras despedirnos, nos subimos al coche que esperaba afuera. En la parte de atrás, tomé a June del rostro y la besé. Intenté mostrarle lo orgulloso que estaba por medio del tacto. Estaba orgulloso de lo poderosas que eran sus palabras y lo mucho que estaba cambiando la vida de las personas.

—Nunca pierdas esto —le dije una vez que me alejé—. Nunca pierdas la felicidad que hay en tu rostro ahora mismo. Tu propósito, tu razón para escribir, la razón por la que sobreviviste… todo eso hace del mundo un lugar mejor, Junie.

—Soy feliz gracias a ti —respondió—. Me dijiste en el rancho que te escribiera para mí, y lo hice, y cambiaste mi vida de todas las maneras que importan. —June puso sus brazos alrededor de mi cuello—. Te amo, Jesse Taylor. Muchísimo.

—Yo también te amo.

Esas palabras no parecían ser suficiente, así que planeaba demostrárselo.

♥♥♥♥

Estaba acostado en la cama del hospital, con June a mi lado. Acaricié su cabello y sentí los nervios crecer dentro de mí. Finalmente, respirando hondo, me estiré para sacar mi cuaderno de dibujo de la mesa de noche.

June alzó la cabeza de mi pecho, preguntándose qué estaba haciendo.

—¿Quieres dibujar?

Negué con la cabeza y ella frunció el ceño. Luego, le puse el cuaderno en frente.

—Quiero que lo veas todo.

Estaba confundida, pero, al ver la primera página, su confusión se convirtió en amor.

—Jesse…

Acarició con los dedos el dibujo de nosotros en el rancho, sentados en nuestra silla en forma de huevo.

—Sigue —la animé, y volteó la página. Estábamos sonriendo y sosteniendo nuestros diplomas en la graduación del rancho.

Después, apareció June a mi lado, luego de mi primer partido con los Cuernos Largos.

Dejó salir un sollozo cuando vio el siguiente dibujo, que nos mostraba en este cuarto, yo en quimio y ella sosteniendo mi mano, mirándome como si pudiera darle la luna.

—Jesse, ¿qué es esto? —preguntó asombrada.

—Nosotros —respondí—. Mi versión de nuestra historia. Tú tienes tus palabras, yo tengo mis dibujos.

—Me encanta.

—Hay uno más —dije, y la presión en mi pecho aumentó.

June se quedó inmóvil al pasar la página. Alzó la mirada, con lágrimas en sus ojos, y yo ya había sacado la caja con el anillo de mi bolsillo. Era el anillo de su abuela, el mismo de nuestra historia de amor. Su padre me lo había dado cuando le pedí que me dejara casarme con su hija.

—Jesse… —susurró, incapaz de decir algo más.

—¿Te casarías conmigo, Junie? —Tomé su mano, desviando su atención del dibujo que mostraba su mano izquierda usando el mismo anillo—. Cásate conmigo. Hoy, mañana, la próxima semana o el próximo año. No me importa. Solo dime que serás mía para siempre.

JUNE

El final feliz de Jesse y June

Unos ojos verdes colmados de esperanza y pasión aguardaban mi respuesta. Mi corazón estaba a punto de explotar, rebosante de amor. Bajé la mirada al dibujo de Jesse. Era de mi mano, y en el

dedo anular izquierdo estaba el anillo que ahora me ofrecía. Lo reconocí: era de mi abuela, lo cual significaba que Jesse le había pedido permiso a mi papá.

El corazón me explotó de nuevo.

—Sí —contesté, porque no había otra respuesta posible. Miré a Jesse—. Sí. Sí quiero casarme contigo. En cualquier vida, en cualquier historia de amor, siempre te elijo a ti.

La sonrisa que él me dedicó era eufórica. Con manos temblorosas, levantó el anillo de la caja y lo puso en mi dedo.

Me quedaba perfecto.

Jesse me besó, y lo besé de vuelta con todo lo que guardaba en mi alma: adoración total. Cuando me alejé, me reí y exclamé:

—¡Nos vamos a casar!

—Nos vamos a casar —repitió y lo miré en la cama, a unas semanas de reclamar su vida… otra vez. Entonces me di cuenta de que no quería esperar.

—Ahora —comencé, y sus labios se crisparon—. Quiero casarme contigo lo más pronto posible. —Jesse me quitó el cabello de la cara—. Te amo y me amas, y estás entrando en remisión y quiero que nuestra vida comience. Si he aprendido algo en el último año, es que no podemos desperdiciar el tiempo. —Una calma me inundó—. Me pediste que nos casáramos hoy o mañana o cuando yo quisiera. —Contuvo el aliento—. Así que elijo que nos casemos tan pronto como podamos.

Dejé de respirar mientras esperaba su respuesta, pero este chico, este rebelde y juguetón chico texano, solo me devolvió la sonrisa y respondió:

—Necesitamos una licencia. —Asentí, intentando definir el proceso en mi cabeza—. Pero también hay una capilla en el primer piso del hospital. —Dejó que esa idea se elevara en el aire sobre nosotros y sonó como fuegos artificiales. Jesse acarició el anilló que ahora vivía feliz en mi dedo—. Vas a ser mi esposa, Junie. Mi esposa.

—Mi esposo —repetí tras besarlo, y dejé que la palabra se asentara entre nosotros—. No puedo esperar.

Capítulo treinta y uno

JUNE

La brisa cálida nos envolvió mientras intentaba seguir escribiendo. Escribir una oración ahora me tomaba mucho tiempo. No obstante, ya casi llegaba al final de la historia, y estaba decidida a terminarla.

Nuestros tanques de oxígeno nos daban el aire que necesitábamos y el cansancio comenzó a cerrar mis párpados.

Jesse ya estaba dormido a mi lado en la silla en forma de huevo. Acaricié su cara con un dedo. Habían pasado tres semanas desde nuestra boda. Tres semanas de hablar y amarnos y sentirnos seguros en los brazos del otro.

Y también tres semanas de caer rápidamente en los brazos de la muerte. Ya no podíamos caminar. A veces dormíamos todo el día, pues los medicamentos para el dolor hacían que fuera imposible estar despiertos. Pero seguíamos aquí, amando y riendo y disfrutando cada contada respiración.

Le besé el brazo desnudo.

—Amor —lo llamé, decidiendo que era hora de entrar. La noche se acercaba y el atardecer naranja que amábamos atravesaba el cielo. Jengibre estaba pastando cerca de nosotros. Se había quedado cerca de nuestra puerta las últimas semanas y ambos sabíamos que, en algún momento, ya no podríamos estar aquí afuera juntos.

—Jesse —intenté de nuevo, pero no se movió. El pánico llegó con rapidez mientras intentaba despertarlo. Cuando su brazo cayó sin fuerzas a su lado, mi corazón comenzó a romperse—. ¡Jesse! —exclamé de nuevo, más fuerte esta vez. Presioné el botón de emergencia que llevaba alrededor del cuello, y Susan y Bailey llegaron corriendo desde nuestro cuarto y hasta el porche—. ¡No puedo despertarlo! —expliqué, con la urgencia inundando mi voz débil—. ¡No puedo despertarlo!

Susan me levantó y me puso en la silla de ruedas. Bailey ni siquiera se molestó con la silla de Jesse. En lugar de eso, lo levantó y lo llevó al cuarto, dejándolo en la cama. Mientras lo hacía, la gorra de los Cuernos Largos cayó al suelo.

Bailey comenzó a tratarlo, llamando al equipo, pero yo no podía dejar de mirar la gorra. Jesse nunca se la quitaba. Necesitaba tenerla puesta. En segundos, la puerta se abrió de golpe y el doctor Duncan y su equipo llenaron el cuarto.

—Ayúdenlo —rogué con impotencia, deseando que mis piernas funcionaran para poder correr hacia él. Vi cómo el brazo se le caía a un lado de la cama. Era como un faro para mí. Quería sostener su mano. Lo necesitaba—. Susan, llévame con él —pedí, porque seguíamos en la puerta.

—June, necesitan…

—¡Por favor! —le imploré con lágrimas rodando por mis mejillas—. No puede irse así. Necesito verlo. Necesita su gorra. Necesito estar con él. Por favor, Susan. Es mi esposo. Quiero estar con mi esposo.

Me empujó hacia el interior de la habitación, deteniéndose para recoger la gorra de Jesse, a la cual me aferré. La acerqué a mi nariz. Olía a él, a bosque y humo.

Una vez adentro, intenté tomar su mano. Logré rozar sus dedos justo cuando mis padres entraban al cuarto, seguidos de la madre de Jesse.

—¡No! —gritó Cynthia, y todos me miraron buscando una explicación.

—No se despertaba —dije mientras el equipo seguía tratándolo. Me temblaba la voz—. No pude despertarlo.

No podía ver el rostro de Jesse, y necesitaba hacerlo. Quería ver que sus ojos se abrieran, que me sonriera y me dijera que todo había sido un error, que estaba bien.

—Por favor… —le rogué a todos y a nadie al mismo tiempo.

Mis oraciones se perdieron en el vacío.

El doctor Duncan comenzó a conectar a Jesse a varias máquinas. Luego de un rato, se dirigió a nosotros.

—Su cuerpo está cansado, sus órganos están dejando de funcionar. Le di un medicamento que lo hará sentir más cómodo. Pero me temó que no le queda mucho tiempo.

Me quebré, con los sollozos dolorosos saliendo de mi pecho.

—¿Va a despertar? ¿Vamos a poder despedirnos? —preguntó la madre de Jesse.

—Es posible. Puede que recupere y pierda la conciencia por momentos —explicó el médico—. Espero que sea lo suficiente para que puedan decir adiós.

—Buenas noches —dije con firmeza, sacudiendo la cabeza—. No decimos adiós, decimos buenas noches.

Bailey acomodó a Jesse en la cama para que estuviera cómodo. Cuando terminó, papá me levantó para ponerme a su lado. Me acomodé hasta que pude recostar la cabeza sobre su pecho. Cynthia estaba del otro lado, sosteniendo su mano.

Sabía que este momento llegaría para ambos. Pero ahora que estaba aquí, yo… yo no podía hacerlo. No podía perderlo. Mamá y papá se sentaron a mi lado, cada uno poniendo su mano en mi pierna.

Había mucho amor en el cuarto, podía sentirlo. Había mucha fuerza, y quería que Jesse se despertara para verla, para sentirla.

Me quedé ahí acostada por mucho tiempo hasta que sentí que su cuerpo se movía debajo de mí. Me senté, conteniendo el aliento, y esperé…

Jesse abrió y, confundido, miró a su alrededor.

Cynthia alzó la vista hacia su hijo.

Sus ojos confundidos me miraron, hasta que la niebla de su mirada se aclaró.

—Junie... —Hizo una mueca, como si le doliera la garganta—. ¿Qué...? —Su respiración estaba acelerada, y debió haber visto en mis aterrados ojos lo que estaba pasando. Los suyos se llenaron de lágrimas—. No... llores... Junie —jadeó y alzó una mano débil para limpiar mis lágrimas.

Me incliné y lo besé. Besé cada parte de su cara. Besé sus labios y su mano.

—Te amo —murmuré, y una chispa de comprensión se encendió su mirada—. Te amo, te amo.

—¿Cuánto tiempo? —preguntó.

—No sé —respondí, y me quebré. Bajé la cabeza hacia su pecho y él acarició mi cuello.

—Mis... hermanas —musitó, y supe que le estaba hablando a su mamá.

—Voy por ellas, hijo —respondió papá. No podía soltar a Jesse. Quería morir con él. No quería estar en esta vida sin él. Se suponía que estuviéramos juntos. No quería que me dejara sola.

—Está... bien... Junie —intentó consolarme; su voz era más clara entre más la usaba.

Alcé la cabeza y me limpió las lágrimas.

—No me dejes —le rogué, y sus ojos se llenaron de dolor.

La puerta del cuarto se abrió y Chris entró. Estaba mejorando. Se veía más fuerte y el color había regresado a su cara. Lo estaba logrando. Estaba sobreviviendo y se iría de este lugar curado.

—Hola, hermano —saludó, y el único indicio de lo que estaba sintiendo era el puño apretado a su costado—. ¿Cómo estás?

Jesse forzó una sonrisa y mi corazón se rompió.

—Ah... ya sabes... increíble.

Chris se rio, pero su risa fue interrumpida por un sollozo. Se inclinó y puso los brazos alrededor de Jesse.

—Te voy a extrañar, amigo.

Cuando una lágrima escapo del ojo de Jesse, no creí poder soportar más tristeza.

—Saluda a Emma de mi parte —pidió Chris cuando se alejó.

Jesse asintió.

—Vive una buena vida, por todos nosotros.

—Lo haré —prometió Chris con voz áspera—. Los amo, chicos. Mucho.

Y supe que en ese momento también se estaba despidiendo de mí.

Chris se fue de la habitación, lanzando sobre su hombro una última mirada llena de dolor. Limpié la lágrima de la mejilla de Jesse justo cuando Lucy y Emily entraban, en silencio y asustadas.

Cynthia las rodeó con su brazo libre. Como yo, no parecía querer soltar a su hijo ni por un segundo, porque solo nos quedaban segundos.

—Lucy, Emily, es hora de decirle buenas noches a Jesse —les dijo, y sentí como un pedazo de mi lento corazón se desgarraba. No sabía cómo Cynthia estaba logrando mantener su voz tan firme. Era una mujer increíble con una fuerza incomparable.

Papá subió a Lucy y Emily a la cama.

—Hola, pequeños monstruos —saludó Jesse, y vi otra lágrima rodar por su cara.

—¿A dónde vas? —preguntó Lucy, directa como siempre. Pero había un temblor en su voz, como si supiera que no era solo un viaje fuera del rancho para sanar.

—Al cielo —respondió él con simplicidad.

—No quiero que te vayas —admitió Emily, y tuve que mirar a otro lado por un momento. Vi la cara de mamá al hacerlo. Había un profundo sufrimiento en su expresión.

—¿Recuerdan lo que les dije?

—Que serías nuestro ángel guardián —dijo Emily, repitiendo lo que Jesse les había explicado a sus hermanas hace semanas. Él asintió.

—Siempre las voy a cuidar. Lo prometo.

Emily bajó la vista a sus manos y luego se lanzó al pecho de su hermano, quien la abrazó y le dio un beso. Lucy hizo lo mismo.

—Te voy a extrañar —susurró Emily, portándose muy bien para ser tan joven.

—Te voy a extrañar más —admitió Jesse, y su voz se quebró.

—Las voy a llevar con Susan —avisó papá una vez que las niñas se despidieron.

Mientras Jesse las veía marcharse, su determinación se rompió por completo. Puse mis brazos alrededor de su cuerpo y su madre hizo lo mismo. Las dos mujeres que más lo amaban estaban consolándolo en sus últimos momentos.

Me hice a un lado, tomando su mano mientras su madre se sentaba junto a él. Acarició su cabeza.

—Te amo tanto, solecito. Gracias por estar conmigo en los peores momentos. Gracias por enseñarme a ser mamá. Es lo mejor que he hecho, y es gracias a ti.

—Te amo, mamá —respondió Jesse, y abrazó a Cynthia tan fuerte que me destrozó.

Volteó a verme cuando su mamá regresó a la silla.

—Junie… —Extendió los brazos hacia mí.

Caí sobre él y me aferré con todas las fuerzas que me quedaban.

—No puedo hacer esto sin ti —sollocé desde el fondo de mi garganta.

Jesse se hizo hacia atrás y puso una mano debajo de mi barbilla.

—Tienes un libro que terminar, amor. Tienes que completar nuestro final feliz—. Sacudí la cabeza, pero él continuó—. Recuerda lo que dijo el padre Noel.

Lo recordaba. Jesse me había hablado de su conversación con el pastor en la capilla, sobre cómo las personas ven a algo o alguien cuando fallecen. Que la gente va por ellos, sus seres amados, para ayudarlos a cruzar al otro lado.

—No te vayas al cielo sin mí —pedí—. Quédate conmigo hasta que yo también me vaya.

Jesse asintió. Me refería a su alma. Le había dicho que, si él se iba primero, tenía que esperar hasta que yo me fuera.

—Nos vamos juntos —afirmó Jesse. Era nuestro trato.

—Promete que vas a ser tú quien venga por mí —exigí, y apreté su mano dos veces—. Justo así. Para que sepa que eres tú. —Jesse apretó mi mano dos veces, mostrándome cómo lo haría.

Nos miramos el uno al otro, dejándonos llevar por estos últimos momentos. Estudié su cara, sus hoyuelos y su piel suave. Memoricé cada rincón de sus ojos verdes. Y entre más tiempo pasábamos ahí, más débil se sentía su mano en la mía.

Escuché que la respiración de Jesse se entrecortaba y me acerqué a él.

—Me has hecho más feliz de lo que jamás soñé, amor. Y amé cada segundo de ser tu esposa. Gracias.

Alcé la mano y apreté el puño. Jesse intentó reírse, pero su pecho apenas se movió.

—Viva el grupo dos —dije débilmente.

Jesse miró mi puño y lo cubrió con la mano.

—Ganamos… Junie —jadeó—. No… le ganamos… al… cáncer, pero… al final… nos ganamos… a nosotros.

—Lo hicimos —afirmé, y sus ojos comenzaron a cerrarse.

Miré a Cynthia con urgencia, y saltó para darle un beso en la mejilla.

—Duerme, mi niño. Te veré de nuevo algún día.

Jesse logró abrir los ojos y, mirándome, susurró:

—Buenas noches… Junie.

Besé cada uno de sus ojos y, con un hilo de voz, respondí:

—Descansa.

Jesse cayó en un profundo sueño. Durmió una hora entera antes de que su pecho comenzara a moverse más lento. Puse mi cabeza sobre su corazón, aferrándome a su mano mientras sus inhalaciones y exhalaciones se detenían.

El doctor Duncan lo revisó.

—Lamento mucho su pérdida —comentó.

Torrentes de lágrimas me caían por las mejillas y lloré hasta que no quedó nada. Jesse estaba inmóvil debajo de mí, y recé por que abriera los ojos e hiciera un chiste inapropiado.

Pero cuando pasé mis dedos por sus cejas y sus mejillas, no hubo nada más que quietud.

—Te amo, te amo, te amo, te amo... —susurré una y otra vez hasta que me dolió la garganta.

Una mano en mi espalda me asustó. Volteé y vi a papá.

—Necesitan llevárselo, cariño —me dijo, con una mirada llena de tristeza.

Susan y Bailey estaban parados en la entrada del cuarto. Sacudí la cabeza.

—No —repliqué—. No pueden. Necesita quedarse conmigo. Me prometió que se quedaría.

—Querida —habló Cynthia, y puso una mano en mi mejilla—. Ya no está. Tenemos que dejarlo ir.

Lo abracé más fuerte. Jesse no podía dejarme. No íbamos a ningún lado si no era juntos.

—Va a dormir conmigo —expliqué, rogándoles que entendieran—. Es mi esposo. Es... —Me interrumpió el hipo—. Es mi esposo y esta es nuestra cama. Va a dormir conmigo.

Escuché a mamá llorar, pero papá se sentó a mi lado y puso su mano en mi espalda de nuevo.

—Es hora de dejarlo ir.

No había nada más que oscuridad afuera. Y me sentía helada. Todos me veían aferrarme a mi esposo con dolor en los ojos.

—Se supone que viviéramos —susurré, y papá recargó la cabeza en mi espalda—. Se supone que viviéramos, papá. Se supone que cumpliéramos nuestro sueño en el porche.

Me recosté sobre el pecho de Jesse de nuevo. Me quedé así hasta que, finalmente, levanté la cabeza para ver que de verdad ya no estaba. La luz que vivía en sus ojos había desaparecido.

El movimiento de sus labios se había detenido y el amor que sentía en su corazón ahora solo vivía dentro de mí.

Miré su hermoso rostro una vez más. Luego, besé sus labios.

—Cumple tu promesa. Ven por mí pronto.

Lo solté y observé cómo Bailey y Susan lo ponían en una camilla y se lo llevaban.

Me senté en medio de la cama sin saber qué hacer. Bajé la vista y noté que aún tenía su gorra en mis manos. La apreté contra mi pecho como si fuera Jesse.

—Lo siento tanto, corazón —musitó mamá, y asentí, entumida. Mientras recorría el cuarto, nuestro cuarto, con la mirada, me di cuenta de que no quería estar ahí. Mi felicidad se había ido con mi esposo. Después, un dibujo en la pared llamó mi atención: la imagen de nuestro sueño, de nuestro porche.

«Tienes un libro que terminar, amor. Tienes que completar nuestro final feliz...».

Jesse tenía razón. Tenía que terminarlo. Tenía que escribir nuestro final feliz, para que, en algún lado, en otra vida y otro universo, no pasáramos por esto. Me estiré para tomar mi pluma y abrí mi libreta. Comencé a escribir. Terminaría ese libro y luego me despediría.

Y esperaría a que mi esposo regresara por mí.

Capítulo treinta y dos

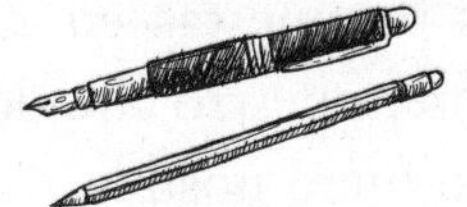

JESSE

El final feliz de Jesse y June

Entré a los vestidores y caminé hacia mi casillero. Puse mi mano sobre el número y mi apellido en el *jersey*. Cerré los ojos y exhalé profundamente.

Estaba de regreso.

Después de meses de entrenamiento y recuperar mis fuerzas, estaba aquí… de nuevo. June y yo llevábamos meses casados. Justo como queríamos, nos casamos cuatro días después de mi petición, en la capilla del hospital. Chris y Emma fueron nuestros testigos. Lo habríamos hecho antes, pero, por ley, teníamos que esperar tres días.

En verano tuvimos una ceremonia más grande en el patio de la casa de June. El señor Scott la llevó al altar: también queríamos cumplir su sueño. Había usado un vestido *vintage* con encaje y un diseño de plumas. Chris fue mi padrino, y Emma fue la dama de honor de June. No pudo haber sido más perfecto.

Cuando regresamos al campus, nos dieron un lugar en las residencias de parejas casadas. Llegar a casa con mi Junie, mi esposa, cada noche, era todo lo que podría haber deseado.

Ahora estaba de regreso con mi equipo y en remisión. Estaba decidido, después de luchar dos veces contra la LMA, que no quería volver a tener nada que ver con el cáncer jamás y que iba a vivir mi vida con mi Junie. Una vida pequeña y sencilla, como ella decía. Aunque, ahora que su libro estaba a la venta en librerías y con más propuestas en camino, mi esposa estaba luchando por mantener nuestro círculo tan pequeño y nuestra vida tan tranquila como fuera posible.

¿Lo más importante? Éramos felices. Más felices de lo que pensé que podríamos ser.

—¡Hora de uniformarse! —gritó el entrenador y dejé mis pensamientos a un lado.

—¡Ha vuelto! —exclamó Sheridan, y brincó sobre mi espalda. Estos días era menos frágil.

Me lo quité de encima, riendo, y comencé a prepararme para el partido. Podía escuchar las pisadas de la multitud sobre nosotros. Todo el lugar temblaba. El primer partido de la temporada estaba a punto de empezar. Alcé la vista al techo y me tranquilizó saber que June estaba ahí arriba. Mi esposa estaba en las gradas, esperando a verme salir al campo.

Hoy era el mariscal de campo principal. Una dura pretemporada me había dejado volver a ganarme mi posición. Sin cáncer y sin miedo: a partir de ahora solo veía hacia adelante.

Después de ponernos los uniformes, nos formamos en el túnel. Me aferré al casco y di unos pequeños saltos. Cuando el comentarista nos llamó al campo, fui el primero en salir.

Con el casco en el aire, saludé a la multitud y alcé la vista hacia la única persona que me interesaba ver. Incluso entre los miles de fanáticos, fue fácil encontrar a June: estaba parada con una mano en el aire, señalando mi corazón en la palma de su mano. Hice lo mismo y luego besé el anillo tatuado en mi dedo índice.

June sonrió y me lanzó un beso. Lo atrapé en el aire y le guiñé un ojo. Después, al volver con mi equipo, me puse el casco y comencé a vivir nuestro pequeño y perfecto pedazo de eternidad.

Capítulo treinta y tres

JUNE

La mano me tembló al escribir la que, estaba segura, sería mi última palabra: «Fin».

Mi mano cayó a la cama e inhalé un muy necesario aliento de mi máscara de oxígeno. Dándome la vuelta, acaricié el lugar en el que solía dormir Jesse. Dos días. Llevaba dos días sin él y no creía que fuera posible extrañar tanto a alguien. Apenas pude dormir, no podía comer, y mi cuerpo había comenzado a fallar. Su gorra estaba sobre su almohada, su aroma me daba una pizca de consuelo.

Pero había trabajado duro para terminar nuestro final feliz. Acaricié la libreta y una sensación de haber cumplido mi deber me inundó.

—Lo hice, amor —le susurré al cuarto vacío—. Nos di el final feliz que te prometí.

Cerré los ojos y pude ver su sonrisa. Podía sentirlo inclinándose para besarme.

«Estoy muy orgulloso de ti, Junie».

Mis padres habían salido a buscar algo de tomar y, mientras me hundía en el colchón, tenía la esperanza de que no tardaran en regresar. Mi respiración cada vez era más lenta, pero sonreí cuando vi a Jengibre acercarse a la barda al lado de nuestro porche.

Las estrellas brillaban en el cielo y la noche estaba quieta. Una perfecta noche texana. La puerta de mi habitación estaba abierta y mis padres entraron. No supe qué vieron cuando me miraron, pero corrieron a mi lado.

Mamá se sentó en el colchón a mi lado. Sus ojos estaban llenos de lágrimas.

—Terminé —anuncié. Mi voz era apenas un susurro.

Asintió, poniendo su mano sobre la libreta y besando mi cabeza.

—Te amo —murmuró.

Papá también se sentó.

—¿Necesitas algo, cariño? —preguntó.

Miré al hermoso caballo que estaba afuera.

—¿Pueden llevarme a ver a Jengibre?

Papá me miró por un largo rato. Entendió lo que estaba diciendo: quería despedirme.

—Claro —respondió con voz ronca. Me tomó en sus brazos y me puso en la silla de ruedas. Mamá abrió la puerta y dejé que el cálido aire texano me envolviera. Se sentía como seda contra mis mejillas. Papá me empujó hacia afuera y miré la silla en forma de huevo que guardaba tantos recuerdos. Si cerraba los ojos, podía sentir cómo Jesse y yo nos mecíamos, envueltos en los brazos del otro, compartiendo nuestros sueños. Compartiendo nuestras palabras y dibujos…

Compartiendo nuestros corazones.

Jengibre relinchó en la barda, y papá me empujó hacia él. Cuando me acerqué, Jengibre agachó la cabeza y alcé la mano para acariciar su hocico.

—Gracias por estar aquí —le dije, besando su cabeza—. Te voy a extrañar.

Le di unas palmaditas hasta que me dolió el brazo y me quedé sin fuerzas. Con un beso final a mi querido caballo, papá me ayudó a regresar a la silla.

—Espera —dije, levantando la mano. Señalé la estrella que, sentía, nos pertenecía a mí y a Jesse.

Mis padres se quedaron en silencio un momento mientras la veíamos brillar, hasta que papá habló:

—Siempre que veamos esa estrella sabremos que es de ustedes, cariño. La buscaremos cada noche por el resto de nuestras vidas para sentirte cerca de nuestros corazones.

Imaginar a mis padres haciendo eso, desde nuestra casa, me llenó de felicidad. Pero después…

—Estoy cansada, papá —murmuré, y escuché su sorprendida inhalación.

Mamá me tomó de la mano y caminamos en silencio de regreso a mi cuarto. Papá me levantó de la silla y, mientras me recostaba en la cama y me cubría con las sábanas, lo tomé de las manos.

—Te amo —susurré—. Gracias por ser mi papá.

Agachó la cabeza y sus hombros temblaron.

Volteé a ver a mamá, que estaba en la orilla de la cama a mi lado. Le acomodé un mechón de cabello.

—Eres la mejor mamá que pude haber pedido. Gracias por amarme tanto.

Ella sacudió la cabeza.

—Has sido un sueño. —Me dio un beso en la cabeza—. Descansa, corazón. Te mereces un poco de paz.

Sonreí y dejé que el entumecimiento me inundara. Sentía los párpados pesados y me invadió la tentadora fuerza del sueño. Pero, justo cuando mis ojos se cerraban, vi el dibujo de Jesse sentado a mi lado en el porche, nuestro sueño creado con carbón. Se me colmó el corazón, sabiendo que le había dado ese sueño al Jesse y la June que tendrían su final feliz.

Allá, en ese universo, estábamos viviendo nuestro sueño.

Mi respiración comenzó a alentarse y mis ojos se cerraron. Estiré le mano mientras me hundía cada vez más en un vacío sin dolor, solo para sentir que una conocida mano la tomaba.

La apretó dos veces.

Mi corazón se llenó de felicidad.

Había cumplido su promesa.

Epílogo

JUNE

El final feliz de Jesse y June

Escuché los pasos de, al menos, diez pares de pies dentro de la casa, y el olor del asado llegó a la cocina desde el patio.

Risas y gritos se escuchaban mientras el sol iluminaba el cielo. Me limpié las manos en el delantal y llevé dos vasos de té dulce al porche.

Jesse ya estaba ahí, esperándome.

—Me ganaste —le dije, y me senté a su lado en nuestro viejo y querido columpio del porche.

En cuando le di su vaso, lo puso a un lado y tomó mi mano. Las levantó y las acercó a su boca, besando la mía. Me acurruqué a su lado y él usó su pie para mecernos.

Me reí mientras nuestro nieto más joven mojaba a su papá, nuestro hijo, con una pistola de agua. Jesse se rio y presionó sus labios contra mi cabeza. Mientras observaba nuestro jardín, nuestra casa llena de amor y felicidad, alcé la vista hacia mi esposo.

Nuestros rostros estaban llenos de arrugas, teníamos el cabello delgado y gris, y nuestras líneas de expresión... eran mi cosa favorita. Eran profundas y largas, mostrando una vida llena de diversión y alegría.

—Sigues igual de guapo —confesé. Él volteó a verme con una sonrisa encantadora.

—Junie, ¿estás coqueteándome?

—Siempre —respondí, y besé a mi esposo.

Recargué la cabeza en su hombro y disfruté la paz que nos rodeaba. Habíamos tenido una vida plena y feliz, él como un entrenador de futbol americano y artista, y yo como escritora. Después de luchar contra el cáncer dos veces, el cuerpo de Jesse no era tan fuerte como antes. Jugar de manera profesional ya no estaba en su futuro. Pero amaba ser entrenador más de lo que jamás amó jugar. Nos mudamos a mi pueblo, donde se convirtió en entrenador de preparatoria, y era increíble. Con sus exposiciones de arte en galerías locales y su trabajo como entrenador, Jesse nunca quiso nada más.

Yo seguí escribiendo, la pasión dentro de mí nunca desapareció. Cada historia de amor que plasmaba en el papel estaba inspirada por la nuestra de alguna manera. Conseguimos nuestra vida de ensueño. Pero nuestro mayor logro estaba jugando frente a nosotros. Un hijo y una hija, y una gran cantidad de nietos.

—Amo nuestra vida —murmuré con una sonrisa.

—Amo nuestra vida —repitió, y puso un dedo debajo de mi barbilla. Me besó de nuevo, como lo había hecho durante todos nuestros años juntos. Me besó como si aún tuviéramos diecisiete años y acabáramos de conocer a nuestra alma gemela.

Jesse apretó la mano que aún sostenía. Luego, alzó el puño de su mano libre.

—El grupo dos ganó, Junie.

Alcé mi puño y lo choqué contra el suyo.

—El grupo dos ganó.

Y lo habíamos hecho. Habíamos vivido, prosperado, amado y, absoluta y totalmente, habíamos ganado.

Fin

Playlist

Two Hearts – Dermot Kennedy
Next Thing You Know – Jordan Davis
A Lot More Free – Max McNown
Your Bones – Chelsea Butler
Medication – David Wimbish & The Collection
Behind – Myles Smith
Save You a Seat – Alex Warren
Betting on Us – Myles Smith
My Greatest Fear – Benson Boone
Just Us – James Arthur
Live More & Love More – Cat Burns
Like Real People Do – Hozier
Belong Together – Mark Ambor
Dreams – NEEDTOBREATHE, Judah & the Lion
Carry Me – NEEDTOBREATHE, Switchfoot
Carry You On – Amos Lee
Heaven Is a Place on Earth – The Mayries
Fields of Gold – Kina Grannis
Moon River – Kina Grannis
Face My Fears – Mree
Now We Are Free – Hans Zimmer, Klaus Badelt, Lisa Gerrard, Gavn Greenaway, The Lyndhyrst Orchestra
Story of My Life – One Direction
Sweet Ever After – Ellie Holcomb, Bear Rinehart, NEEDTOBREATHE

A.M. – One Direction
Stardust – ZAYN
Soon You'll Get Better – Taylor Swift, The Chicks
Magical – Ed Sheeran
Full of Life – Christine and the Queens
Sink – Noah Kahan
Quite Miss Home – James Arthur
Never Be Alone – Shawn Mendes
Put A Little Love on Me – Niall Horan
Miracle – Labrinth
The Story Never Ends – Lauv
Feels Like This – Maisie Peters
Free – Elina
Repeat Until Death – Novo Amor
BE HERE LONG – NEEDTOBREATHE
West Texas Wind – NEEDTOBREATHE
You Feel Like Home – Hills x Hills
Young Blood – Noah Kahan
Save Me – Noah Kahan
Beautiful Things – Benson Boone
Death Wish Love – Benson Boone
Tears For Fun – Griff
Pink Skies – Zach Bryan
Holy Smokes – Bailey Zimmerman
Next To You – Little Big Town
Forever Young – Alphaville
Carry You – Novo Amor
Little Life – Cordelia
Roses – Jenna Raine
Carry You Home – Alex Warren
Already Home – Hills x Hills
River Flows in You – Yiruma
Forever and a Day – Benson Boone

Agradecimientos

Antes de irme se me ocurrió durante un vuelo en camino a Book Bonanza en 2023. Mientras me relajaba en mi silla, June y Jesse aparecieron en mi cabeza y se presentaron. Para cuando aterricé horas después, ya tenía el esqueleto de esta historia.

Siempre he sido una soñadora, una romántica. Y sin importar lo dura que pueda ser la vida real, siempre intento encontrar el lado bueno de cualquier situación. Incluso cuando parece que no hay esperanza.

Si me has leído por mucho tiempo, sabes que mi familia ha estado plagada de cáncer y pérdidas. Mis últimos libros me han permitido compartir mi dolor de la única forma que conozco: escribiendo. *Mil besos tuyos, Mil recuerdos tuyos* y *Antes de irme* me han permitido decir todo lo que me hubiera gustado decirles a quienes se han ido. Estos libros han sido mi terapia. Mi mayor deseo para ti, que me lees, es que también hayas tomado algo de mis historias.

Antes de irme me dio a dos de mis protagonistas favoritos. Jesse y June, los adoro. Ha sido un absoluto placer escribirlos. Dejé partes de mí regadas en ustedes, y fue un honor escribir sus historias de amor, la triste y el final feliz. Pienso en los seres queridos que he perdido todos los días y me encanta imaginármelos haciendo lo que más amaban. La historia de Jesse y June me permitió dejarme llevar por esos deseos, aceptar la realidad de la situación, pero también imaginarme cómo sería la vida si las cosas fueran diferentes. Este libro me ayudó a sanar.

¿No es eso mágico? Amo el poder de las historias y las palabras.

Sacar *Antes de irme* al mundo no habría sucedido sin mi increíble equipo (¡viva el equipo Tils!).

Primero, quiero agradecerle a mi esposo. Siempre me apoyas, sin importar lo desgarradoras o locas que sean mis ideas (¡y hay unas muy raras!). Me apoyas cuando estoy hundida en mi dolor y necesito escribir para salir de él. Te amo completamente.

A mis hijos. Son mi mundo. Los amo tanto. Son mi razón para todo.

Mami. Otro libro que darte. Mientras escribo esto, aún no has leído *Mil recuerdos tuyos*. Es demasiado personal para ti. Lo entiendo. Puede que nunca leas este tampoco. Y está bien. Han vivido los últimos años conmigo y revivirlo es difícil. Pero eres la persona más fuerte que conozco. Luchaste contra el cáncer y ganaste. Eres mi heroína eterna.

Samantha. Me has apoyado en mis momentos más oscuros y cuando siento que me estoy rindiendo. Te amo.

A mis mejores amigos, que son mi refugio. Chris y Emma son un total reflejo ustedes. Los T-T-Teessiders, el aquelarre, el grupo de mi mamá que se ha convertido en una atesorada parte de mi vida, gracias a todos por estar ahí para mí.

Liz, mi agente superestrella. Diez años y contando. Me has apoyado desde el primer día y no puedo esperar a los siguientes diez años y todo lo que tenemos planeado. Vaya viaje. Soy muy afortunada de tenerte de mi lado, en las buenas y en las malas.

A Christa Heschke, Danielle y Alecia y todos en McIntosh y Otis, gracias por su incansable trabajo conmigo.

Christa Désir, la editora que cambió mi vida. Gracias por todo lo que has hecho por mí. Una vez más, impulsaste mi nueva historia. Me sostuviste mientras escribía a Jesse y June y ayudaste a hacer el libro mucho mejor una edición a la vez. Hemos llorado juntas, hemos reído y me has sostenido en mis momentos más oscuros. Te adoro.

Dom, y todos los que trabajan en Bloom Books, gracias por todo. Estoy emocionada de seguir escribiendo libros y trabajando con ustedes. Son un equipo increíble.

Un enorme agradecimiento a Rebecca Hildson, mi editora de Penguin UK. Como Christa, fuiste una gran partidaria de este libro y de Jesse y June. Gracias por tu apoyo infinito y guía para hacer este libro lo mejor posible.

Gracias a todos los equipos de publicación internacionales por creer en mí: Italia, Brasil, Alemania, Polonia, territorios hispanohablantes y todas las muchas casas editoriales alrededor del mundo que han tomado mi trabajo y le han dado un hogar. Estoy verdaderamente agradecida.

Nina y el equipo de Valentine PR, gracias por ser el equipo más asombroso con el que podría trabajar. Los valoro más de lo que creen.

Mis lectores. Los hice sufrir una vez más con este libro. Gracias por siempre estar a mi lado. Gracias por entenderme y por siempre creer en mí. No tienen idea de lo que eso significa.

Un saludo a mis Tillsters. Mi apoyo incondicional. Los amo.

A todos los *bookstagrammers, booktokers* y quienes ayudan a compartir mi libro con el mundo: cambiaron mi vida. Gracias.

A la comunidad de autores. Qué lugar tan inspirador y solidario. Gracias por siempre echarme porras. Les deseo siempre lo mejor.

Si me faltó alguien, quiero que sepan que también les estoy muy agradecida.

Y, por último, a mi papá. Con este se cumplen tres años desde que te vi, te di un abrazo y te hablé de todas las historias que daban vueltas en mi cabeza durante una plática con café de tres horas. No pasa un día en que no te piense, te extrañe y desee que siguieras aquí. Pero pienso en ti con cada palabra que escribo y puedo escucharte (el acento escocés tan fuerte como siempre) diciéndome que puedo hacerlo. Podría escribir del dolor y el duelo para siempre, porque perderte me afectó profundamente. No creo poder superarlo jamás. Pero también quería felicidad en esta novela, porque la vida se trata de equilibrio, ¿no es cierto? Los picos más altos y los fondos más profundos. Tú me enseñaste eso.

Papá, eras cariñoso, tan inspirador, y completamente raro de la mejor manera posible (¡algo que me heredaste!). Voy a escribir en tu honor para siempre.

Te amo y te extrañaré por siempre.

Como dice Jesse: no decimos adiós, decimos buenas noches. Así que… buenas noches, papá. Dulce sueños.